एफ.टी.त्रिकोण

3 स्वास्थ्य वरदान

रोग मुक्ति की दवा

PERFECT HEALTH DISCOVERY

PHD

तेजज्ञान ग्लोबल फाउण्डेशन

3 स्वास्थ्य वरदान

रोग मुक्ति की दवा

by **Tejgyan Global Foundation**

प्रथम आवृत्ति : जुलाई 2013

द्वितीय आवृत्ति : जनवरी 2014

रीप्रिंट : मई 2016, दिसंबर 2016,

जुलाई 2017, नवंबर 2019

बेशर्त सहयोग : डॉ. शशी पाटील (शिवाम्बु चिकित्सक संस्थापक)

डॉ. राजश्री नाळे (MBBS, DPM, Consultant Psychiatrist & Counsellor)

नीता बरेलीकर (संपादक- 'योग्य-आरोग्य' मैगजीन)

प्रकाशक : वॉव पब्लिशिंग्ज् प्रा. लि., पुणे

ISBN : 978 81 8415 289 0

© Tejgyan Global Foundation
All Rights Reserved 2013.
Tejgyan Global Foundation is a charitable organization
with its headquarters in Pune, India.

© सर्वाधिकार सुरक्षित

वॉव पब्लिशिंग्ज् प्रा. लि. द्वारा प्रकाशित यह पुस्तक इस शर्त पर विक्रय की जा रही है कि प्रकाशक की लिखित पूर्वानुमति के बिना इसे व्यावसायिक अथवा अन्य किसी भी रूप में उपयोग नहीं किया जा सकता। इसे पुनः प्रकाशित कर बेचा या किराए पर नहीं दिया जा सकता तथा जिल्दबंद या खुले किसी भी अन्य रूप में पाठकों के मध्य इसका परिचालन नहीं किया जा सकता। ये सभी शर्तें पुस्तक के खरीददार पर भी लागू होंगी। इस संदर्भ में सभी प्रकाशनाधिकार सुरक्षित हैं। इस पुस्तक का आंशिक रूप में पुनः प्रकाशन या पुनः प्रकाशनार्थ अपने रिकॉर्ड में सुरक्षित रखने, इसे पुनः प्रस्तुत करने की प्रति अपनाने, इसका अनूदित रूप तैयार करने अथवा इलेक्ट्रॉनिक, मैकेनिकल, फोटोकॉपी और रिकॉर्डिंग आदि किसी भी पद्धति से इसका उपयोग करने हेतु समस्त प्रकाशनाधिकार रखनेवाले अधिकारी तथा पुस्तक के प्रकाशक की पूर्वानुमति लेना अनिवार्य है।

---

3 Swasthya Vardaan
Rog Mukti ki Dawa

यह पुस्तक समर्पित है
स्वास्थ्य रक्षकों और
परिपूर्ण प्रकृति को,
जो अपने अथक प्रयासों से
सेहत का खज़ाना आज के
युग में भी सँभाले हुए हैं।

स्वास्थ्य शब्दावली

शब्द	अर्थ
विरेचन	पेट साफ रखने के लिए मुँह से ली जानेवाली दवाइयाँ, द्रव्य, काढ़े
बस्ती	गुदा (मल) मार्ग से दिए जानेवाले औषधि द्रव्य
वमन	उल्टी, कुंजल क्रिया
काया	शरीर, एम. एस. वाय.
चोकर युक्त आटा	मोटा आटा, बिना छना आटा
M.S.Y.	शरीर, मनोशरीर यंत्र, बॉडी
अम्ल	खट्टा
जठराग्नि	पाचन अग्नि, पाचन शक्ति, पेट की अन्न पचानेवाली गरमी
अल्पहारी	कम खानेवाला
विकार	रोग, दुर्गुण
रेचक	साँस बाहर छोड़ना
त्रिदोष	वात-कफ-पित्त (VKP)
वात	वायु, चंचलता
कफ	जल, भारी, स्थिर
पित्त	अग्नि, जोश
शिथिल	Relaxation, विश्राम
वसा	चरबी, चिकनाई
गुदा	मलद्वार
खनिज	मिनरल
लौण	नमक
मुद्रा	आसन
छोटी आँत	इन्टेस्टाईन

विषय मार्गदर्शन

प्रस्तावना	3 स्वास्थ्य वरदान- यू.एफ.टी., बी.एफ.टी. एवं ई.एफ.टी.	9

खण्ड १   U.F.T.   11

भाग १	शिवाम्बु सार - प्राचीन चिकित्सा	11
भाग २	संतुलित स्वास्थ्य - यू.एफ.टी. महत्त्व और आहार	14
भाग ३	महिलाओं के स्वस्थ जीवन का राज - हर उम्र चिकित्सा	18
भाग ४	शिशु का सर्वांगीण विकास- यूरिन थेरेपी	22
भाग ५	खूबसूरती और यू.एफ.टी.- त्वचा और बाल	24
भाग ६	कभी नहीं कही - ऐसी विस्मयकारक कहानी	27

खण्ड २   आंतरिक और बाह्य प्रयोग   31

भाग ७	लाख दुःखों की एक दवा-शिवाम्बु उपवास		31
भाग ८	रोग मुक्ति की दवा	आंतरिक प्रयोग-१	33
भाग ९	शिवाम्बु उपवास यू (यूरिन). एफ (फास्ट/उपवास). टी (थेरेपी).	आंतरिक प्रयोग-२	37
भाग १०	शिवाम्बु नस्य, नेति	आंतरिक प्रयोग-३	41
भाग ११	शिवाम्बु एनिमा (बस्ती)	आंतरिक प्रयोग-४	43
भाग १२	आँखें और कान शिवाम्बु योगदान	आंतरिक प्रयोग-५	45
भाग १३	शिवाम्बु की पट्टियाँ - यूरिन पॅक्स	बाह्य प्रयोग - १	47

भाग १४	शिवाम्बु लेपन	बाह्य प्रयोग - २	49
भाग १५	शिवाम्बु मसाज महत्त्व	बाह्य प्रयोग - ३	50

खण्ड ३ अलग-अलग बीमारियों में यू.एफ.टी. की उपयोगिता — 55

भाग १६	रेबीस और पोलियो - यूरिया गुणकारी	55
भाग १७	पेप्टिक अल्सर - शिवाम्बु अर्क प्रयोग	58
भाग १८	दाँत-मसूड़ें और मुँह की समस्याएँ - यू.एफ.टी. समाधान	59
भाग १९	पाचन संस्था और एसिडिटी - अम्लपित्त रोगों में यू.एफ.टी.	61
भाग २०	गैस से संबंधित रोग - पवनमुक्त आसन	63
भाग २१	बुखार में यू.एफ.टी. - क्या करें, क्या न करें	66
भाग २२	अर्धशीर्षी के लिए यू.एफ.टी. - तनाव और कब्ज से बचें	68
भाग २३	मधुमेह और यू.एफ.टी. - उपचार संहिता	72
भाग २४	यू.एफ.टी. से बायपास को बायपास करें	74
भाग २५	कोलेस्ट्रॉल करें कम, यू.एफ.टी. के संग	76
भाग २६	कैन्सर और एच.आय.वी. - रोग प्रतिरोधक शक्ति बढ़ाएँ	77
भाग २७	त्वचाविकार- असंतुलित आहार और अस्वच्छता हटाएँ	82
भाग २८	व्यसन से छुटकारा पाने के लिए यूरिन थेरेपी	88
भाग २९	पैरालिसिस एवं स्नायु दुर्बलता - कारण, लक्षण, प्रकार और बचाव	91

खण्ड ४ सवाल-जवाब एवं मान्यताएँ — 97

भाग ३०	यूरिन फास्ट थेरेपी - सवाल-जवाब	97
भाग ३१	शिवाम्बु उपचार - कुछ गलत मान्यताएँ	115

खण्ड ५	**B.F.T.**		**121**
भाग	१	फूलों के रस (फल) से सफल इलाज	121
भाग	२	बी.एफ.टी. खुद के लिए कैसे चुनें	124
		B.F.T. Questionnaire	
भाग	३	बी.एफ.टी. एक नजर में - ३८ फूलों के गुण	136
भाग	४	B.F.T. Be Free Therapy – सवाल-जवाब	143

खण्ड ६	**E.F.T.**		**155**
भाग	१	ई.एफ.टी. का परिचय और उद्देश्य	155
भाग	२	ई.एफ.टी. प्रभावशाली और असरदार	159
भाग	३	ई.एफ.टी. का आधार शास्त्र	162
भाग	४	ई.एफ.टी. पद्धति - बेसिक रेसिपी	164
भाग	५	सवाल-जवाब	176

परिशिष्ट १	**अतिरिक्त जानकारी**	**187**
	वैज्ञानिक दृष्टिकोण-और यू.एफ.टी.	187
	यू.एफ.टी. की उपयोगिता- एवं गुणधर्म	193
	स्वास्थ्य सर्वेक्षण - तेजज्ञान फाउण्डेशन द्वारा	201

परिशिष्ट २	**F.T. फाईनल टूल**	**203**
	महाआसमानी महानिवासी शिविर	203
	तेजज्ञान फाउण्डेशन - परिचय	205

सूचना

१) यह पुस्तक लोगों को यू.एफ.टी. (यूरिन फास्ट थेरेपी), बी.एफ.टी. (बॅच फ्लॉवर थेरेपी) और ई.एफ.टी. (इमोशनल फ्रीडम टेक्नीक) की जानकारी देने और इन विषयों पर जाग्रति लाने हेतु प्रकाशित की गई है। इसलिए सर्व प्रथम इसे पूर्णतः पढ़कर इन सरल एवं लुप्त चिकित्सा पद्धतियों को पूरा समझ लें।

२) यह पुस्तक पढ़कर कोई भी प्रयोग या चिकित्सा शुरू करने से पहले अपने डॉक्टर से संपर्क करें, जो नई विधियों को स्वीकार करता हो। उसके बाद उचित सलाह अनुसार ही उपचार शुरू करें।

प्रस्तावना

3 स्वास्थ्य वरदान

यू.एफ.टी., बी.एफ.टी. एवं ई.एफ.टी.

दुनिया में सबसे अच्छे डॉक्टर हैं - डॉक्टर भोजन, डॉक्टर शांति और डॉक्टर खुशदिल।

स्वास्थ्य हमारे भीतर ही है लेकिन कुदरत द्वारा मिले इस वैद्य (एफ.टी.त्रिकोण) को इंसान बाहर ढूँढ़ने की कोशिश करता है। बिलकुल वैसे ही जैसे कस्तूरी मृग की नाभि में ही होती है और वह उसे बाहर ढूँढ़ता है। वह क्यों नहीं अपने भीतर उसकी सुगंध महसूस कर पाता?

आज का इंसान धीरे-धीरे प्रकृति से दूर होता जा रहा है। नई संस्कृति, प्रगत व्यापार और वैज्ञानिक युग के चलते यह हो रहा है। आज इंसान सभी चीजें कम समय में बिना किसी श्रम या प्रयास किए पाना चाहता है। उसे स्वास्थ्य भी बिना परहेज और व्यायाम के चाहिए। जब चाहे मनचाहा खाना खाकर भी इंसान अच्छा स्वास्थ्य चाहता है और इसके लिए वह आधुनिक अंग्रेजी दवाइयों की शरण में जाता है। आज प्राकृतिक जीवन प्रणाली में इंसान की रुचि कम होकर उसका जीवन बनावटी होता जा रहा है।

आज हमारी जीवन प्रणाली कम से कम प्रयास और समय में, बिना कोई कष्ट उठाए, ज्यादा से ज्यादा सुख-सुविधाएँ पाने की ओर मुड़ गई है। इंसान को योग, प्राकृतिक चिकित्सा (बी.एफ.टी., ई.एफ.टी.) स्वमूत्र चिकित्सा (U.F.T. - Urine Fast Therapy) जैसी उपचार पद्धतियाँ कष्टकारक लगती हैं और उन्हें वह अंत में ही अपनाना चाहता है, जबकि उन्हें प्राथमिकता मिलनी चाहिए। नए युग की लापरवाह सोच के कारण इंसान अपने शरीर का सुनना बंद कर चुका है। अपने शरीर के संकेतों को न समझ पाने के कारण उसे ये चिकित्साएँ अनैसर्गिक और अजीब लगती हैं।

कुदरत द्वारा जो चीजें आसानी से मिलती हैं, लोगों की नजर में उनका महत्त्व कम होता जाता है। इसके विपरीत दुर्लभ चीजों का महत्त्व लगातार बढ़ता जाता है। यू.एफ.टी.(स्वमूत्र चिकित्सा), बॅच फ्लॉवर थेरेपी और ई.एफ.टी. ऐसी ही सरल और सुलभ पद्धतियाँ हैं, जिनके उपयोग के लिए दूसरे पर निर्भर रहने की जरूरत नहीं है। इनका व्यवसाय भी नहीं किया जा सकता। इसी कारण से चिकित्सा व्यवसाय करनेवालों में इन चिकित्सा पद्धतियों को लेकर कोई रुचि नहीं दिखाई देती। परिणामस्वरूप ये पद्धतियाँ समाज में मशहूर नहीं हो पाई हैं।

जिस प्रकार हवा, पानी और सूरज की किरणें हर जगह भरपूर मात्रा में उपलब्ध होती हैं इसलिए उनकी कोई कीमत नहीं होती, वे अमूल्य होती हैं। बिलकुल इसी प्रकार स्वमूत्र (यूरिन) या फूलों से मिलनेवाली औषधि या ई.एफ.टी. टेकनीक भी सहजता से उपलब्ध होने के कारण अति महत्वपूर्ण हैं।

लोग सोचते हैं कि चिकित्सा शास्त्र में प्रगति होने के कारण ही आज इंसान स्वस्थ रह पाता है। हालाँकि यह बात संसर्गजन्य रोगों के संदर्भ में कुछ हद तक सही भी है लेकिन इसके बाद भी दमा, मधुमेह, उच्च रक्तचाप, हृदयविकार, पाचन विकार, गठिया, किडनी विकार, कैन्सर, एड्स जैसे रोग तो दिन-ब-दिन बढ़ते ही जा रहे हैं। असल में आज इंसान स्वास्थ्य की दृष्टि से अपनी स्वतंत्रता खोते जा रहा है तथा स्वास्थ्य पाने के लिए महँगी दवाइयों और औषधि कंपनियों पर निर्भर होते जा रहा है।

आधुनिक चिकित्सा प्रणाली में रोगों के लक्षणों को ही ठीक करना अहम माना गया है इसलिए रोग के कारणों को नजरअंदाज कर दिया जाता है। जबकि स्वस्थ जीवन के तीन वरदान- यू.एफ.टी., बॅच फ्लॉवर थेरेपी और ई.एफ.टी. प्राकृतिक और स्वाभाविक होने के कारण रोगों के कारणों का इलाज करती हैं, इससे रोग के लक्षण अपने आप ही खत्म होने लगते हैं।

पुराने जमाने में लोग प्रकृति के निकट थे इसलिए उस समय ये चिकित्सा पद्धतियाँ (चाहे अलग नामों से) प्रचलित थीं। उस समय लोगों के मन में इन चिकित्सा पद्धतियों को लेकर भ्रम नहीं बल्कि गहरा विश्वास था। हालाँकि आज भी कई लोग इन चिकित्सा पद्धतियों की उपयोगिता समझते हैं। लेकिन अन्य दवाइयों के विकल्प उन्हें ज्यादा आसान और कष्टरहित लगते हैं। क्योंकि उनमें संकल्प और संयम की आवश्यकता नहीं होती। फिर भी आज यह उम्मीद की जा सकती है कि बहुत जल्द फिर से लोगों को इनकी उपयोगिता और आवश्यकता समझ में आ जाएगी क्योंकि ये चिकित्सा पद्धतियाँ स्वस्थ जीवन के लिए तीन अमूल्य वरदान हैं।

खण्ड १

U.F.T.

भाग १

शिवाम्बु सार

प्राचीन चिकित्सा

संस्कृत भाषा में यूरिन यानी स्वमूत्र को 'शिवाम्बु' के नाम से जाना जाता है। यदि इस शब्द को तोड़ा जाए तो दो शब्द बनते हैं - शिव+अम्बु। शिव अर्थात परम अवस्था, पूर्ण ब्रह्म, जिसे शुद्ध, पवित्र कहा जाता है और अम्बु अर्थात पानी, जल। इस तरह शिवाम्बु का अर्थ बनता है पवित्र जल या शुद्ध पानी।

यह ब्रह्माण्ड पृथ्वी, जल, अग्नि, वायु और आकाश नामक पंच तत्त्वों से बना है और इन्ही पंच तत्त्वों से इंसान का शरीर बनता है। शास्त्रों में मनुष्य देह का पानी पवित्र माना गया है। देह का पानी यानी शरीर से ही बहनेवाला पानी इसे ही शिवाम्बु या यूरिन कहा जाता है। यह हमारी कल्पना के विपरीत शुद्ध और पवित्र है।

कुदरत ने इंसान की शारीरिक रचना को संपूर्ण तथा संतुलित बनाया है, साथ ही साथ उसे रोगों से मुक्ति पाने और स्वास्थ्य की रक्षा के लिए स्वमूत्र के रूप में अमूल्य साधन भी प्रदान किया है। प्राचीन भारत के सांस्कृतिक इतिहास से पता चलता है कि पुरातन समय में लोग किस तरह स्वमूत्र पान करके अपने स्वास्थ्य की रक्षा करते थे। अयोग्य आहार, अधीरता, बेचैनी, दुर्व्यसन, अनियमित रहन-सहन, ज्यादा श्रम या आलस्य से भरा जीवन अथवा किसी अन्य कारण से रोग ग्रस्त होने आदि कारणों को दूर करने के लिए यूरिन का प्रयोग किया जाता था। प्राचीन काल में यूरिन फास्ट थेरेपी (यू.एफ.टी.) से शारीरिक रोगों को दूर करना एक घरेलू उपचार

था। चाहे उस वक्त लोग इस नाम से यूरिन फास्ट थेरेपी को नहीं जानते थे।

स्वमूत्र पान चिकित्सा की प्राचीनता का प्रमाण

शिवाम्बु उपचार पद्धति सदियों पुरानी है। अपने शारीरिक स्वास्थ्य के प्रति सजग होने के बाद से इंसान ने जिन विविध उपचारों की खोज की, उनमें से एक शिवाम्बु उपचार पद्धति भी है। विभिन्न धर्म ग्रंथों में इस संबंध में मिलनेवाले उल्लेखों के आधार पर ही इस पद्धति की प्राचीनता का अनुमान लगाया जा सकता है।

महानुभावों की भाषा में स्वमूत्र पान को 'अमरी' या 'आमरोली' कहा जाता है। जिस प्रकार अपने गुणधर्मों के अनुसार पानी भाप बनकर फिर से बारिश के रूप में मिलता है और हमें बिजली की प्राप्ति होती है, ठीक उसी प्रकार यूरिन (स्वमूत्र) फास्ट (उपवास) थेरेपी (उपचार विधि) से शरीर शुद्धि और पूर्ण स्वास्थ्य की प्राप्ति होती है।

आधुनिक काल में यू.एफ.टी. का प्रचार प्रसार

पुराने जमाने में यह अद्भुत चिकित्सा प्रणाली न सिर्फ भारत में प्रचलित थी बल्कि विश्व की प्राचीन परंपराओं में भी इसके उपयोग के उल्लेख मिलते रहे हैं। प्राचीन अफ्रीकन, यूरोपियन, अमरीकन, अरेबियन और एशियन संस्कृतियों में यू.एफ.टी. का उपयोग रोग निवारण के लिए किया जाता था। इसके कई सारे संदर्भ और प्रमाण आज उपलब्ध हैं। आज २१ वीं शताब्दी में इस चिकित्सा प्रणाली के प्रचार-प्रसार हेतु, कई महानुभावों और संस्थाओं ने अथक प्रयत्न किए हैं। जैसे -

जॉन आर्मस्ट्रॉंग - आधुनिक समय में यू.एफ.टी. को पुनर्जीवित कर प्रकाश में लाने का श्रेय इंगलैंड के डॉ. जॉन आर्मस्ट्रॉंग को जाता है। उन्होंने स्वयं अपने शारीरिक रोगों को ठीक किया तथा महायुद्ध में जख्मी हुए अन्य सैकड़ों सैनिकों पर इसका प्रयोग कर, शिवाम्बु उपचार की सफलता प्रमाणित की। इसका विस्तार से वर्णन उनकी पुस्तक 'द वॉटर ऑफ लाइफ' (जीवनजल) में किया गया है। शिवाम्बु के बारे में उनके स्वयं के अनुभव वाकई जानने योग्य हैं।

रावजीभाई पटेल - भारत में गुजरात के श्री. रावजीभाई पटेल को यू.एफ.टी. के प्रचार-प्रसार का श्रेय दिया जाता है। उन्होंने गाँधीजी के साथ स्वतंत्रता आंदोलन में भी हिस्सा लिया था। स्वतंत्रता प्राप्ति के बाद वे गाँधीजी के बताए रास्ते पर चलते हुए रचनात्मक कार्य करने लगे लेकिन समाज में उनकी पहचान यू.एफ.टी. के प्रयोग और प्रचार से ही हुई। इसके अतिरिक्त इस पद्धति का प्रचार करने में अनेक मान्यवरों तथा संस्थाओं का बहुमूल्य योगदान रहा है।

मोरारजीभाई देसाई - यू.एफ.टी. उपचार पद्धति के लाभ का यह प्रमाण है

कि भारत के भूतपूर्व प्रधानमंत्री स्व. मोरारजीभाई देसाई की त्वचा पर ९९ साल की उम्र में एक भी झुर्री नहीं थीं।

श्री. रामकृष्ण कार्लेकर - महाराष्ट्र के रामकृष्णजी ने स्वमूत्र चिकित्सा पद्धति का स्वयं पर उपयोग करके, काफी रोगों से निदान पाया। तद्‌पश्चात उन्होंने 'स्वमूत्रोपचार चिकित्सा' नामक मराठी पुस्तक की निर्मिति की।

डॉ. आर्थर लिंकन - अंग्रेजी पुस्तक 'शिवाम्बुकल्प' के लेखक, डॉ. आर्थर लिंकन पॉल्स द्वारा शिवाम्बु का प्रचार-प्रसार करने हेतु विश्वभर में सवा लाख मील का सफर कर, सेमिनार आयोजित किए गए।

डॉ. बी. वी. खरे - जे.जे. हॉस्पिटल और ग्रँट मेडिकल कॉलेज में वे प्रोफेसर थे। अमेरिका, कॅनडा और जर्मनी में इन्होंने शिवाम्बु चिकित्सा पद्धति पर अनेकों उपदेश दिए। 'द वॉटर ऑफ लाईफ फाउण्डेशन' में इनका सक्रीय सहयोग रहा है।

श्री. जगदीशभाई शाह - वडोदरा में स्थित श्री. शाह, पिछले कई सालों से वडोदरा में शिवाम्बु चिकित्सालय चला रहे हैं, जिनका अनेकों रोगियों ने लाभ लिया।

डॉ. टी. विलसन डीचमेन - इंगलैंड के एक प्रसिद्ध डॉक्टर टी. विलसन डीचमेन एम.डी.पी., एच.डी. एक पत्रिका में लिखते हैं कि प्रत्येक रोगी के शरीर की भिन्न-भिन्न रुग्ण अवस्था के कारण उसके मूत्र का स्वरूप भी भिन्न-भिन्न होता है इसलिए किसी अंग के टूट जाने से या किसी अंग में कोई कमी होने से जो रोग होते हैं, उन्हें छोड़कर बाकी सभी रोगों को ठीक करने के लिए यह मूत्र अत्यंत उपयोगी है। दवाओं की संख्या तीन हजार से भी अधिक है, उनमें से रोगी के लिए उपयुक्त दवा का चुनाव करने में जो भूल होती है, मूत्र उस भूल से डॉक्टर को बचाता है।

डॉ. शशी पाटील एवं परिवार - शिवाम्बु हेल्थ रिसर्च इन्स्टिटयूट के संस्थापक*।

इनके अतिरिक्त बिहार स्कूल ऑफ योगा- मुंगेर, श्री. चंद्रिका प्रसाद मिश्र (शास्त्री), श्री. माणकचंद मारू, डॉ. जी.के. ठक्कर, श्री विनुभाई गांधी, श्री. बालकृष्ण नलावडे आदि नाम गिनाए जा सकते हैं, जो शिवाम्बु के महत्त्व एवं उपयोगिता को जानकर, औरों के लिए निमित्त बन रहे हैं।

---

* आनंदकुंज शिवाम्बु निसर्गोपचार और योगाश्रम, शिवाम्बु भवन, १३, सानेगुरुजी वसाहत, कोल्हापुर (महाराष्ट्र) - ४१६ ०१२ फोन नं. 02329 - 233828, 204075, 204050, सी.टी. ऑफिस फोन नं. 0231 - 2321565

भाग २

संतुलित स्वास्थ्य

यू.एफ.टी. महत्त्व और आहार

भविष्य का डॉक्टर अपने रोगी को कोई दवा नहीं देगा बल्कि मानव रचना, पोषक तत्त्वों, रोग के कारण और निवारण में अपने रोगियों की रुचि जागृत करेगा।

संतुलन संपूर्ण स्वास्थ्य की निशानी है, जिसे साध्य करने के लिए सुबह के पहले शिवाम्बु (स्वमूत्र) में काफी सारे उपयुक्त घटक मौजूद होते हैं। शरीर जब पूरी तरह से आराम में होता है तब तैयार होनेवाला यूरिन पूरी तरह से संतुलित हो जाता है। परिणामतः दिन की तुलना में सुबह के शिवाम्बु में ज्यादा जीवनदायी घटक पाए जाते हैं क्योंकि यह रातभर के गहरे आराम के दौरान तैयार होता है।

रात को हम जरूर सोते हैं लेकिन हमारा शरीर नहीं सोता। शरीर में बहुत सारी रासायनिक प्रक्रियाएँ लगातार चलती रहती हैं। बहुत सारी ग्रंथियाँ शरीर संतुलन के लिए पूरी रात अनेक तरल स्राव बहाती हैं। हमारे मस्तिष्क के अंदर की कुछ ग्रंथियाँ, सुबह के ब्रह्ममुहूर्त पर मेलाटोनिन नामक हार्मोन बहाती हैं। यह बहाव चौबीस घंटे में सिर्फ एक ही बार होता है, जो शरीर में उत्साह बढ़ाता है। इसलिए जितना तरोताजा हम सुबह महसूस करते हैं, उतना दोपहर या शाम को नहीं करते। जब कोई इंसान सुबह के पहले शिवाम्बु का सेवन करता है तब उसे फिर से अनेक पोषक तत्त्वों के साथ-साथ मेलाटोनिन नामक हार्मोन भी वापस मिलता है।

दिनभर आलस्य महसूस करनेवाले और जिनका मन दिनभर निरुत्साही बना रहता है, ऐसे लोगों ने जब शिवाम्बु प्राशन (स्वमूत्र पान) करना शुरू किया तब देखा गया कि उनकी सुबह की ताजगी दिनभर बनी रहने लगी। यह सब सुबह के प्रथम शिवाम्बु में पाए जानेवाले मेलाटोनिन का ही कमाल है।

यू.एफ.टी. में आहार का महत्त्व

यदि कोई इंसान किसी तीव्र (acute) रोग से ग्रस्त हो तो स्वमूत्र एवं शुद्ध जल

पीकर उपवास (यू.एफ.टी.) करने से जल्द ही उसका रोग समाप्त होने लगता है। तीव्र रोग को उपवास द्वारा समाप्त करने के बाद शरीर में पनपनेवाले पुराने अर्थात दीर्घकालिक (chronic) रोग की संभावना को भी ध्यान में रखें और गलत आहार न लें। तभी आपको स्वस्थ एवं सुखी जीवन का आनंद मिलेगा।

यूरिन फास्ट थेरेपी लेनेवालों को आहार एवं पथ्य-अपथ्य की जानकारी देना भी उतना ही जरूरी होता है, जितना उनके प्रयोग की जानकारी देना। यह चिकित्सा किसी अस्पताल में नहीं बल्कि अपने घर में रहकर भी हो सकती है।

शरीर को निरोगी रखने के लिए अपने भोजन को लेकर विशेष रूप से सावधान रहने की जरूरत होती है क्योंकि अधिकांश बीमारियाँ हानिकारक पदार्थों या जरूरत से अधिक मात्रा में उनके सेवन करने से होती हैं। (उदा. तैलिय, मसालेदार पदार्थ, जंक फूड फास्ट फूड बासी-रात का बचा हुआ भोजन इत्यादि)।

यदि आप अपने रोज के भोजन में फल, हरी सब्जी आदि बहुत कम मात्रा में लेते हैं तो शरीर को पूरा पोषण नहीं मिल पाता। इसी तरह भोजन पकाने की प्रक्रिया में तेज आँच के कारण अन्न के अधिकांश पोषक तत्त्व जलकर नष्ट हो जाते हैं। ऐसा भोजन लेने से सिर्फ चरबी की मात्रा बढ़ती है। फलस्वरूप हृदयरोग और मधुमेह जैसी जानलेवा बीमारियाँ पैदा हो सकती हैं। दूसरी ओर फलों और हरी साग-सब्जियों में शरीर को निरोगी रखनेवाले पोषक तत्त्व, विटामिन्स, क्षार (खनिज पदार्थ, मिनरल्स) आदि अधिक मात्रा में मिलते हैं, जिनसे शरीर तंदुरुस्त रहता है और शरीर की रोग प्रतिरोधक क्षमता बढ़ने से बीमारियाँ भी नहीं होतीं। यह एक वैज्ञानिक तथ्य है कि कब्ज बढ़ने से शरीर में रोग पैदा होने लगते हैं। इसलिए शरीर के लिए उपयुक्त आहार और भी महत्वपूर्ण हो जाता है क्योंकि इनके प्रयोग से पेट भी हमेशा साफ रहता है। यू.एफ.टी. के दौरान अगर हम आहार-विहारतथा मनोव्यवहार पर कड़ा नियंत्रण नहीं रखेंगे तो इस चिकित्सा का पूरा लाभ नहीं मिल पाएगा। इसलिए इस चिकित्सा में उपवास का अधिक महत्त्व होता है। रोगी इंसान शिवाम्बु उपवास रखकर महीनों गुजार सकता है और रोगमुक्त होकर स्वस्थ जीवन का आनंद ले सकता है।

इसके विपरीत अपने आहार-विहार पर नियंत्रण न रखनेवाला इंसान तेजी से मृत्यु की ओर बढ़ता है इसलिए इस चिकित्सा में खान-पान का विशेष ध्यान रखना जरूरी होता है। जो इंसान भूखा नहीं रह सकता, उसे फलों के रस पर रहकर रोग से मुक्ति मिल सकती है लेकिन यूरिन फास्ट थेरेपी द्वारा उपवास करने से जल्द ही हर रोग से मुक्ति मिल जाती है।

सामान्य तौर पर यू.एफ.टी.के साथ आहार में निम्नलिखित पदार्थों का प्रयोग करना अधिक लाभदायी होता है:

१. अन्न में गेहूँ का दलिया, ज्वार तथा रागी की खीर

२. गेहूँ या ज्वार के आटे में चोकर मिश्रित रोटियाँ (मोटा, बिना छना आटा)

३. ज्वार या बाजरे की रोटी

४. सभी कड़धान्यों के अंकुरित धान्य (स्प्राऊट्स फूड, उदा. हरा मूँग, मटकी इत्यादि)

५. गाजर, बीट, मूली तथा हरी सब्जियाँ आदि।

६. हाथ से कुटे हुए ग्रामोद्यौगिक (गाँव में खेती कर उगाए हुए) चावल

७. हरे मूँग का सूप

८. ताजे फलों का रस आदि।

यूरिन फास्ट थेरेपी करते वक्त मांसाहार का सेवन बिलकुल नहीं करना चाहिए। नैसर्गिक चिकित्सा में बताए गए पाँच सफेद विषैले पदार्थ- शक्कर, मैदा, नमक, सफेद चावल और दूध को खान-पान में शामिल नहीं करना चाहिए। दूध के बजाय आप दही तथा छाछ का इस्तेमाल कर सकते हैं।

आहार हल्का, सात्विक और संतुलित होना चाहिए जो पचने में आसान हो। यूरिन फास्ट थेरेपी का प्रयोग करते समय ऐसा ही आहार लेना अनिवार्य होता है। अलग-अलग बीमारी में अलग प्रकार का परहेज रखना आवश्यक होता है। इसलिए इस सूचना पर विशेष ध्यान दें- इस चिकित्सा पद्धति को अपनाने से पहले किसी भी तरह का आहारिय परहेज करने हेतु अपने विशेषज्ञ से परामर्श जरूर ले लें।

आहार-विहार में संयम का महत्त्व

प्राकृतिक आहार और परहेज का स्वास्थ्य पर काफी असर होता है। अतः स्वमूत्र और प्राकृतिक आहार, दोनों का साथ-साथ चलना जरूरी है। कोई भी घटक, जिसका हमने सेवन नहीं किया है, वह शिवाम्बु में नहीं आ सकता। इस चिकित्सा में निर्देशित सभी आहार एवं परहेज के बदलाव रोग निवारण की दृष्टि से अति महत्वपूर्ण है। हमारा आहार हमारे शरीररूपी कारखाने का कच्चा माल है। अगर हम इस शरीर से औषधि-गुणकारी शिवाम्बु के रूप में पक्का माल चाहते हैं तो उसका कच्चा माल यानी आहार भी सात्विक होना जरूरी है।

प्राकृतिक चिकित्सा में रोगी की आहार प्रणाली में काफी बदलाव किए जाते हैं क्योंकि उसी से रोगी को अधिक लाभ होता है। अकसर देखा गया है कि रोगी के साथ जब यू.एफ.टी. को जोड़ा जाता है यानी सिर्फ शिवाम्बु और पानी पीकर लंघन (उपवास) किया जाता है तब बहुत प्रकार की लाइलाज अर्थात जिनका कोई इलाज नहीं है,ऐसी बीमारियाँ भी ठीक होती हैं और कम समय में ही रोगी को

स्वास्थ्य प्राप्ति हो जाती है।

आहार संबंधित अनेकों मत होते हैं, तरह-तरह के परहेज बताए जाते हैं। हमारी दृष्टि से हर इंसान की प्रकृति के अनुसार उसके आहार संबंधी नियम बदल जाते हैं। हर जागरूक इंसान अपने पूर्व अनुभवों के आधार पर यह जान सकता है कि उसके लिए कौन सा आहार अनुकूल, कौन सा आहार रोगकारक और कौन सा आहार स्वास्थ्यवर्धक है।

यूरिन फास्ट थेरेपी का महत्त्व

प्राकृतिक दृष्टि से देखा जाए तो यू.एफ.टी. हर बीमारी में उपयुक्त और प्रभावी है। वास्तव में यूरिन फास्ट थेरेपी शुरू करने के लिए रोग निदान की ज्यादा जरूरत नहीं होती। यू.एफ.टी. के अनुसार शरीर की सभी जैव-रासायनिक क्रिया-प्रतिक्रियाओं का और शरीर के सभी कार्यों का संतुलन ही स्वास्थ्य है। जब यह संतुलन बिगड़ जाता है तब बीमारी के लक्षण संकेत के रूप में दिखते हैं।

आम तौर पर यू.एफ.टी. बिगड़े हुए संतुलन को पुनः स्थापित करने एवं उसे मजबूत बनाने के उद्‌देश्य से की जाती है। संतुलन 'स्वास्थ्य' है और असंतुलन 'बीमारी' है। संतुलन बिगड़ने के अनगिनत कारण और तरीके हो सकते हैं इसलिए बीमारियों के अनगिनत नाम भी होते हैं। आधुनिक औषधि-विज्ञान ने अलग-अलग रोगों का नामकरण एवं वर्गीकरण किया हुआ है।

यू.एफ.टी. में रोग के लक्षणों के अनुसार इलाज नहीं किया जाता बल्कि रोग के कारणों को दुरुस्त किया जाता है। इसलिए इसमें रोग के नामकरण को ज्यादा महत्त्व नहीं दिया जाता।

लेकिन आज के युग में हम रोग निदान करने के लिए इतने पक्के हो चुके हैं कि रोग का डायग्नॉसिस (रोग की पहचान) करने से ही हम उसके बारे में स्पष्ट ढंग से सोच पाते हैं। कई बार यू.एफ.टी. के साथ अन्य प्राकृतिक उपचार पद्धतियों, जड़ी-बूटियों के उपयोग की दृष्टि से रोग का नामकरण करना जरूरी भी होता है। इससे मार्गदर्शन में थोड़ी आसानी हो जाती है। खासकर शिवाम्बु उपवास के दौरान रक्त एवं स्वमूत्र के क्षारीय (मिनरल्स) और आम्लीयता (ऐसिड) के प्रमाण का निरीक्षण करना जरूरी होता है।

यू.एफ.टी. बहुत सारी बीमारियों के लिए उपयुक्त है। जहाँ ऑपरेशन की जरूरत है, जैसे हर्निया या किसी हड्डी का टूटना, वहाँ एकत्रित उपचार दृष्टिकोण की जरूरत होती है। अन्यथा यू.एफ.टी. संपूर्ण स्वास्थ्य की दृष्टि से विकसित पद्धति है, जिसका उपयोग किसी भी बीमारी में करने से कोई दुष्परिणाम (साईड इफेक्ट) नहीं होता।

भाग ३
महिलाओं के स्वस्थ जीवन का राज़
हर उम्र चिकित्सा

मनुष्य ईश्वर के निकट तभी होता है,
जब वह इंसानों को सच्चा स्वास्थ्य प्रदान करता है।

स्वास्थ्य-रक्षा एवं रोग निवारण की दृष्टि से शिवाम्बु का उपयोग हर उम्र का इंसान कर सकता है, फिर वह स्त्री हो या पुरुष, बालक हो या वृद्ध, जवान हो या बीमार। परिवार में महिलाओं की एक अहम भूमिका होती है क्योंकि घर में लगभग सब कुछ महिलाओं पर ही निर्भर होता है। इसलिए महिलाओं को अगर स्वमूत्र चिकित्सा की शिक्षा मिले तो हर परिवार में बच्चों से लेकर बुजुर्गों तक सब तंदुरुस्त रह सकते हैं। महिलाएँ घर की रीढ़ होती हैं। उनकी स्वास्थ्य विषयक आदतों के अनुसार ही नई पीढ़ी के स्वास्थ्य का निर्माण होता है। इसलिए महिलाओं को भी शिवाम्बु सेवन करके इस चिकित्सा का प्रभाव जान लेना चाहिए।

महिलाओं को दिनभर घर के काम करने के लिए उत्साह और ऊर्जायुक्त क्षमता की जरूरत होती है। शिवाम्बु सेवन करनेवाली महिलाओं का अनुभव है कि वे दिनभर काफी सारा काम बिना थके, स्फूर्ति और जोश से कर लेती हैं। नियमित शिवाम्बु सेवन से शरीर की वास्तविक और स्वाभाविक तरीके से शुद्धि होती है, जिससे स्त्री का सच्चा सौंदर्य खिलकर सामने आता है। इस चिकित्सा पद्धति का लाभ लेनेवाली महिला के शरीर का सर्वांगीण विकास होकर, शरीर की सभी जैव रासायनिक क्रियाओं में संतुलन आता है। परिणामतः वे शारीरिक एवं मानसिक दृष्टि से प्रसन्न और शांत महसूस करती हैं। महिलाओं में शारीरिक स्तर पर हर माह काफी सारे हार्मोनल बदलाव होते रहते हैं, जिससे उनके शरीर में शारीरिक ऊर्जा की कमी,

चिड़चिड़ापन, आलस्य, कमजोरी आदि समस्याएँ पैदा होती रहती हैं। इन समस्याओं से करीब-करीब हर महिला को प्रति माह जूझना पड़ता है। लेकिन नियमित शिवाम्बु सेवन करने से ये समस्याएँ खत्म हो सकती हैं। सामान्यतः महिलाओं को हर माह माहवारी आती है, जिसके दौरान तीन से चार दिन रक्त स्त्राव होता है। ऐसे में स्वच्छ शिवाम्बु प्राप्त करना कठिन होता है। इसलिए माहवारी के दौरान यूरिन का सेवन नहीं किया जा सकता।

पृथ्वी को धरती माता कहा गया है क्योंकि उसी की कोख से सारी वनस्पतियों का निर्माण होता है। उसी तरह इस पृथ्वी पर मनुष्य का जन्म स्त्री की कोख से होता है इसलिए स्त्री को भी माता या जननी कहते हैं। स्त्री के शरीर में अपने जैसा ही मानव पैदा करने की क्षमता होती है, इस कारण से स्त्री के शरीर की रचना भी खास होती है।

स्त्री के शरीर का पूर्ण विकास उसकी उम्र के अठारह वर्ष तक होता है। विकास की इस प्रक्रिया के दौरान १५-१६ वर्ष की उम्र तक उनमें हर माह माहवारी भी शुरू हो जाती है, जो गर्भाशय के विकास का प्रतीक मानी जाती है। सामान्यतः माहवारी २८ से ३० दिनों के बाद आती है, जिसमें चौदहवें दिन के आस-पास बीजाशय से (ओवरी में) बीज निर्मित होकर गर्भाशय तक पहुँचता है। इसी को ओव्यूलेशन (स्त्रीबीज जनन) कहते हैं। इस समय स्त्री के शरीर में काफी सारे हार्मोनल बदलाव होते हैं। माहवारी उम्र के ४५ से ५० वर्ष तक चलती है और इसके बाद धीरे-धीरे बंद हो जाती है, इस प्रक्रिया को मेनोपॉज या रजोनिवृत्ति कहते हैं। माहवारी शुरू होते समय (मेनार्की) और बंद होते समय (मेनोपॉज) स्त्री के शरीर में बहुत सारे शारीरिक एवं रासायनिक बदलाव होते हैं। जिसके कारण स्त्री को काफी सारी शारीरिक तकलीफों एवं असंतुलन का सामना करना पड़ता है।

कई युवतियाँ शुरू से ही अनियमित माहवारी की शिकार होती हैं। गलततथा अनैसर्गिक रहन-सहन, व्यायाम का अभाव, मोटापा, पौष्टिक आहार की कमी, खान-पान में मनमानी और मानसिक तनाव जैसे कारणों से उनकी माहवारी समय पर नहीं होती और कभी ज्यादा तो कभी कम स्राव होता है। अकसर माहवारी के दौरान युवतियों को पेटदर्द, कमरदर्द की शिकायत भी रहती है। इस कारण उन्हें उन दिनों में विश्राम करना पड़ता है।

कई बार डॉक्टर की सलाह के बिना बहुत सारी युवतियाँ अलग-अलग कारणों से गोलियाँ खाकर माहवारी को आगे-पीछे करती हैं अथवा छोटी-छोटी तकलीफों के लिए भी विविध प्रकार की दवा, गोलियाँ खाती हैं, इससे भी अनियमित

माहवारी की समस्या पैदा हो जाती है।

वास्तव में अनियमित माहवारी एवं माहवारी के दौरान कमरदर्द, पीठदर्द की समस्या के लिए किसी भी कृत्रिम दवाई या रासायनिक गोली की आवश्यकता नहीं होती है। लेकिन आज के भाग-दौड़ के युग में इतना विवेक और संयम सबके पास नहीं होता। लोग तुरंत परिणाम चाहते हैं और अलग-अलग दवाइयों का प्रयोग करते रहते हैं। जिससे उनकी नैसर्गिक हार्मोनल कार्यप्रणाली और भी असंतुलित होती जाती है। ऐसी लड़कियों की जब शादी होती है तब बच्चे जल्दी न होने जैसी बातें उन्हें शारीरिक और मानसिक स्तर पर विचलित करने लगती हैं। ऐसी स्थिति में डॉक्टर उन्हें अनेक प्रकार के हार्मोनल उपचार देते हैं, जिससे उनके शरीर की सभी गर्भलिंगीय प्रणाली बनावटी, अनैसर्गिक और जटिल बन जाती है। इससे समस्या और बढ़ जाती है।

शिवाम्बु उपचार देनेवाले डॉक्टरों ने यह देखा है कि प्राकृतिक जीवन जीने और नियमित शिवाम्बु थेरेपी से १०० दिनों के अंदर अनियमित माहवारी ठीक हो जाती है। आवश्यकता है केवल संयम और सकारात्मक प्रयास की।

कई महिलाओं के साथ श्वेतप्रदर (स्त्रियों के गर्भाशय से निकलनेवाला लसदार तरल पदार्थ) या अतिस्राव की समस्या होती है। योनिमार्ग में इन्फैक्शन या वहाँ के और गर्भाशय के मुख में स्थित ग्रंथियों के अति उत्तेजित होने के कारण कई महिलाओं में सफेद प्रदर की शिकायत होती है। कई महिलाओं में हार्मोनल असंतुलन के कारण माहवारी के दौरान ज्यादा रक्तस्राव होता है। ऐसे में योनिमार्ग में शिवाम्बु के डूश लेने से चमत्कारिक परिणाम देखे जा सकते हैं। जब भी शिवाम्बु आए, उससे योनिमार्ग साफ करने से श्वेतप्रदर और सारे इन्फेक्शन दूर होते हैं। वैसे शिवाम्बु अलग मार्ग से और माहवारी स्राव अलग मार्ग से होता है। योनिमार्ग को साफ करके माहवारी के दौरान भी स्वमूत्र का सेवन किया जा सकता है, .फिर भी माहवारी के समय में पहले ३ दिन तक इसे न लेना ही बेहतर होता है।

गर्भवती स्त्री को शिवाम्बु प्राशन से लाभ

प्रसूति काल का अनुभव स्त्रियों के लिए पुनर्जन्म की तरह होता है। बच्चे को नौ माह तक अपने पेट में रखना, हर स्त्री के जीवन का अद्भुत अनुभव होता है। गर्भधारणा होते ही स्त्री के शरीर में अनेक बदलाव होने शुरू हो जाते हैं। शरीर की जैव रासायनिक प्रक्रियाएँ बदलने लगती हैं। उसी के साथ स्त्री की मानसिक स्थिति में भी काफी बदलाव आता है। इसलिए गर्भावस्था में स्त्री को अनेक

मनोशारीरिक असंतुलनों का सामना करना पड़ता है।

हर स्त्री को लगता है कि उसकी प्रसूति सरल-सुलभ और नैसर्गिक हो तथा आनेवाला बच्चा तंदुरुस्त और स्वास्थ्य संपन्न हो। यदि गर्भवती स्त्री नियमित रूप से दिन में १ या २ बार स्वमूत्र का सेवन और सप्ताह में २ या ३ बार पुराने शिवाम्बु से पूरे शरीर की हल्के हाथों से मालिश करे, नियमित योग-प्राणायाम करे, अपने मन को सत्य श्रवण, मनन और ध्यान द्वारा सदा प्रफुल्लित रखे तो उसकी प्रसूति बिना किसी दिक्कत के सहजता से हो सकती है और जन्म लेनेवाला बच्चा भी स्वस्थ और मनोशारीरिक दृष्टि से संपन्न हो सकता है।

भाग ४
शिशु का सर्वांगीण विकास
यूरिन थेरेपी

स्वास्थ्य ही समूची खुशी की नींव है।

यदि आप अपने बालक को स्वस्थ, सुखी और लंबी आयु का जीवन देना चाहते हैं तो ऐसे में यू.एफ.टी. एक उपयुक्त चिकित्सा प्रणाली है। यह पूर्णतः निःशुल्क और बिना किसी दुष्परिणाम के आसानी से उपलब्ध होनेवाली दवा है। बच्चे के अपने मूत्र में तुरंत रोग मिटानेवाले निसर्ग प्रदान, घटक मौजूद होते हैं।

बच्चा कमजोर हो, उसे दूध नहीं पचता हो, पेट फूलता हो, दूध बाहर फेंकता हो। उसे हरे-पीले और फटे हुए बदबूदार दस्त होते हों, ज्यादा रोता हो, दुबला-पतला हो, शरीर सूख रहा हो, नेत्र बंद रखता हो, कानों में पीड़ा हो तो शिशु को अपना शिवाम्बु सेवन कराना उचित होता है। इसके अतिरिक्त उसके कान और आँखों में नियमित रूप से शिवाम्बु की दो-दो बूँद डालना तथा शिवाम्बु से मालिश करना उत्तम, गुणकारी एवं आपत्तिरहित होता है। जब बच्चे के दाँत-दाढ़ निकलने का समय आता है तब उसकी तकलीफ बढ़ जाती है। ऐसे में बच्चे को उसका शिवाम्बु देना तथा शिवाम्बु से उसके मसूड़ों पर मालिश करनी चाहिए। शिवाम्बु बच्चे के लिए टॉनिक का काम करता है। यदि बच्चे को बुखार आ जाए तो किसी अन्य स्वस्थ छोटे बच्चे के शिवाम्बु से उसकी मालिश करनी चाहिए। यह मालिश इस ढंग से करें कि बच्चे का बीमार शरीर शिवाम्बु सोख ले।

यदि किसी कारणवश बच्चे को मूत्र आना बंद हो जाए तो किसी भी छोटे मगर स्वस्थ बच्चे के मूत्र की मोटी पट्टी अस्वथ्य बच्चे के पेट पर रखें और हर आधे घंटे

पर उसे स्वस्थ बच्चे का शिवाम्बु पिलाएँ। ३-४ बार शिवाम्बु पिलाने पर बच्चे को दर्द से राहत मिलेगी और उसे मूत्र होने लगेगा। इसके बाद उसे उसका शिवाम्बु पिलाया जा सकता है।

शिवाम्बु कीमात्रा और उसे सेवन करने की विधि

- १ माह से ४ माह के बच्चे को १से २ बूँदें दिन में दो बार दे सकते हैं।
- ३ माह से ६ माह के बच्चे को ४ से ६ बूँदें दिन में दो बार दे सकते हैं।
- ६ माह से १ वर्ष तक बच्चे को २ से ३ चम्मच में दिन दो बार दे सकते हैं।
- **एक साल के आगे के बच्चों को आधा कप दिन में एक बार दे सकते हैं।**

याद रखें यदि जन्म काल से ही बच्चे को शिवाम्बु प्रयोग नियमानुसार कराया जाए तो बच्चा संपूर्ण जीवन स्वस्थ, सुखी और लंबी उम्र का होगा। उसकी आँखें, कान, दाँत तथा बाल हमेशा स्वस्थ रहेंगे।

इसी के साथ बच्चे को दूध पिलानेवाली माँ को भी शिवाम्बु का सेवन करना चाहिए। इससे उसका दूध बढ़ता है और पौष्टिक, रोग मुक्त तथा प्रतिक्रिया रहित रहता है। साथ ही इससे शरीर की रोग प्रतिरोधक क्षमता (इम्यूनिटी पॉवर) बढ़ती है।

भाग ५

खूबसूरती और यू.एफ.टी.

त्वचा और बाल

'स्वास्थ्य' निसर्ग द्वारा प्रदान किया गया वह अनमोल तोहफा है, जिसकी बदौलत आपको महसूस होता है कि साल का सबसे अच्छा समय यही है।

आज की भाग-दौड़भरी जिंदगी में सामान्य लोगों में पहले की तुलना बालों की समस्याएँ काफी बढ़ चुकी हैं। कम उम्र में बालों का सफेद होना, डैंड्रफ या रूसी होना, बालों का झड़ना आदि समस्याएँ अधिकांश लोगों में पाई जा रही है। पुराने जमाने में ऐसी समस्याएँ इतनी गंभीर और आम नहीं थीं लेकिन आज यह सामान्य सी बात बन गई है और इसका एक ही कारण है- आज की बनावटी और यांत्रिक (मिकैनिकल) जीवनशैली!

वैसे इन समस्याओं के कई सारे कारण हो सकते हैं। जैसे पीने और स्नान के लिए उपयोग में लाया जानेवाला क्लोरीनयुक्त पानी, बोरवेल का क्षारीय (जड़, पचने में कठिन) पानी, आहार में नैसर्गिक जीवनसत्व एवं खनिजों (मिनरल्स) की कमी होना। दूषित पानी और हवा, नकली चीजों से बने जूतों का उपयोग, इंसान के शरीर का निसर्ग के साथ टूटता हुआ संपर्क आदि। ऐसे में शिवाम्बु उपचार द्वारा कई लोगों को बालों से संबंधित अलग-अलग समस्याओं से छुटकारा मिला है।

दिन में कम से कम दो बार स्वमूत्र सेवन करने, नैसर्गिक सात्विक आहार लेने, स्नान के लिए शुद्ध जल का उपयोग, सुबह की खुली ताजी हवा में घूमने अथवा बगीचे की हरी घास पर नंगे पाँव चलने जैसे उपाय इसमें कारगर सिद्ध हो सकते हैं।

बालों से संबंधित समस्याओं से छुटकारा पाने के लिए यू.एफ.टी. उपयोगिता

की विधि इस प्रकार से है :

१. स्वमूत्र को बोतल में भरकर ८ दिन तक धूप में रखें।
२. उसके बाद उसे छानकर स्नान से पहले हर रोज बालों में शैम्पू की तरह लगाएँ और साथ ही सिर की त्वचा पर धीरे-धीरे मालिश करें।
३. फिर १५-२० मिनट बाद गुनगुने जल से स्नान करें।
४. २१ दिन तक लगातार ऐसा करने से डैंड्रफ, बालों का टूटना, झड़ना आदि समस्याएँ खत्म हो जाएँगी।

कई बूढ़े रोगी हृदय विकार, लकवा आदि बीमारियों के इलाज के लिए शिवाम्बु का सेवन करते थे। जिनके उपचार के दौरान उन्होंने पाया कि उनके सफेद बाल भी धीरे-धीरे काले हो रहे हैं। अगर ऐसा असर वृद्धों में दिखाई देता है तो फिर युवक, जिनके बाल सफेद हो रहे हैं, इसका लाभ अवश्य उठा सकते हैं।

बालों के स्वास्थ्य के लिए आंतरिक एवं बाहरी दोनों प्रकार के यूरिन फोर्स की आवश्यकता होती है। केमिकल युक्त तेल, तरह-तरह के खुशबूदार साबुन और सोते समय उपयोग किए जानेवाले अलग-अलग प्रकार के तकिए भी बाल सफेद होने और झड़ने का कारण बनते हैं। इसलिए शरीर की कोमल, संवेदनशील, नाजुक एवं सूक्ष्म त्वचा के उपयोग में लाई जानेवाली वस्तुओं का चुनाव सोच-समझकर करें।

त्वचा में निखार एवं कांति लाने के लिए

यू.एफ.टी. का उपयोग

त्वचा शरीर का महत्वपूर्ण अंग है क्योंकि यह शरीर के अंतरंग को ढककर उसकी सुरक्षा करती है। साथ ही साथ यह शरीर को आकार और सौंदर्य भी प्रदान करती है। कई युवाओं के चेहरे की त्वचा पर मुहाँसे हो जाते हैं, जो असल में युवा अवस्था में शरीर में हो रहे हार्मोनल बदलाव को दर्शाते हैं। लेकिन जब वे अधिक मात्रा में ज्यादा दिनों तक चेहरे पर टिके रहते हैं, तब चेहरे के सौंदर्य को बिगाड़ देते हैं। मुहाँसे त्वचा की तैलिय ग्रंथियों में असंतुलन के कारण पैदा होते हैं। इसके साथ ही गलत खानपान, केमिकलयुक्त साबुन, क्रीम, मानसिक तनाव एवं त्वचा की ग्रंथियों में संसर्ग होने से भी मुहाँसों की तकलीफ बढ़ती है।

ऐसे में नियमित शिवाम्बु का सेवन करने एवं चेहरे पर लेप लगानेवाले रोगी

की त्वचा से हर तरह के दाग, मुहाँसे अथवा व्रण पूरी तरह साफ हो जाते हैं। नियमित शिवाम्बु का लेप लगाने से त्वचा पर हुए किसी भी जख्म के दाग अपने आप दूर हो जाते हैं।

अब तक आपने संतुलित स्वास्थ्य से लेकर, महिलाओं, बच्चों और सौंदर्योपचार में शिवाम्बु का महत्त्व और उसकी उपयोगिता जानी है, अब इसके आगे के भागों में यूरिन थेरेपी की अलग-अलग उपचार पद्धतियाँ दी गई हैं, जिससे पता चलेगा कि हमें किस प्रकार अपने जीवन में इस चिकित्सा पद्धति का उपयोग करना है।

भाग ६

कभी नहीं कही

ऐसी विस्मयकारक कहानी

हर रोगी के भीतर उसका खुद का चिकित्सक मौजूद होता है।

प्रस्तुत लेख मार्था एम. क्रिस्टी के जीवन-संघर्ष पर आधारित है। जिन्होंने यू.एफ.टी. के महत्त्व और उपयोगिता को जानते हुए 'Your Own Perfect Medicine', नामक पुस्तक का भी निर्माण किया। इसी पुस्तक में से संकलित की गई संक्षिप्त जानकारी पाठकों के लाभ हेतु यहाँ दी जा रही है।

'मेरी जिंदगी में कम उम्र में बहुत ही गंभीर और असाध्य बीमारियों का सामना करते वक्त मुझे इस अज्ञात प्राकृतिक दवा का परिचय हुआ। हजारों लोगों की तरह मुझे भी पुरानी असाध्य बीमारियों (Degenerative disorders) ने घेरा था। बहुत सारी दवाइयों के बावजूद भी मेरी जीवन जीने और कार्य करने की शक्ति हमेशा के लिए धोखे में आने की संभावना थी।

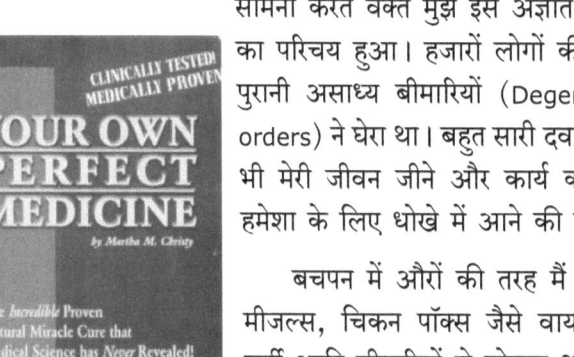

बचपन में औरों की तरह मैं भी मम्स अॅन्ड मीजल्स, चिकन पॉक्स जैसे वायरल इन्फेक्शन, सर्दी आदि बीमारियों से परेशान थी। अन्य बच्चों की तरह मेरा भी खूब खेलना, काम करना और जोशपूर्ण रहने का सपना था। लेकिन वे सपने वास्तव में आना संभव नहीं थे।

शरीर बना बीमारियों का घर

मेरे शरीर में १८ से ३० साल तक आगे दिए हुए बीमारियों का निदान हुआ। पेल्विक इन्फ्लमेटरी डिजीज अल्सरेटिव कोलायटिस (आँतों को सूजन आने के बाद होनेवाले जख्म) क्रोन्स डिजीज तथा इलिआयटिस (कोलोन को आनेवाली पुरानी दर्दकारक सूजन) असाध्य थकान के लक्षण, हाशिमोटोज डिजीज (थायरॉइड ग्रंथी में बिगाड़) और मोनोन्युक्लीओसिस।

मुझे बहुत बार मूत्रपिंड का गंभीर जंतुसंसर्ग, दो बार गर्भपात, पुरानी सिस्टायसिस, मूत्राशय में संसर्ग, गंभीर कॅन्डीडा और फंगल इन्फेक्शन्स हुई। साथ ही ॲड्रिनल ग्रंथी में कमजोरी तथा पुराना कान और साइनस का जंतुसंसर्ग हो रहा था। इसके लिए मुझे कई बार ऐंटीबायटिक्स दी गई। अन्न और रासायनिक द्रव्य की ऍलर्जी मेरे लिए एक बड़ा सवाल था। मैं अन्न की ऍलर्जी के कारण कम खाती थी फिर भी मेरा वजन बढ़ रहा था। इस तरह अलग-अलग शारीरिक व्याधियों का सामना करते-करते मेरे वजन की समस्या ज्यादा विकट बन गई।

दवा का दुष्टचक्र

जितनी बोतलें मैंने दवा की ली होंगी, यदि वे इकट्ठी की जाएँ तो उसमें एक जमीन का टुकड़ा भीग जाता पर मेरी बीमारी ठीक नहीं हो पाई बल्कि मैं और ज्यादा कमजोर हो गई थी। मैं एक जीती जागती रोगों का भंडार बन गई थी। इसमें सबसे बुरी बात यह थी कि मेरा रोग निदान करने में किसी डॉक्टर को यश नहीं मिला।

इसी के साथ और एक बड़ी समस्या आ गई, वह यह थी कि मैंने जो इतनी सारी दवाईयाँ ली थीं, उसका दुष्परिणाम (साईड इफेक्ट) मुझे पिंगपाँग के बॉल की तरह महसूस हो रहा था। एक दवा से दूसरी दवा, एक डॉक्टर से दूसरे डॉक्टर के पास, एक दवा का दुष्परिणाम मिटाने के लिए और एक दूसरी दवा, ऐसा दुष्चक्र बहुत साल तक चलता रहा।

निसर्गोपचार ने मुझे बचा लिया

मैं तीस साल की हो गई थी। उसी दौरान निसर्गोपचार प्रणालियों का बहुत तेजी से प्रसार, प्रचार चल रहा था। किसी भी तरीके से मुझे मेरी बीमारियों पर इलाज करवाना था इसलिए मैं डॉ. डेविस का आहार कार्यक्रम, मल्टी विटामिन थेरेपी, ऍक्यूपंक्चर, कायरोप्रॅक्टिक केअर, सभी हर्बल या वनौषधि और बिना दवा जो भी प्राकृतिक उपचार थे, उन्हें अपना रही थी।

इनसे मेरा दो साल में ही पुराना सिस्टायटिस ठीक हुआ था। साथ ही माहवारी के दौरान होनेवाला अधिक रक्तस्राव भी कम हुआ। पेट में अल्सरयुक्त कोलायटिस (आँतों की सूजन) कम होने लगी। साइनस इन्फैक्शन गायब हो गया, मुझे धीरे-धीरे शक्ति आ गई। आरोग्य ठीक होने लगा। शरीर की कार्यशक्ति और उर्जा बढ़ने लगी, ऐसा अनुभव होने लगा। वह भी बिना किसी दवा के। जब मैं चौतीसवें साल में गर्भवती हुई तो पहले कुछ महीने गर्भपात न होकर ठीक से गुजर गए और मुझे आरोग्य की जीत का आनंद मिल गया।

ऐसी अनोखी दवा किसी को कैसे मालूम नहीं?

Journal of American Association July 3, 1954

ऐसी चमत्कृतिपूर्ण और गूढ़ दवा कौन सी है? इसकी जानकारी किसी को क्यों मालूम नहीं? अगर यह दवा शरीर खुद निर्माण करता है तो डॉक्टर्स, संशोधक, लोगों को ठीक करने के लिए इसका इस्तेमाल क्यों नहीं करते? अखबारों, समाचारों में इसकी जानकारी क्यों नहीं आती? इसका गुणगान क्यों नहीं किया जाता? उसका प्रचार, प्रसार क्यों नहीं होता? यदि आपको इन सारे सवालों का उत्तर चाहिए तो पहले आप अपना मन खुला करें। सबसे पहले इसके बारे में पूर्वसंकल्पना, अविश्वास दिल से निकाल दें। वैद्यकिय इतिहास ने आज तक छिपाई, इस दवा का नाम सुनने के लिए तैयार हो जाएँ।

यह असामान्य चमत्कृतिपूर्ण दवा, जो अनेक डॉक्टर्स, संशोधक, अनेक लोगों की बीमारी ठीक करने के लिए अपनाते हैं, वह है 'मानवी मूत्र'... आश्चर्य हुआ, धक्का लगा? अविश्वास से यह किताब बंद करने से पहले खुद सोचें। आपको इसकी जानकारी हो या ना हो, आप पहले भी इसका इस्तेमाल कर चुके हैं। खुद का स्वमूत्र फिर से अपने शरीर में अपनाया है और इसकी वजह से आप आज तक जिंदा हैं।

वेस्ट नहीं बेस्ट

पहले लोगों को यह विस्मयकारक लगता है कि उन्होंने मूत्र के औषधि प्रयोग के बारे में पहले कभी नहीं सुना था। ज्यादातर लोगों को मूत्र यह तिरस्करणीय और घृणास्पद चीज लगती है, जो शरीर से बाहर निकाली जाती है। लेकिन आप इस बात का अनुभव कर सकते हैं कि मूत्र यह फेंक देनेवाली चीज नहीं है बल्कि मूल्यवान शरीर द्रव्य (फिजीओलॉजिकल सबस्टन्स) है। आज तक के वैद्यकिय इतिहास में यह बात साबित हो चुकी है कि इतनी उपयोगी दूसरी कोई चीज नहीं है।

मगर खेदजनक बात यह है कि हम इसके बारे में अनभिज्ञ हैं।

इसलिए पहली आवश्यक बात यह है कि हमें मूत्र इस विषय पर अपना नजरिया बदलना चाहिए। मूत्र जैसा हम समझते हैं, वैसा नहीं है। मूत्र क्या है और अपना शरीर मूत्र कैसे तैयार करता है, इसकी जानकारी होनी जरूरी है।

अनेक डॉक्टरों को यह दिखाई दिया है और उन्होंने यह साबित किया है कि प्राकृतिक 'मूत्र' यह आरोग्य ठीक करने (रोगमुक्ति) के लिए अपनाना अधिक श्रेयस्कर है। क्योंकि अर्क या कृत्रिम रूप में वे घटक नहीं मिलते, जो प्राकृतिक मूत्र में होते हैं, जो व्यक्तिगत जरूरतों को पूरा कर सकें। इसका एक और कारण यह है कि डॉक्टरों के कहे अनुसार प्राकृतिक स्वमूत्र उपचारों से कोई भी अन्य दुष्परिणाम नहीं होते।

रासायनिक दवाओं के इस्तेमाल से होनेवाले घातक, विकृत दुष्परिणाम अगर हम नहीं जानते तो ग्रंथालय में जाकर 'फिजिशियन डेस्क रेफरन्स' यह किताब पढ़ें। उसमें हर दवा से होनेवाले घातक और भयानक दुष्परिणाम की लिस्ट बनाई हुई है। दूसरी तरफ पिछले सौ सालों के प्रयोगों में और क्लिनिकल स्टडीज में नैसर्गिक मूत्र और दवा से 'यूरिया' का प्रयोग करने पर उसके अच्छे परिणाम दिखाई दिए। आज तक कोई अन्य घातक अथवा विषैले धोखादायक परिणाम नहीं दिखाई दिया। वैसे ही किसी संशोधक या स्वमूत्रोपचार लेनेवाले रोगी ने ऐसा अनुभव नहीं बताया।

जैसे हमने देखा 'यूरिया' यह मूत्र का सबसे महत्वपूर्ण घन घटक है। उसका एकत्रिकरण किया जाए तो वैद्यकिय दृष्टि से इस्तेमाल करके अत्युत्कृष्ट परिणाम वह भी 'बिना साइड इफेक्ट' के मिले हैं। संशोधनों से यह सिद्ध हुआ है कि संपूर्ण मूत्र अनेक रोगों को ठीक कर सकता है, जो यूरिया नहीं कर सकता। क्योंकि मूत्र में हजारों उपचार करनेवाले (थेरॅप्यूटिक) घटक, उदाः मूल्यवान प्राकृतिक प्रतिजैविक, एन्जाइम्स और नियंत्रण करनेवाले संप्रेरक होते हैं, जो यूरिया में नहीं मिलते।

स्वमूत्र उपचार पद्धति यह अनेक सफल संशोधनों पर खड़ी है। उसी तरह विश्व में हजारों लोग, जिन्होंने इस उपचार पद्धति का इस्तेमाल किया, उनकी सफलता इसके पीछे है। आज लोग भी यह जान गए हैं कि उनके पुराने गंभीर तथा तीव्र शारीरिक विकारों पर आधुनिक दवाओं का कोई फायदा नहीं होता। वे सभी रोग स्वमूत्र चिकित्सा से ठीक होते हैं।'

संदर्भ - मार्था एम. क्रिस्टी

अनुवादक- प्रो. सुमती साळुंखे

खण्ड २

आंतरिक और बाह्य प्रयोग

भाग ७

लाख दु:खों की एक दवा-

शिवाम्बु उपवास

शिवाम्बु (स्वमूत्र) चिकित्सा का इतिहास सैकड़ों साल पुराना है। यह शरीर से निकलनेवाला केवल एक पदार्थ नहीं है बल्कि नियंत्रित लेकिन अधिक मात्रा में जल रूप में तैयार होनेवाला तरल पदार्थ है। यूरिन से कई सारी दवाइयाँ बनाई जाती हैं। ये सब बातें समझनेवाले लोग यह जानने को उत्सुक हो गए हैं कि यू.एफ.टी. का उपयोग स्वास्थ्य संपन्न जीवन के लिए कैसे करना है।

यू.एफ.टी. एक ऐसी उपचार पद्धति है, जो लाख दु:खों की एक दवा है। जिसके उपयोग द्वारा सर्दी से लेकर कैन्सर तक की सभी बीमारियाँ ठीक हो सकती हैं।

अगर कोई मनुष्य बीमार है, किसी पुराने रोग से ग्रस्त है तो सिर्फ सुबह एक बार स्वमूत्र पी लेना ही काफी नहीं होगा। शरीर में रोग है, इसका मतलब ही शरीर में बहुत सारे रोग रूपी चोरों ने अतिक्रमण और आक्रमण किया हुआ है। ऐसे समय में शरीर में फैला हुआ पुराना मल बाहर निकालने के लिए स्वमूत्र के साथ गहरे प्रयोग करने होंगे। इतने चोरों को बाहर निकालने के लिए जरा सी पुलिस नहीं बल्कि पूरे पुलिस फोर्स की जरूरत है। ऐसे में कुछ दिनों तक हमारे शरीर से दिनभर में आनेवाले

स्वमूत्र का सेवन कर, उपवास (भोजन का त्याग) करना आवश्यक होगा। इस क्रिया को 'शिवाम्बुकल्प' कहा जाता है।

शिवाम्बु चिकित्सा केंद्र में मरीज के वजन अनुसार शिवाम्बु उपवास करवाया जाता है। दस दिन लंबी शिवाम्बुकल्प की विधि में शिवाम्बु की हर बूँद पीनी होती है, एक बूँद भी नीचे नहीं गिरनी चाहिए। उपवास के दौरान खूब पानी पीना भी आवश्यक होता है ताकि हर एक घंटे में यूरिन आती रहे एवं पेट हमेशा यूरिन और पानी से भरा रहे। इस क्रिया से भूख नहीं लगती लेकिन जैसे-जैसे हर घंटे शिवाम्बु सेवन होता है, वैसे-वैसे शरीर के अंदर पुराने दबे हुए रोग उल्टी या शौच के माध्यम से बाहर निकल आते हैं। यह क्रिया एक तपश्चर्या है, जिसमें मरीज के पास आत्मविश्वास और धीरज होना आवश्यक है। एक अनुभवी शिवाम्बु चिकित्सक ही लंबी अवधिवाली शिवाम्बुकल्प विधि में मरीज की मदद कर सकता है।

शिवाम्बु का प्रयोग दो तरीकों से किया जाता है –

१. आंतरिक प्रयोग

आंतरिक प्रयोग में शिवाम्बु सेवन, शिवाम्बु लंघन (भोजन का त्याग), शिवाम्बु, सूँघना शिवाम्बु एनिमा, शिवाम्बु का आँखों तथा कानों में प्रयोग किया जाता है। इन सबके लिए हमेशा ताजे शिवाम्बु का ही इस्तेमाल किया जाता है।

२. बाह्य प्रयोग

बाह्य प्रयोग में शिवाम्बु की पट्टियाँ, लेप और मालिश जैसे उपचार होते हैं। जिसके लिए पुराने शिवाम्बु का ही इस्तेमाल करना होता है।

भाग ८

रोग मुक्ति की दवा

आंतरिक प्रयोग-१

जीवन का अर्थ केवल जिंदा रहना नहीं है बल्कि स्वस्थ और खुश रहना है।

पुराने जमाने में योगी, साधक स्वमूत्र का सेवन समझ के साथ करते थे। प्रत्येक योगी का ध्येय आत्मसाक्षात्कार प्राप्त करना या अपनी आत्मिक उन्नति करना ही होता था। लेकिन इस परम अवस्था तक पहुँचने के लिए उन्हें बहुत साधना करनी पड़ती थी। कई सारी योगिक क्रियाएँ जैसे जलनेति, सूत्रनेति, वमन, शंखप्रक्षालन, बस्ती आदि कर अपने सप्तधातुओं से बने शरीर को शुद्ध किया जाता था।

इन क्रियाओं के साथ 'आमरोली' नामक क्रिया भी की जाती थी। योग शास्त्र के मुख्य आधारभूत ग्रंथ 'हठयोगप्रदीपिका' में आमरोली क्रिया के बारे में विस्तार से बताया गया है। आमरोली क्रिया करना यानी कुछ दिनों के लिए शिवाम्बु की एक-एक बूँद पीकर उपवास करना। पुराने जमाने में कई सारे योगी ८ दिन, १० दिन, २१ दिन, ४० दिन यहाँ तक कि १०७ दिन तक का समय निश्चित करके शरीर का सारा स्वमूत्र पीकर शिवाम्बु उपवास करते थे। उससे उनके शरीर की शुद्धि हो जाती थी और उसके बाद वे सहजता से आसन, प्राणायाम, ध्यान-धारणा कर पाते थे। शरीर की शुद्धि के पश्चात प्राण एवं मन को शुद्ध करना आसान हो जाता था। उससे उन्हें सम्यक ज्ञान प्राप्ति में मदद मिलती थी।

शरीर शुद्धि के बिना समाधि एवं आनंदावस्था प्राप्त करना कठिन होता है। यह क्रिया करने से लंबी आयु और पूर्ण स्वास्थ्य प्राप्त होता है, जिसे शास्त्रों में 'आमरोली' नाम से संबोधित किया जाता है। जब साधक, साधना में गहराई तक पहुँचता है तब उसका तन, मन और प्राण नियंत्रण में आते हैं, उसकी बुद्धि सजग

और निर्मल बन जाती है। अतः आध्यात्मिक उन्नति के लिए योगशास्त्र में कुछ प्रगत क्रियाओं के अभ्यास का उल्लेख किया है। उनमें से आमरोली क्रिया बहुत ही प्रभावी और उपयुक्त है।

योग पंथियों के अनुसार, स्वमूत्र की मध्यधारा सेवन करने का अर्थ ही आमरोली क्रिया है। स्वमूत्र के पहले भाग में पित्त का अंश होता है और आखिरी अंश में कुछ विशेष न होने के कारण स्वमूत्र की मध्यधारा पीना आमरोली क्रिया कहलाता है। जो इंसान हर दिन मुँह और नाक द्वारा स्वमूत्र का सेवन कर, नियमित रूप से योग साधना करता है, वही 'आमरोली साधक' कहलाता है।

शिवाम्बु सेवन : शुरुआती कदम

शिवाम्बु सेवन की शुरुआत करने के लिए सबसे पहले उसके विषय में फैली घृणा और मान्यताओं को दूर करने का कार्य करें। क्योंकि पहले दिन या शुरुआत में यह क्रिया कठिन लग सकती है। स्वमूत्र पीने के लिए मन को तैयार करना आवश्यक है इसलिए इसे शुरू करने के कुछ तरीके आगे बताए गए हैं, जिनसे धीरे-धीरे आपके अंदर की घृणा खत्म होगी और आपका मन इसके लिए तैयार होगा।

पहला कदम

यदि आपके शरीर पर कोई भी चोट, फोड़ा या फुँसी हो जाए तो उस पर अपना शिवाम्बु लगाएँ। इसे दिन में २ या ३ बार लगाने से ही आपको जख्म पर आश्चर्यजनक सुधार दिखाई देगा। इससे आपका विश्वास बढ़ेगा कि शिवाम्बु कोई व्यर्थ पदार्थ नहीं है।

दूसरा कदम

जब आपका विश्वास कुछ हद तक बढ़ जाए तब आप सुबह के पहले स्वमूत्र को तीन हिस्सों में त्यागें यानी पहले थोड़ा शिवाम्बु पूरी तरह से त्याग दें, फिर बीच के शिवाम्बु को एक काँच के गिलास में आधी मात्रा तक जमा करें और इसके बाद आखिरी का शिवाम्बु त्याग दें।

अब इस जमा किए गए शिवाम्बु से शरीर पर मालिश करें, बालों में लगाएँ और इसके आधे घंटे के बाद नहा लें। इससे आपका मन काफी हद तक शिवाम्बु पीने के लिए तैयार हो जाएगा और इसके प्रति आपका विश्वास बढ़ जाएगा। इसके परिणामों को त्वचा पर देखने और इसकी उपयुक्तता का अनुभव लेने के बाद आप इसे दवा समझकर पीने के लिए तैयार हो सकते हैं। इस तरह की मालिश आप तब

तक कर सकते हैं, जब तक आप इसे पीने के लिए तैयार नहीं होते।

तीसरा कदम

अब यदि आप स्वमूत्र को दवा समझकर सेवन करने के लिए तैयार हो चुके हैं तब अपने शिवाम्बु से २ या ३ दिन केवल कुल्ला करें ताकि इसे मुँह में लेने से यदि आपको जो दिक्कत और घृणा महसूस हो रही हो तो वह मिट जाए। शिवाम्बु से कुल्ला करने के २-३ मिनट बाद आप चाहे तो फिर से ब्रश कर लें ताकि आपको जो असुविधा महसूस हो रही हो, वह निकल जाए।

चौथा कदम

उपरोक्त तीन कदम अपनाने के बाद, चौथे कदम तक आप शिवाम्बु पीने के लिए ९०% तैयार हो चुके होंगे। इसके बाद आप अपने शिवाम्बु के गिलास के साथ अपना मनपसंद कोई भी ठंडा, गरम नैसर्गिक पेय ले सकते हैं, उदा. कोकम, नींबू या आँवला शरबत इत्यादि। आप इसे शहद के साथ भी ले सकते हैं। फिर एक घूँट शिवाम्बु पीएँ और उसके १ मिनट बाद पेय पीएँ। अगले ५-६ दिन तक यह प्रयोग करके आप शिवाम्बु पीने के लिए १००% तैयार हो सकते हैं।

पाँचवा कदम

अब यदि आप शिवाम्बु सेवन शुरू कर रहे हैं तो सुबह का शिवाम्बु न लें बल्कि दोपहर और शाम के शिवाम्बु से शुरुआत करें। २-३ दिनों में आप इसके आदि हो जाएँगे। इसके बाद आप सुबह का शिवाम्बु ले सकते हैं। इस तरह जब आपके मन से शिवाम्बु के प्रति सारी घृणा और मान्यताएँ निकल जाएँगी तब आप आराम से इसका संपूर्ण लाभ ले पाएँगे।

अतः शिवाम्बु सेवन को अपनी आदत में शामिल करें ताकि आप हमेशा स्वस्थ रहें और यदि कोई रोग हो तो आप जल्द निरोगी हो सकें।

शिवाम्बु पीने की विधि

शिवाम्बु सेवन करने की सभी प्रणालियाँ बेहद सहज और सरल हैं, हर कोई इन्हें आसानी से कर करता है। जो लोग हमेशा स्वस्थ और आरोग्य संपन्न रहना चाहते हैं, उन्हें सुबह उठते ही पहले शिवाम्बु का सेवन करना चाहिए।

१) एक चुटकी हल्दी पाउडर, एक चुटकी सोंठ पाउडर और एक चुटकी आँवला पाउडर मुँह में डालकर सुबह का पहला शिवाम्बु पीएँ। सामान्यतः सूर्योदय से पहले का शिवाम्बु गुणकारी होता है।

२) प्रातःकाल उठकर आप ताँबे के बरतन में रखा हुआ पानी पीने के बाद शिवाम्बु पी सकते हैं।

जब आप सुबह-सुबह स्वमूत्र का सेवन करते हैं तब एक या दो बार पतले दस्त हो सकते हैं, यह साधारण सी बात है। शिवाम्बु पेट में जाते ही शरीर के अंदर का मल दस्त के रूप में बाहर निकलता है। इसलिए एक-दो बार पतले दस्त हों तो घबराने की जरूरत नहीं है। इस तरह शरीर साफ होने के बाद दिनभर एक अलग ही आनंद महसूस होता है। मगर ऐसा हर एक के साथ हो, यह जरूरी नहीं है बल्कि यह आपकी प्रकृति पर निर्भर करता है।

३) रोगियों को प्रातःकाल के शिवाम्बु के साथ सुबह, दोपहर तथा शाम को निर्देशानुसार शिवाम्बु का सेवन करना चाहिए।

४) शुरुआत में शिवाम्बु लेते वक्त अगर गंध या स्वाद से परेशानी महसूस हो तो उसमें पानी मिलाकर भी पिया जा सकता है।

स्वमूत्र की गंध या स्वाद कम हो उसके लिए सात्विक भोजन लेना जरूरी है। बच्चों से लेकर बुजुर्गों तक सभी शिवाम्बु का सेवन कर सकते हैं। सामान्यतः बड़ों को एक वक्त में जितना शिवाम्बु होता है, वह पूरा पीना चाहिए। हर दिन कम से कम एक गिलास (२०० मि.ली.) शिवाम्बु पीना लाभदायक है।

शिवाम्बु पीने के बाद पेट साफ होना आम बात है। जिन्हें अम्ल पित्त की शिकायत है, उन्हें शिवाम्बु पीने के बाद उल्टियाँ भी हो सकती हैं। इसके अतिरिक्त शरीर के अंदर दबे विषैले पदार्थ भी निकल सकते हैं। जिनकी वजह से कभी-कभी बुखार भी हो सकता है। साथ ही कभी-कभी पेटदर्द, मुँह में छाले आना, त्वचा पर फोड़े आना तथा गुदाद्वार की जलन होने जैसी प्रतिक्रियाएँ शिवाम्बु पीने के बाद दिखाई दे सकती हैं। लेकिन ये सभी प्रतिक्रियाएँ शरीर साफ होने के संकेत हैं इसलिए धीरज रखते हुए शिवाम्बु पीते रहें और साथ ही खूब सारा पानी भी पीते रहें। कुछ ही दिनों के बाद जैसे-जैसे शरीर शुद्धि होगी, वैसे-वैसे ये सब प्रतिक्रियाएँ भी खत्म हो जाएँगी।

स्वमूत्रपान के लिए हमेशा ताजे शिवाम्बु का ही इस्तेमाल करें। अगर किसी कारणवश शिवाम्बु नहीं हो रहा हो तो किसी भी सात्विक, शाकाहारी आहार लेनेवाले स्वस्थ इंसान के शिवाम्बु का सेवन भी किया जा सकता है। शिवाम्बु पीने के बाद आधे घंटे तक कुछ न खाएँ और कुछ भी खाने के बाद दो घंटे तक शिवाम्बु सेवन न करें।

भाग ९

शिवाम्बु उपवास

आंतरिक प्रयोग-२

यू(यूरिन). एफ(फास्ट/उपवास). टी(थेरेपी).

जिसके पास स्वास्थ्य है, उसके पास आशा है।
जिसके पास आशा है, उसके पास सब कुछ है।

कष्टदायक बीमारियों में शिवाम्बु उपवास का महत्त्व

डॉ. जे. डब्ल्यू. आर्मस्ट्राँग ने कहा था कि गंभीर और पुराने रोगों के लिए शिवाम्बु के साथ उपवास करना बहुत जरूरी होता है। आर्मस्ट्राँग ऐसे रोगियों के उपचार की शुरुआत शिवाम्बु उपवास से करते थे, जिसे आगे दिए गए क्रम अनुसार समझा जा सकता है।

१. उपवास की अवधि रोग की स्थिति के अनुसार तय की जाती थी।

२. उपवास में मुख्यतः स्वमूत्र पीना चाहिए। लेकिन जो इंसान केवल दिन का शिवाम्बु पीना चाहता है, उसे उपवास की अवधि बढ़ाने के लिए कहा जाता है ताकि रात को शिवाम्बु न पीने की कमी पूरी हो सके।

३. ऐसी स्थिति में रात का शिवाम्बु मालिश के लिए उपयोग में लिया जाना चाहिए।

४. आवश्यकता अनुसार उपवास में पानी भी पिया जाना चाहिए और यह पानी निर्मल होना चाहिए।

५. संभव है कि शिवाम्बु पीते समय उल्टी होने जैसा महसूस हो। यदि ऐसा हो तो उसके बाद होनेवाला दो-चार बार का शिवाम्बु नहीं पीना चाहिए। फिर

मन शांत हो जाने पर पुनः शिवाम्बु पीना शुरू कर सकते हैं।

६. इस प्रक्रिया में उपवास के दौरान भी नियमित रूप से शिवाम्बु से मालिश होनी चाहिए। मालिश के बिना उपवास जितना चाहिए उतना लाभकारी नहीं होता। मालिश के लिए अपना शिवाम्बु न बचे या कम हो तो किसी स्वस्थ मनुष्य के शिवाम्बु का उपयोग भी किया जा सकता है।

७. शिवाम्बु पीकर उपवास करने से हृदय की धड़कन बढ़ती है और नाड़ी तेज चलने लगती है। ऐसी स्थिति में बिलकुल घबराना नहीं चाहिए। हृदय और नाड़ी की तेज गति अपने आप ठीक हो जाएगी।

८. मालिश अगर दोषरहित होगी तो हृदय की धड़कन नहीं बढ़ेगी।

९. शिवाम्बु के साथ उपवास करने से रोगी को कमजोरी महसूस नहीं होती। क्योंकि आहार में उपलब्ध जिन नमकीन (लवणों) चीजों से हमारे शरीर का पोषण होता है, वे लवण अपने असली स्वरूप में शिवाम्बु में उपलब्ध रहते हैं, जिनसे रोगी को नियमित पोषण मिलता रहता है और वह उपवास के बावजूद भी खुद को स्वस्थ महसूस करता है।

१०. रोगी जितना अधिक शिवाम्बु लेगा, उसे उतना ही अधिक पौष्टिकता मिलेगी। लेकिन इस उपवास में रोगी को सावधान रहना चाहिए और अपना धीरज बनाए रखना चाहिए।

११. शरीर में जमा हुआ कचरा, हानिकारक द्रव्यों की परत, आँतों में चिपके हुए हानिकारक पदार्थ, सीना, फेफड़े, पेट आदि अंगों में जमा हुआ कफ और अन्य जमा हुए तत्त्वों को बाहर निकालने का कार्य शिवाम्बु ही करता है।

१२. इस उपवास में दस्त वगैरह हों तो बिलकुल न घबराएँ। यही समझें कि शरीर के विकार बाहर निकल रहे हैं और शरीर की सफाई हो रही है। उस समय शांत रहकर सभी क्रिया-प्रतिक्रियाओं को बस देखते रहें तथा कुदरत को अपना काम करने दें।

१३. यूरिन फास्ट थेरेपी में व्याकुल होकर किसी प्रकार का आंतरिक या बाह्य उपचार करने की चेष्टा न करें। न ही उसे दबाने या मिटाने के लिए किसी प्रकार की अन्य दवा लें और न ही कोई दूसरी ऐसी-वैसी चीज पेट में डालें। किसी कारणवश यदि आप अपनी दृढ़ता खो बैठें या आपका विश्वास उठ जाए तो भी प्रयोग बंद करने की गलती न करें।

१४. लंबी अवधि के उपवास में जितनी सावधानी बरतनी होती है, उससे कहीं अधिक सावधानी उपवास छोड़ने के एक सप्ताह बाद तक रखनी जरूरी होती है। आठ-दस या बीस दिन उपवास करने के बाद बहुत सावधान रहना चाहिए।

१५. जितने अधिक दिनों का उपवास हो, उतने अधिक दिनों तक आहार-विहार में संयम रखने की ज़रूरत होती है। सामान्यतः मोसंबी या संतरे का रस पीकर उपवास तोड़ने की प्रथा होती है। यदि मोसंबी जरा भी खट्टी हो तो रोगी को उसका रस न दें। उसके बजाय पाँच-सात खजूर दे सकते हैं या फिर बीजरहित बीस काली किशमिश रात को काँच या चीनी मिट्टी के बरतन में एक पाव पानी में भिगोकर रखें और सुबह उन्हें अच्छी तरह मसलकर उनका रस साफ कपड़े से छानकर रोगी को पिला सकते हैं।

मधुमेह के रोगी को यह रस नहीं देना चाहिए। दोपहर में फलों का रस और शाम को पपीता, चीकू आदि रसदार फल देने चाहिए।

१६. इस प्रक्रिया में दूसरे दिन भी फलों का रस और रसदार फल देने चाहिए। तीसरे दिन प्रातः मोसंबी या संतरे का रस, दोपहर में बहुत कम नमकवाला मूँग का पानी दिया जाना चाहिए। इस प्रकार रुचि और शक्ति के अनुसार आहार बढ़ाते जाना चाहिए।

इस तरह पुराने और लंबी अवधिवाले रोगों में शिवाम्बु का उपवास अत्यंत आश्चर्यकारक परिणाम देता है। कैन्सर, क्षयरोग, हृदयरोग, मधुमेह, अल्सर, दमा, त्वचारोग, महारोग, कोढ़, गुप्तरोग, आँतों के विकार, कान-नाक-गले के विकार आदि दीर्घकालीन रोगों में यूरिन फास्ट थेरेपी एक बेहतरीन उपचार साबित होता है। आत्मविश्वास, निरंतरता और सावधानी के साथ यू.एफ.टी. के नियमों का कड़ाई से पालन करते हुए उपचार किया जाए तो कष्टदायक रोगों से निश्चित रूप से छुटकारा मिल सकता है।

इस क्रिया में शुरुआत में पानी और शिवाम्बु के मिश्रण से रोगी को एनिमा दिया जाता है। इसके लिए सबसे पहले आँतों की सफाई आवश्यक होती है। अंदरूनी सफाई करने से परिणाम जरूर मिलता है। उपवास कितने दिन किया जाए यह रोग की और रोगी की शारीरिक अवस्था से तय किया जाता है। पुराने रोग में लंबी अवधि का पूर्ण उपवास करने से लाभ मिलता है लेकिन पूर्ण उपवास की शुरुआत तुरंत नहीं करनी चाहिए। इसमें पहले दो दिन भोजन की मात्रा कम करते हुए या ताजे फलों के रस द्वारा उपवास की शुरुआत की जा सकती है।

उपवास की अवधि

* उपवास कम से कम ५ दिन और ज्यादा से ज्यादा २८ दिन तक करना चाहिए।

* ८-९ दिन कठोर उपवास करने में कोई बुराई नहीं है।

* ८ दिन से ज्यादा उपवास करने के लिए डॉक्टर या अनुभवी शिवाम्बु चिकित्सक के मार्गदर्शन की जरूरत होती है।

* ५ से ११ दिन का उपवास करने से काफी हद तक रोग से मुक्ति मिल सकती है।

भाग १०

शिवाम्बु नस्य, नेति

आंतरिक प्रयोग-३

जल्दी सोने और जल्दी उठने से इंसान स्वस्थ,
सफल और समझदार बनता है।

हमारे देश के अनेक शहर प्रदूषित हो चुके हैं। परिणामतः सर्दी, खाँसी, दमा, अस्थमा, ब्राँकायटिस तथा कोई भी साँस की बीमारी आजकल बिलकुल आम बात हो गई है। इस तरह की श्वसन संबंधित बीमारियों में शिवाम्बु नस्य तथा शिवाम्बु नेति एक शीघ्र आराम देनेवाली उपचार तकनीक है। शिवाम्बु नस्य यानी नाक से ताजा शिवाम्बु पीना। नियमित अभ्यास से यह क्रिया करनी बहुत ही आसान हो जाती है। शिवाम्बु नीति क्रिया में शिवाम्बु को नेति पात्र में भरकर नाक के एक छिद्र से अंदर खींचना होता है और दूसरे छिद्र से बाहर निकालना होता है। यह क्रिया किसी अनुभवी योग चिकित्सक से सीखने के बाद ही उपयोग में लानी चाहिए।

सर्दी, खाँसी, जुकाम, नाक में मांस बढ़ना आदि समस्याओं में शिवाम्बु उपचार

सर्दी, खाँसी, जुकाम जैसी ज्यादातर छोटी और आम बीमारियाँ वायरल (विषाणु) या बैक्टीरियल (जीवाणु) इन्फैक्शन के कारण होती हैं। कुछ लोगों में ये ऍलर्जी के कारण होती हैं तो कुछ लोगों में पित्त और कफ के बढ़ जाने के कारण होती हैं।

सर्दी-जुकाम में नाक में खराश होना, नाक बंद होना, नाक से पानी बहना, सिरदर्द होना, बुखार आना जैसे लक्षण दिखाई देते हैं। सर्दी-खाँसी के दौरान दिन में

३-४ बार शिवाम्बु का सेवन करें। साथ-ही-साथ शिवाम्बु नति एवं शिवाम्बु नस्य पान बहुत लाभकारक होता है। दिनभर गरम, गुनगुना पानी पीते रहें। विटामिन सी युक्त फलों, सब्जियों का सेवन करें और पूर्ण विश्राम करें तथा शिवाम्बु से दिन में ३-४ बार गरारे करें। शिवाम्बु में ऐसे कई सारे घटक होते हैं, जो वायरस एवं बैक्टीरिया को नष्ट कर देते हैं।

कुछ लोगों में नाक के किसी एक छिद्र के अंदर मांस बढ़ने से उनकी श्वसन क्रिया असंतुलित चल रही होती है। हालाँकि नाक में मांस बढ़ने की समस्या का कोई कारण अब तक स्पष्ट नहीं हो पाया है लेकिन आमतौर पर यह समस्या आनुवंशिकता के कारण आती है। हमारी नाक के दो छिद्र, दो नाड़ियों को दर्शाते हैं। संपूर्ण स्वास्थ्य की दृष्टि से दोनों छिद्रों द्वारा संतुलित साँस का चलना जरूरी होता है। नियमित रूप से शिवाम्बु नस्यपान, शिवाम्बु नेति और सूत्र नेति से यह समस्या पूरी तरह से हल हो सकती है।

शिवाम्बु चिकित्सकों के अनुभव अनुसार जिन्हें नाक का ऑपरेशन करने के लिए कहा गया था, वे लोग यू.एफ.टी. उपचार से रोगमुक्त हो गए। इनमें कुछ ऐसे लोग भी थे, जिनमें यह समस्या दो बार ऑपरेशन कराने के बावजूद भी दोबारा उभर आई थी। ऐसे लोगों को भी इस उपचार से लाभ मिला है। पुरानी सर्दी में नियमित स्वमूत्र सेवन के साथ, सप्ताह में एक दिन उपवास रखकर, उस दिन सारी शिवाम्बु और सुबह एक कप ताजा गो-मूत्र पीना बहुत लाभदायक होता है।

भाग ११

शिवाम्बु एनिमा (बस्ती)

आंतरिक प्रयोग – ४

आप बीमार नहीं हैं, इसका अर्थ यह नहीं है कि आप पूर्ण स्वस्थ है।

यू.एफ.टी. उपवास के दौरान शिवाम्बु एनिमा यह एक ऐसी योगिक क्रिया है, जिसमें २५० से ५०० मि.ली. शिवाम्बु एनिमा पात्र में भरकर गुदाद्वार से शरीर के अंदर मलाशय में रबर कैथेटर की सहायता से छोड़ा जाता है। जिससे हमारी बड़ी आँत तथा मलाशय में इकट्ठा हुआ पुराना मल बाहर निकालने में आसानी होती है।

जब कभी शौच साफ न हो और पेट में भारीपन तथा बेचैनी हो या कब्ज हो तब शिवाम्बु एनिमा लेना चाहिए। एनिमा लेने के पूर्व शौच एवं पेशाब कर लें। एनिमा के नॉजल एवं गुदाद्वार पर किसी प्रकार का चिकनाईयुक्त तेल (जैसे एरंडेल तेल) लगा देना चाहिए। फिर दाईं करवट लेटकर बाएँ हाथ से नॉजल को गुदाद्वार के अंदर प्रवेश कराना चाहिए। इसके बाद एनिमा पात्र को ३-४ फीट की उँचाई पर किसी की सहायता से टँगवाना चाहिए या पहले टाँगकर फिर विधि शुरू करें। उपवास के दिनों में एनिमा जरूर लेना चाहिए। एनिमा लेते समय आँतों में दर्द हो तो एनिमा लेना बंद कर देना चाहिए। दर्द कम होने पर पुनः एनिमा लिया जा सकता है। एनिमा लेते समय ध्यान रखें कि जितनी देर शौच रोक सकें, रोकें।

रक्तचाप (ब्लडप्रेशर) के रोगी के सिवाय अन्य लोगों को एनिमा लेते समय सिर के नीचे तकिया न लेते हुए पीठ के बल लेटकर एनिमा लेना चाहिए। कमर के नीचे घुटनों के बल भी एनिमा लेना अधिक सफल रहता है। दाहिनी करवट लेकर भी एनिमा लिया जा सकता है। इसके लिए एनिमा पात्र में सामान्यतः दो कप शिवाम्बु

और दो कप पानी ले सकते हैं। उपवास काल में एनिमा लेना अधिक सुरक्षित है। एनिमा पूर्ण होने पर लेटे-लेटे ही शरीर को हिला-डुलाकर अगल-बगल घुमाना चाहिए।

एनिमा कब लें?

जब भी यह महसूस हो कि शौच खुलकर नहीं हुआ है अथवा नहीं होगा या यदि आप गुर्दा (किडनी), रक्त कैन्सर जैसे किसी रोग से पीड़ित हों तो एनिमा के लिए दिन निश्चित कर लें। रात को सोते समय एनिमा लेने से बहुत लाभ होता है।

आवश्यक सूचनाएँ

शरीर के किसी भी कष्ट में जैसे ज्वर, खाँसी-जुकाम, दस्त, दर्द या गैस आदि में एनिमा लेने से तुरंत लाभ मिलता है। एनिमा लेने के पश्चात कम से कम एक घंटे तक कुछ नहीं खाना चाहिए। आवश्यकता के अनुसार एनिमा लेने के बाद गरम पानी में नींबू का रस, सब्जियों या फलों का रस ले सकते हैं। स्वस्थ लोग सप्ताह में एक दिन एनिमा लें। ऐसा करने से वे कभी बीमार नहीं पड़ेंगे। यदि परिवार के सभी लोग, रोगी हों या निरोगी, स्त्री हो या पुरुष, नियमानुसार एनिमा लें और प्रातःकाल तथा सायंकाल में स्वमूत्र सेवन करते रहें तो हमेशा स्वस्थ रहेंगे।

शंका – समाधान

एनिमा के बारे में यह भ्रम फैला हुआ है कि लगातार एनिमा लेने से इसकी आदत पड़ जाती है, जबकि यह पूरी तरह गलत है। पाठक ऐसी बातों से भ्रमित न हों। एनिमा को अपने परिवार के स्वास्थ्य की कुँजी समझें और इसका प्रयोग कर लाभ उठाते रहें।

एनिमा

पात्र कहाँ से प्राप्त करें

इस पात्र को सरलता से प्राप्त करने के लिए स्थानीय योग केंद्रों तथा चिकित्सकीय साधन विक्री केंद्रों पर संपर्क करें। दवा की दुकान में भी एनिमा पात्र मिल सकता है।

भाग १२

आँखें और कान
शिवाम्बु योगदान

आंतरिक प्रयोग - ५

डॉक्टर से मिलने के बाद हर रोगी को थोड़ा बेहतर महसूस होना चाहिए, भले ही रोग कोई भी हो।

आँखें शरीर का वह झरोखा है, जहाँ से उन्हें खोलते ही इंसान का मन बाहर की तरफ जाता है और बंद करने से अंदर की तरफ होता है। आँखें इंसान को न सिर्फ सौंदर्य प्रदान करती है बल्कि प्रकृति के सौंदर्य को देखने का अनुभव भी कराती है। आँखों के माध्यम से मनुष्य अपने शरीर और मन की सहायता से बाहरी जगत की बहुत सारी जानकारी प्राप्त करता है। अतः नैसर्गिक जीवन जीते हुए, नियमित रूप से ताजे शिवाम्बु का सेवन करने से आँखों एवं कानों का स्वास्थ्य अच्छा रहता है।

प्रतिदिन ताजे शिवाम्बु से आँखें धोने से आँखों की हर तकलीफ दूर की जा सकती है। मेडिकल स्टोर में आँखें धोने के लिए आई वॉश कप मिलता है, जिसमें ताजे शिवाम्बु से दिन में दो-तीन बार आँखें धोने से आँखों की ज्योति बढ़ती है तथा आँखें निरोगी रहती हैं।

आज के दौर में आँखों की समस्याएँ काफी बढ़ चुकी हैं। भाग-दौड़भरी जिंदगी, काम का बोझ, तनाव तथा अन्य कारणों का आँखों पर परिणाम हो रहा है। जिसमें पास का या दूर का ठीक से न दिखना और उसके लिए चश्मा या लेंस लगाना आम समस्या बनती जा रही है। कई लोगों को बचपन से ही इस समस्या का सामना करना पड़ता है। स्वभावतः आँखों की पुतली का एक विशिष्ट आकार, नाप और अंदरूनी घटकों का प्रमाण होता है। जब यह संतुलन बिगड़ जाता है तब आँखों की दृष्टि में खराबी या कमजोरी आने लगती है। जिसे हम चश्मा लगाकर ठीक करने

की कोशिश करते हैं। आँखों के स्वास्थ्य में उनके अंदरूनी सूक्ष्म स्नायुओं की बहुत बड़ी भूमिका होती है।

योग शास्त्र में आँखों के स्वास्थ्य के लिए कुछ विशेष प्रकार के व्यायाम बताए गए हैं। आँखों की पुतलियों को ऊपर-नीचे, दाएँ-बाएँ तथा गोलाकार घुमानेवाले व्यायामों की बहुत अच्छी प्रणाली विकसित हुई है। आँखों की रोशनी बढ़ाने हेतु त्राटक नामक विधि भी बताई गई है, जिसमें ज्योति त्राटक, बिंदु त्राटक, जर्तु त्राटक आदि प्रकार प्रसिद्ध हैं। त्राटक से मन की एकाग्रता और स्मरण शक्ति भी बढ़ती है। आँखों का व्यायाम और त्राटक करने के बाद ताजे शिवाम्बु से आँखें धोने से आँखों की ज्योति बढ़ती है और सभी तरह के विकार दूर होते हैं।

काँच बिंदु (ग्लॉकोमा) मोती बिंदु (कॅटरैक्ट) जैसी आँखों की सभी समस्याओं में शिवाम्बु को लाभकारी देखा गया है। नियमित शिवाम्बु से आँखें धोने से आँखें स्वच्छ होती हैं, उन्हें पोषण और आराम मिलता है। आँखों के स्नायु मजबूत बनते हैं और अंदरूनी दबाव संतुलित होता है।

कान में शिवाम्बु का इस्तेमाल

कान की विविध तकलीफों के लिए किसी भी समय ताजा शिवाम्बु कान में डालने से ये सारी तकलीफें दूर हो जाती हैं। कान के हर प्रकार के रोगों में ताजे शिवाम्बु की तीन-चार बूँदें, दिन में दो बार डालने से कान के सभी रोग ठीक हो जाते हैं। अगर कान में दर्द है तो शिवाम्बु को हल्का गरम करके कानों में डाल सकते हैं। इस प्रक्रिया के तकरीबन आधे घंटे के बाद सावधानी हेतु दोनों कान रूई की सहायता से सुखा लें ताकि अंदर गिलापन न रहने पाए।

भाग १३

शिवाम्बु की पट्टियाँ
यूरिन पॅक्स

बाह्य प्रयोग - १

हर मनुष्य अपने शरीर रूपी मंदिर का निर्माता होता है।

यदि शरीर के किसी हिस्से पर कोई जख्म या तकलीफ हो या शरीर के अंदर कहीं पर भी कोई गाँठ हो तो उस पर ताजे शिवाम्बु की पट्टियाँ रखने से वह तकलीफ दूर हो जाती है। इंगलैंड के डॉ. जॉन डब्ल्यू.आर्मस्ट्राँग ने अनेक बीमारियों में यूरिन की भीगी पट्टियों का इस्तेमाल किया है। उनकी 'द वॉटर ऑफ लाइफ' नामक किताब में इस पद्धति का कई जगह जिक्र भी किया गया है।

शिवाम्बु की पट्टी

यदि आपके जोड़ों में दर्द और सूजन है तो पुराने शिवाम्बु में भिगोई हुई सूती कपड़े की पट्टियाँ जोड़ों पर रखकर हर घंटे में बदलते रहें। इससे जोड़ों की सूजन और दर्द कम हो जाता है।

शरीर के किसी भी भाग पर जख्म या फुंसी आई हो तो उस पर मालिश नहीं की जाती इसलिए उस पर ताजे शिवाम्बु की पट्टियाँ रखें अथवा उस जख्म पर बार-बार शिवाम्बु लगाएँ।

- पट्टी को शिवाम्बु में भिगोकर जख्म पर रखें। उसके लिए खादी या किसी सूती कपड़े का उपयोग करें।
- जोड़ों में दर्द के लिए शिवाम्बु की पट्टी इस्तेमाल करना अच्छा होता है।

* भिगोई हुई शिवाम्बु की पट्टी पर गरम कपड़ा रखकर, उसे ऊन के सूखे कपड़े से बाँध दें।
* फोड़े-फुंसी, जख्म आदि पर पुराने शिवाम्बु को उबालकर, उसमें पट्टी को भिगोकर जख्म पर रखें। (प्रमाणः १ ग्लास शिवाम्बु को उबालकर आधा गिलास करें)।
* बवासीर की बीमारी में भी शिवाम्बु की पट्टी का उपयोग करें।
* पट्टी बदलते समय उसके अंदर का सारा शिवाम्बु निचोड़कर फिर से उस पट्टी को शिवाम्बु में भिगोकर रखें।
* सूजन, अल्सर या जलने से हुए जख्म और बुखार में भी शिवाम्बु की पट्टियाँ लाभकारक हैं।

गरम मिट्टी की पट्टी

रात को सोते समय गरम मिट्टी की पट्टियाँ जोड़ों पर बाँधकर ऊपर से ऊन का गरम कपड़ा बाँधे और सुबह खोल दें। इससे जोड़ों की सूजन कम होती है। प्रकृति के पंच तत्त्वों में से पृथ्वी तत्त्व का संतुलन मिट्टी से होता है।

भाग १४

शिवाम्बु लेपन

बाह्य प्रयोग – २

चंचलमन रोगी है, मंद मन स्वस्थ है, स्थिर मन दैवी है।

    दुनिया का हर इंसान सुंदर दिखना चाहता है लेकिन उसका बाहरी सौंदर्य, आंतरिक स्वास्थ्य पर निर्भर होता है। नियमित ताजे शिवाम्बु का सेवन एवं शिवाम्बु लेपन करनेवाले लोगों की त्वचा से दाग एवं जख्म पूरी तरह से निकल जाते हैं। नियमित शिवाम्बु लेपन से त्वचा पर हुए किसी भी जख्म के दाग भी दूर हो जाते हैं।

    त्वचा का निखार बढ़ाने के लिए महिलाएँ अनेक प्रकार के सौंदर्य प्रसाधनों का प्रयोग करती हैं लेकिन आपको यह जानकर आश्चर्य होगा कि बहुत सारे सौंदर्य प्रसाधनों में यूरिया का उपयोग किया जाता है, जो चेहरे के रूखेपन को दूर करता है।

    शिवाम्बु का उपयोग करनेवाले बहुत से लोगों का अनुभव कहता है कि 'निरंतर शिवाम्बु लेपन से त्वचा निखरकर, तेज तथा कांतिवान दिखाई देती है।'

भाग १५

शिवाम्बु - मसाज महत्त्व

बाह्य प्रयोग –३

श्रेष्ठ डॉक्टर रोग को रोकता है, सामान्य डॉक्टर आनेवाले रोग का उपचार करता है और असजग डॉक्टर प्रकट हो चुकी बीमारी का इलाज करता है।

बाह्य प्रयोगों में शिवाम्बु मसाज एक महत्वपूर्ण उपचार पद्धति है। इसमें पुराने शिवाम्बु का इस्तेमाल किया जाता है। दिनभर में किसी भी समय में उपलब्ध शिवाम्बु को काँच की बोतल में भरकर, ८-१० दिन धूप में रखना चाहिए ताकि वह मालिश करने के लिए पुरानी हो जाए। ८-१० दिन धूप में रखने से शिवाम्बु का रंग काला या गहरा भूरा (चॉकलेटी) हो जाता है। ताजे शिवाम्बु में जो यूरिया होता है, उसका कुछ अंश ८ दिन तक धूप में रखने से अमोनिया में रूपांतरित हो जाता है। उसी से पूरे शरीर में सिर से लेकर पैर तक हृदय की दिशा में मालिश करनी चाहिए।

नियमित रूप से शिवाम्बु की मालिश करने से बुढ़ापे में भी त्वचा पर झुर्रियाँ नहीं आतीं। शिवाम्बु मालिश से रक्त प्रवाह में सुधार होता है। लीवर (यकृत) की कार्यक्षमता बढ़ने से रक्तशुद्धि होती है। शरीर की सभी इंद्रियाँ शुद्ध होती हैं और स्नायु भी बलवान होते हैं। त्वचा को पोषक द्रव्य मिलने से उस पर एक प्रकार की चमक आ जाती है। इस तरह यदि प्रतिदिन शिवाम्बु से मालिश की जाए तो त्वचा की समस्याओं से मुक्ति मिलना सहज और संभव है।

शरीर की सूजन, जख्म और जली त्वचा को छोड़कर अन्य बीमारियों के उपचारों का आरंभ शिवाम्बु की मालिश से करने में कोई हर्ज नहीं है। मालिश के लिए आठ से दस दिन पुराना शिवाम्बु अधिक लाभदायी होता है। बासी होने के बाद शिवाम्बु में अमोनिया द्रव्य बढ़ जाता है। जिसके के कारण शिवाम्बु शरीर की त्वचा

के असंख्य रोमछिद्रों (त्वचारंध्रों) से तुरंत प्रवेश करता है इसलिए वह ज्यादा परिणामकारक होता है। शरीर के एक घन फुट हिस्से में करीब दस लाख छिद्र होते हैं और शरीर में साढ़े तीन करोड़ से ज्यादा रोमकूप होते हैं।

आइए अब क्रम अनुसार पुराना शिवाम्बु बनाने की प्रक्रिया जानें :

- हर इंसान को प्रतिदिन मसाज के लिए २५० मि.ली. शिवाम्बु की जरूरत होती है।
- सात बड़ी बोतल बोतलों में सात दिन का स्वस्थ शिवाम्बु क्रम से एकत्रित करें।
- उन बोतलों के ढक्कन पूरी तरह से बंद रखें। किसी भी बाहरी चीज से उसका संपर्क नहीं होना चाहिए।
- मानव मूत्र किटाणु रहित होने के कारण उसे कोई भी कीड़ा नहीं लगता।
- हर दिन की बोतल क्रम से रखें, जो बोतल खाली हो जाए, उसे तुरंत उसी दिन भरकर रख लें।
- बोतल को धूप में आड़ा करके रखें। ८-१० दिन धूप में रखकर बासी बनाई गई शिवाम्बु अधिक प्रभावशाली होती है।
- यदि पुराना शिवाम्बु उपलब्ध न हो तो ताजे शिवाम्बु को गरम करके तीन गुना कम होने तक उबालें। परंतु उबालकर लिए हुए शिवाम्बु से पुराना शिवाम्बु ज्यादा परिणामकारक होता है। ठंढ़ में या मरीज की प्रकृति के अनुसार शिवाम्बु को थोड़ा गरम करके भी लिया जा सकता है।

आइए अब क्रम अनुसार शिवाम्बु-मसाज की प्रक्रिया जानें :

- एक बरतन में पुराना शिवाम्बु लेकर उसमें दो चम्मच राई या तिल का तेल अच्छी तरह से मिलाएँ और पाँव से लेकर सिर तक हृदय की दिशा में मालिश करें।
- मालिश धीरे-धीरे करें ताकि मरीज को कष्ट न हो। हाथ ऊपर-नीचे करें। किस अवयव पर कितनी मालिश करनी है, यह जरूरत के अनुसार निश्चित करें।
- मालिश के लिए अपना शिवाम्बु पर्याप्त मात्रा में उपलब्ध न हो तो अपने जैसा ही आहार लेनेवाले दूसरे स्वस्थ इंसान का शिवाम्बु इस्तेमाल कर सकते हैं।

- किसी भी बीमारी में शिवाम्बु की मालिश से शुरुआत की जाए तो पहले ही हफ्ते से लाभ मिलने लगता है।
- चार-पाँच दिन मालिश करने के बाद कुछ मरीजों के शरीर पर लाल और सफेद रंग की फुंसियाँ उभर आती हैं। कुछ मरीजों को उन फुंसियों में खुजली होती है और खुजलाने से वे फुँसियाँ बड़ी हो जाती हैं लेकिन इससे घबराने की जरूरत नहीं है। उन फुँसियों पर बाहर से कोई भी मालिश न करें। इन छोटी-छोटी फुँसियों द्वारा शरीर में से छोटे-छोटे विषैले द्रव्य बाहर निकलने लगते हैं।

शिवाम्बु जितना पुराना होगा, उतना ही क्षारीय होता है क्योंकि शिवाम्बु में उपलब्ध यूरिया का अमोनिया में रूपांतरण होता है इसलिए पुराने शिवाम्बु से उग्र गंध भी आती है।शिवाम्बु पुराना होते समय उसमें बैक्टीरीयल फरमन्टेशन होता है इसलिए एक क्लिन्जिंग एजेंट के रूप में उसकी तीव्रता बढ़ती जाती है। युरिक एसिड का रूपांतरण ऍलॅनटोइन में होता है, जो किसी भी त्वचा विकार को ठीक करने में मदद करता है। दाद, खाज, खुजली जैसे सामान्य रोग १०-१५ दिन की मालिश से ही दूर हो सकते हैं। लेकिन गंभीर और पुरानी बीमारी में शिवाम्बु और शुद्ध, साफ पानी लेकर उपवास करना चाहिए। मालिश के आधे से एक घंटे बाद ठंढ़े या गुनगुने पानी से स्नान करना चाहिए। नहाने में किसी भी प्रकार के साबुन का इस्तेमाल न करें। मालिश के बाद सूरज की धूप में लेटकर सूर्यस्नान भी कर सकते हैं।

शिवाम्बु की मालिश से लाभ

❋ रक्त संचालन बढ़ता है।

❋ लीवर शुद्ध होने से रक्तशुद्धि होती है।

❋ शरीर के सभी अंग पुष्ट बनते हैं।

❋ स्नायु बलवान होते हैं। पोषण मिलने से त्वचा तेजस्वी, तैलिय और झुर्रीरहित हो जाती है।

❋ ज्ञान तंतुओं को शक्ति और स्फूर्ति मिलती है।

❋ पैरों की फूली हुई नसें ठीक हो जाती हैं।

❋ बच्चों का स्वास्थ्य अच्छा रहता है।

- कोषों (सेल्स) में से विकार दूर होते हैं।
- वात, पित्त, कफ का मल त्वचा द्वारा शरीर से बाहर निकाल दिया जाता है।
- बीमारी में उपवास के समय मालिश अनिवार्य है, इससे शरीर को पोषण मिलता है। रक्तचाप बढ़ने से हृदय और किडनी (मूत्रपिंड) पर दबाव नहीं पड़ता तथा उपवास करने में आसानी होती है।

शिवाम्बु की मालिश से होनेवाली प्रतिक्रियाएँ

इससे मरीज का शरीर खुजली, फुँसियाँ, उल्टी, दस्त, बुखार, सर्दी, कफ जैसी कोई भी प्रतिक्रिया कर सकता है। हालाँकि सभी के मामले में ऐसी प्रतिक्रियाएँ नहीं होती। ये सभी प्रतिक्रियाएँ शरीर में जमा जहरीले तत्त्वों को बाहर निकालने के लिए होती हैं इसलिए इनसे घबराना नहीं चाहिए। दो-चार दिनों में वे स्वयं ही अच्छी हो जाती हैं। इस दौरान मालिश चालू रखनी चाहिए। फोड़े, फुँसियों और छालों पर मालिश नहीं करनी चाहिए बल्कि उन पर शिवाम्बु से भीगी हुई कपड़े की पट्टियाँ रखनी चाहिए और उनके ठीक होने के बाद मालिश करनी चाहिए। मालिश से पहले किसी विशेषज्ञ से मार्गदर्शन लेना उचित है।

सूर्यस्नान तथा शिवाम्बु मालिश

हमारे शरीर में अग्नितत्त्व का संतुलन बनाए रखने के लिए सुबह की धूप में सिर पर कपड़ा बाँधकर, लेटकर धूप सेकनी चाहिए। इसके बाद ८ से १० दिन तक धूप में रखी हुई शिवाम्बु से पूरे शरीर की मालिश करनी चाहिए।

केवल प्रकृति ही हर रोग का इलाज कर सकती है। डॉक्टर तो सिर्फ रोगियों को स्वास्थ्य के मार्ग पर दोबारा चलने की दिशा में ले जा सकते हैं।
केवल प्रकृति ही सृजन कर सकती है और उपचार पुनः सृजन है।

खण्ड ३

अलग-अलग बीमारियों में

यू.एफ.टी. की उपयोगिता

भाग १६

रेबीस और पोलियो

यूरिया गुणकारी

रोग पैदा करनेवाले तत्त्वों के संसर्ग से होनेवाली बीमारियों में यूरिया के गुणकारी संबंधित सन १९३६ में डॉ. इक्टॉन मॅक्के और डॉ. चार्ल्स श्नॉईडर नामक दो वैज्ञानिकों द्वारा खोज हुई, जो आगे चलकर 'अमेरीकन प्रोसीडिंग्स ऑफ द सोसायटी फॉर ऍक्सपेरिमेंटल बायोलॉजी एण्ड मेडिसिन' नामक मासिक में प्रसिद्ध हुई।

रोग पैदा करनेवाले तत्त्वों से होनेवाला संसर्ग (दोष) काफी घातक होता है। इसलिए विषाणुओं को नष्ट करनेवाली 'यूरिया-क्षमता' की रिपोर्ट महत्वपूर्ण मानी जाती है। क्योंकि यह रिपोर्ट प्रसिद्ध होने के साठ साल बाद भी मेडिकल साइंस के पास वायरल इन्फैक्शन (विषाणु युक्त बीमारी) का कोई प्रभावी उपचार उपलब्ध नहीं है।

पोलियो, रेबीस और यूरिया के संपृक्त द्रावण यानी कॉन्संनट्रेटेड (सैचुरेशन) के अनेक प्रयोग करने के बाद डॉ. मॅक्के और डॉ. श्नॉईडर ने अपनी रिपोर्ट में कहा है कि यूरिया लिक्विड में प्रोटीन्स को सोखने की विशिष्ट क्षमता होती है। यूरिया इन विषाणुओं को न सिर्फ कमजोर बनाता है बल्कि उन्हें पूरी तरह से नष्ट भी कर देता

है। वैसे देखा जाए तो यूरिया इन विषाणुओं को मारनेवाली दवाओं जैसे प्रोटोप्लाजमिक जहर न होने के बाद भी चमत्कारिक रूप से रेबीस और पोलियो के विषाणुओं को नष्ट करता है। यह सत्य है कि यूरिया जैसे न्यूट्रल (तटस्थ, उदासीन), इनऐक्टिव (प्रभावहीन) और अल्कली (क्षार, खार) धर्म के पदार्थ प्रोटीन्स से बने हुए वायरस को नष्ट कर देते हैं।

यह रिपोर्ट आज भी महत्वपूर्ण है क्योंकि आज हमारे सामने एच.आई.वी. जैसे वायरस का संकट खड़ा है। यूरिया का संपृक्त द्रावण (सैचुरेशन) मुख के मार्ग से लेकर शरीर पर किसी भी प्रकार का अपायकारक परिणाम (दुष्परिणाम) नहीं हुआ और वायरस नष्ट हो गया। मानव मूत्र में यूरिया के साथ अनेक रोगप्रतिकारक - ऍन्टीबॉडीज और रोगप्रतिरोधक शक्ति को मदद करनेवाले घटक मौजूद होते हैं।

एच.आई.वी. (एड्स) पर काम करनेवाला कोई भी मनुष्य आज इस महत्वपूर्ण रिपोर्ट को नजरअंदाज नहीं कर सकता। क्योंकि ए.जेड.टी. जैसे एड्स ट्रीटमेंट की घातकता और अकार्यक्षमता को देखते हुए इन तथ्यों को नजरअंदाज करना नादानी साबित हो सकती है। निम्नलिखित मामलों में ६ महीने की अवधि में यूरिया पाऊडर के प्रयोग से उपचार किए गए परिणाम -

१. ऍब्सेस होना (ऊपरी तौर पर और गहराई पर होनेवाली गाँठ)

२. छोटी-मोटी चोट से हुए जख्म।

३. इन्फैक्टेड हेमाटोमा (खून में जमा हुई गाँठे और जख्म)

४. सेल्युलाइटिस त्वचा पर होनेवाली कोशिका प्रदाह (जलन)

५. दूसरी, तीसरी और चौथी डिग्री के जले हुए सेप्टीक जख्म

६. वेरीकोस अल्सर (अपस्फीत घाव)

७. ऍक्सीडेंट में हुए स्नायु के जख्म।

जो मरीज ऍन्टीसेप्टिक दवाओं का उपयोग करके भी ठीक नहीं हुए थे, उन्हें यूरिया का उपयोग करने के बाद जल्द ही ठीक होते हुए देखा गया।

यूरिया के प्रयोग से अपायकारक जहरीले परिणाम, कोई भी ऍलर्जी या रिऍक्शन एवं त्वचा के ऊपर किसी भी प्रकार के रैशेज (व्रण) नहीं होते हैं।

यूरिया उपचार के फायदे -

१. यह उपचार सबसे सस्ता है इसलिए हर आर्थिक स्तर के लोग इसका लाभ ले सकते हैं।

२. इसका कोई भी दुष्परिणाम नहीं होता।

३. जख्म से दुर्गंध आना बंद हो जाती है।

४. यह जख्म में स्थित मृत पेशियों को और अन्य कचरे को साफ कर देता है, इससे जख्म नष्ट होने में मदद मिलती है।

५. जख्म के सभी प्रकार के संसर्ग का नाश करता है।

६. जख्म की रक्ताभिसरण (ब्लड सरक्युलेशन) क्रिया ठीक करता है, जिससे नई पेशियों का निर्माण संभव हो जाता है।

७. नवनिर्मित पेशियों पर इसका कोई दुष्परिणाम नहीं होता। अन्य एँटीसेप्टिक दवाओं की तरह यह ल्यूकोसायटिक बैरियर को नष्ट नहीं करता, जो शरीर की रोगप्रतिकारक व्यवस्था का हिस्सा होता है।

८. यूरिया के उपचार ऐसी जगहों पर सफल हुए हैं, जहाँ अन्य उपचार असफल हुए हैं।

भाग १७

पेप्टिक अल्सर

शिवाम्बु अर्क प्रयोग

रोग का इलाज डॉक्टर या दवा नहीं बल्कि शरीर खुद करता है।

डॉ. डेविड सॅन्डविस और उनके अन्य साथियों ने मिलकर अल्सर पर यूरिन ऍक्स्ट्रैक्ट (मूत्र अर्क) के उपयोग करके उपचार किए। इस खोज के लिए उन्हें कई फॉर्मस्युटिकल कंपनियों की तरफ से आर्थिक सहायता भी मिली। उन्होंने यह मूत्र अर्क गर्भधारक महिलाओं और सर्वसामान्य निरोगी लोगों के मूत्र से बनाए थे। जब उन्होंने छोटी आँत और जठर के अल्सर के मरीजों पर इस अर्क का उपयोग, सलाईन और इंजेक्शन द्वारा किया तो अल्सर तेज गति से नष्ट हो गए। सबसे पहले उन्होंने इस अर्क के प्रयोग प्राणियों के जठर में हुए अल्सर पर किए थे। इन सब प्रयोगों को देखते हुए जो निष्कर्ष निकले, वे इस प्रकार हैं -

- मूत्र में यूरोगॅस्ट्रॉन नामक एक घटक होता है, जो जठर में अतिरिक्त स्रावित होनेवाले अम्ल का प्रमाण कम करके, जठर के अंदर श्लेष्मल अंर्त त्वचा का संरक्षण करता है।
- मूत्र अर्क के कुछ प्रयोगों से पता चला कि पुराने अल्सर में नई पेशियों और सूक्ष्म रक्त वाहिनियों का निर्माण होने के लिए वह प्रेरित करता है। जिससे अल्सर जल्द ही मिट जाते हैं।

इस रिपोर्ट में गर्भवती महिलाओं के मूत्र से निकाले हुए अर्क की जानकारी मिलती है। उसे वे ऍन्ट्यूइट्रिन-एस (Antuitrin-S) नाम से जानते हैं। अल्सर में इसके भी सकारात्मक और प्रभावी परिणाम मिले हैं। इस रिपोर्ट में सन १९४१ के पूर्व १३ अन्य यूरिन ऍक्स्ट्रैक्टर पर हुए अनुसंधानात्मक अध्ययन का उल्लेख और संदर्भ मिलता है।

भाग १८

दाँत-मसूड़े, मुँह की समस्याएँ

यू.एफ.टी. समाधान

रोग के खिलाफ किसी मनुष्य की इच्छाशक्ति को खड़ा करना चिकित्सा की सर्वोच्च कला है।

हमारा मुँह शरीर की पाचन संस्था का प्रवेश द्वार है। योग-आयुर्वेद के अनुसार पाचन संस्था स्वास्थ्य का केंद्र है इसलिए मुँह हमारे पाचन क्रिया का आइना है।

दाँतों का हिलना, दाँतों में दर्द होना, मसूड़ों में सड़न और सूजन होना, पस होना और इन बीमारियों के चलते मुँह से दुर्गंध आना, ये सभी तकलीफें हमारी खान-पान की गलत आदतों एवं मुँह की अस्वच्छता के कारण शुरू होती हैं। इसके लिए दिन में दो बार ताजे शिवाम्बु का सेवन करना और बाकी दिनों में तीन-चार बार मुँह में शिवाम्बु भरकर अँगुलियों से मसूड़ों की मालिश करना बहुत फायदेमंद साबित होता है।

कई लोगों को मुँह से बदबू आने की शिकायत होती है। दरअसल मुख से गुदाद्वार (मलद्वार) तक हमारी पाचन संस्था की एक बहुत लंबी पाईप लाईन है। इसमें कहीं पर भी होनेवाली कोई समस्या दुर्गंध के रूप में मुख से प्रकट होती है। अन्न का सही पाचन न होने से कब्ज, गैस होने, डकारें आने जैसी समस्याएँ पैदा होती हैं, जिनके कारण मुँह से दुर्गंध आती है। इनके अलावा कम पानी पीना भी इसका एक कारण हो सकता है।

अतः सुबह शिवाम्बु प्राशन के पंद्रह बीस मिनट बाद डेढ़ से दो लीटर गुनगुना पानी पीने से यह समस्या काफी हद तक ठीक हो सकती है। सप्ताह में एक दिन उपवास रखकर, उस दिन भरपूर मात्रा में पानी और दिनभर में होनेवाला शिवाम्बु पीना उपयुक्त है। उस दिन इसके अलावा ताजा गोमूत्र १०० से २०० मि.ली. मात्रा में पीने से पाचन संस्था की अच्छी शुद्धि हो सकती है।

कई लोगों को मुँह में छाले आने की समस्या भी होती है। मानसिक तनाव, कब्ज, पित्तप्रकोप और खान-पान में नैसर्गिक जीवनसत्वों की कमी के कारण शरीर में उष्णता यानी गर्मी बढ़ जाती है, मुँह में छाले आना इसी का एक लक्षण है। आहार में नैसर्गिक पौष्टिकता, नियमित शिवाम्बु सेवन, नियमित जीवनमान और अच्छी नींद लेने से यह समस्या आसानी से हल हो सकती है। जब मुँह में छाले होते हैं, तब दिन में ३-४ बार ताजे शिवाम्बु से कुल्ला करने से काफी आराम मिलता है।

भाग १९

पाचनसंस्था और एसिडिटी

अम्लपित्त रोग में यू.एफ.टी.

प्रकृति में न तो पुरस्कार होते हैं, न ही दंड - बस परिणाम होते हैं।

दोष के अनुसार अम्लपित्त के प्रकार

वातप्रधान अम्लपित्त :

कश्यप मुनि के अनुसार वात-वायु अधिक होने से चक्कर आना, भ्रम, शरीर में शिथिलता, बिना कारण रोमांच होना और आँखों में धुँधलापन आने जैसे लक्षण दिखाई देते हैं।

कफप्रधान अम्लपित्त :

कफप्रधान अम्लपित्त में शरीर में भारीपन, खाने में अरुचि, शिथिलता का अनुभव, ग्लानि होना, उल्टी की भावना (मतली), सर्दी, मानसिक तनाव, मुँह में कफ आना, अग्निमांद्य (असंतुलित भूख) शरीर में खुजली तथा नींद के लक्षण दिखाई देते हैं।

पित्तप्रधान अम्लपित्त :

पित्तप्रधान अम्लपित्त में भ्रम, पित्त की कड़वाहट, हृदय और गले में तीव्र जलन आदि के लक्षण दिखाई देते हैं।

अम्लपित्त रोग की चिकित्सा

किसी भी रोग की जितनी जल्दी जाँच कर ली जाए, उसे दूर करने में उतनी

ही जल्दी सफलता मिलती है। अम्लपित्त में मुख्यतः पित्त के बढ़ने से अम्ल तैयार होकर पुराना होता जाता है इसलिए चिकित्सकों को सबसे पहले अम्ल के प्रकार की जाँच करनी चाहिए।

अम्लपित्त में पित्त की उत्पत्ति आमाशय (बड़ी आँत) में ज्यादा होती है। इसलिए सर्वप्रथम वमन✻ क्रिया को महत्त्व दिया जाता है। अम्लपित्त की चिकित्सा में वमन क्रिया से ज्यादा लाभ मिल सकता है। वमन करने के बाद विरेचन✻ देने का नियम होता है। इसलिए वमन के बाद एक कप शिवाम्बु पीना आवश्यक है। शिवाम्बु, विरेचन का काम अच्छी तरह से करता है।

शरीर को साफ करना शिवाम्बु की खासियत रही है। एसिडिटी में भी शिवाम्बु रामबाण उपाय सिद्ध होता है।

✻ एसिडिटी के रोगी को हफ्ते में तीन बार सुबह बिना कुछ खाए-पीए नमक मिलाया हुआ गुनगुना पानी पीकर वमन क्रिया करनी चाहिए।

✻ दिन में ३ से ४ बार शिवाम्बु सेवन करें और दिनभर खूब सारा पानी पीते रहें।

✻ हफ्ते में एक दिन पूरा शिवाम्बु उपवास करें। उस दिन का सारा शिवाम्बु पीएँ।

✻ अगर कब्ज (बद्धकोष्ठता) की समस्या हो तो शिवाम्बु एनिमा लें।

✻ अम्लपित्त की शिकायत अगर ज्यादा बढ़ गई हो तो ३-४ दिन का उपवास रखकर ताजे शिवाम्बु का सेवन करें।

✻ हमेशा अपनी भूख का ७५ प्रतिशत आहार ही लें यानी हमेशा २५ प्रतिशत भूखे रहें।

✻ अम्लपित्त के रोगी को खुली हवा में स्नान करना चाहिए। प्रसिद्ध निसर्गोपचार विशेषज्ञ 'एडॉल्फ जस्ट' ने अपनी अनेक किताबों में बताया है कि शरीर को ठंढ़ी हवा की बहुत आवश्यकता होती है।

✻ जिस प्रकार कार्बोरेटर, सायलेन्सर, स्पार्क प्लग साफ होने से गाड़ी खराब होनी बंद हो जाती है, ठीक उसी प्रकार शिवाम्बु उपवास और शिवाम्बु सेवन द्वारा शरीर शुद्धि होने से अम्लपित्त, खट्टी डकारें और जलन गायब हो जाती है।

✻*वमन, विरेचन आदि के अर्थ पुस्तक के शुरुआत में पृष्ठ संख्या ४ पर दी गई है।*

भाग २०

गैस से संबंधित रोग

पवनमुक्त आसन

जो बीमार होने तक खाता है, उसे स्वस्थ होने
तक उपवास करना चाहिए।

आधुनिक जीवन में कमरे की चारदीवारों में एक ही स्थान पर घंटों बैठकर काम करनेवालों की संख्या बढ़ गई है। इससे शरीर की हलचल तथा व्यायाम बहुत कम हो गए हैं। परिणामतः पाचनक्रिया के अनेक विकार पैदा हो जाते हैं। जिनमें गैस या अपानवायु (गुदा मार्ग से बाहर निकलनेवाली वायु) की समस्या सामान्य लेकिन बहुत ही असुविधाजनक होती है।

* अपानवायु की तकलीफ अधिक हो तो दूध, लैक्टोज और दुग्धजन्य पदार्थों का त्याग कर देना चाहिए। दही इसका पर्याय है यानी दूध की जगह आप दही ले सकते हैं।

  अतः आप जो भी पदार्थ खाने जा रहे हैं, उसका निरीक्षण करें। कौन से पदार्थ खाने के बाद गैस या अपानवायु की तकलीफ होती है, यह आपको खुद ही ढूँढ़ लेना है।

* हरा मूँग, मटकी इत्यादि अंकुरित अनाज इस प्रकार से पकाएँ कि उसमें से गैस पैदा करनेवाले घटक कम हो जाएँ।

* जिस पदार्थ के सेवन से गैस की तकलीफ होती है, उसमें पकाते समय अदरक और लहसुन का इस्तेमाल करें।

- जिस पदार्थ के सेवन से आपके पेट में अपानवायु बढ़े, उसे त्याग दें।
- नियमित शिवाम्बु सेवन करें और खूब पानी पीएँ, इससे पेट साफ होगा और गैस नहीं होगी। इसके अलावा शिवाम्बु एनिमा भी जरूर लेना चाहिए।
- सुबह के पहले ताजे शिवाम्बु का सेवन करते समय आँवला, हल्दी, सोंठ इत्यादि की एक चुटकी पाऊडर मुँह में डाल लें।
- सप्ताह में एक दिन सारा शिवाम्बु पीकर उपवास करें। बासी शिवाम्बु से पेट, पीठतथा सर्वांग की मालिश करें। पुरानी कब्ज हो तो सुबह एक कप ताजा गोमूत्र पीना चाहिए। हर रोज शाम को बीस मिनट ठढ़े पानी का कटिस्नान भी करें।
- दोपहर का खाना खाने के बाद हर रोज एक कप ताजी छाछ में, एक चम्मच हिंगाष्टक चूर्ण डालकर पिएँ।
- खाना खाने के बाद एक या आधा चम्मच मेथी के दाने मुँह में डालें और बिना चबाए कुछ समय मुँह में घोलें, फिर पानी के साथ निगल जाएँ।
- नियमित रूप से पवनमुक्तासन क्रिया करें, जो इस प्रकार है।

पवनमुक्तासन

पवन का अर्थ है हवा और मुक्ति का अर्थ है आज़ाद होना। इस आसन से पेट पर दबाव पड़ने से पेट में अटकी हवा निकल जाती है इसलिए इसे पवनमुक्त आसन कहते हैं।

विधि :

१) पीठ के बल जमीन (जिस पर कंबल बिछाया हुआ हो) पर सीधे लेट जाएँ।
२) अब साँस लेते हुए दाहिनी टाँग को घुटनों से मोड़कर पेट के पास लाएँ।
३) साँस रोककर दोनों हाथों से दाहिने घुटने को पकड़कर उसे पेट की तरफ खींचें।
४) इस आसन में पेट पर जोर आना आवश्यक है।
५) इस स्थिति में कुछ सेकण्ड रुकें।

६) अब साँस छोड़ते हुए धीरे-धीरे पूर्व स्थिति में वापस आएँ।

७) यही क्रिया बाईं टाँग के साथ फिर से दोहराएँ।

८) यह आसन ३ से ४ बार दोहराएँ।

लाभ :

१) इस आसन से पेट में जमी गैस निकल जाती है तथा पेट के सारे विकार दूर होते हैं।

२) पाचन शक्ति तीव्र होती है। जिस वजह से खाना अच्छी तरह पचकर शरीर को ऊर्जा देता है।

३) कमर के निचले अंगों का पूर्ण व्यायाम हो जाता है। जिससे ये अंग मजबूत बनते हैं।

४) बाँहों में खिंचाव आने की वजह से इनकी भी मजबूती बढ़ती है।

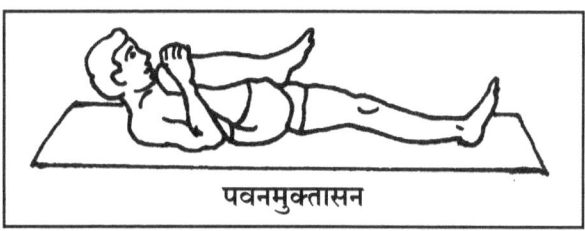

पवनमुक्तासन

भाग २१

बुखार में यू.एफ.टी.

क्या करें, क्या न करें

रोग का जनक चाहे जो हो, खराब खान-पान इसकी जननी है।

बुखार यह एक ऐसी बीमारी है, जिसका इंसान को एक बार तो परिचय होता ही है। अकसर लोग बुखार को छोटी सी बीमारी समझकर नजरअंदाज करते हैं, जबकि यह समस्या कभी-कभार जानलेवा भी साबित हो सकती है।

बुखार आने के कई कारण हो सकते हैं। ज्यादातर बुखार, शरीर में जब किसी जीवाणु या विषाणु का प्रवेश होता है तब आता है। इसमें आम तौर पर वाइरल फीवर (विषाणु संक्रमण से आनेवाला बुखार) आता है, जो कि एक प्रकार की गंभीर बीमारी ही है। यह बीमारी कितने दिन में ठीक हो जाएगी, यह कहना कठिन है। कभी-कभी यह बीमारी ३ से ७ दिन तक भी रह सकती है। इसके साथ-साथ शरीर में दर्द, सर्दी, कफ, ठंढ़ लगना, थकान महसूस होना आदि समस्याएँ भी होती हैं। हम हर वक्त उस पर सिर्फ घरेलू उपचार ही करते हैं। उसका परिणाम कभी-कभी गंभीर होने लगता है। हमारे शरीर का तापमान ३७ अंश मतलब ९८.६ फॅरेनहाइट होता है। पर उससे ज्यादा तापमान बढ़े तो तुरंत डॉक्टर की सलाह लेनी चाहिए क्योंकि यह टायफॉइड, मलेरिया या किसी अन्य प्रकार का बुखार हो सकता है, इनके लक्षण एक जैसे ही होते हैं।

बुखार में क्या करें, क्या न करें

* यदि आपके घर में थर्मामीटर है तो उसे धोकर, वैसलीन लगाकर ऍन्टीसेप्टिक

(रोगाणु रोधक) के मिश्रण में रख दें।

* सावधानी की दृष्टि से रोगी के बरतन, कपड़े अच्छी तरीके से ऍन्टीसेप्टिक से धोकर इस्तेमाल करें। दूसरे लोग उन्हें इस्तेमाल न करें तो बेहतर है।

* बच्चे को बुखार आए तो विशेष ध्यान देना चाहिए वरना बच्चों में यह समस्या गंभीर रूप ले सकती है।

* बुखार के कारण मरीज को बहुत चिड़चिड़ाहट महसूस होती है इसलिए इन दिनों में उसके साथ प्रेमपूर्वक पेश आएँ।

उपचार

* रोगी को प्रतिदिन ताजे शिवाम्बु का एनिमा दें।

* दिन में सुबह और शाम पुराने शिवाम्बु से स्पंजबाथ देकर कपड़े बदलें।

* उबालकर ठंडा किया हुआ पानी ही इस्तेमाल करें। थोड़ी-थोड़ी देर में घूँट-घूँट पानी देते रहें।

* दिन में चार बार ताजे शिवाम्बु का सेवन करें।

* ऐसी जगह जाएँ, जहाँ शरीर को नैसर्गिक और ताजी पर्याप्त हवा लगे।

* भूख लगने पर हल्का आहार ही लें।

* बुखार के दिनों में माथे पर शिवाम्बु से भिगोई हुई पट्टी रखें।

* बिस्तर हर रोज बदलें और दिन में उसे धूप में डालें।

भाग २२

अर्धशीर्षी के लिए यू.एफ.टी.

तनाव और कब्ज से बचें

---

*भोजन एक आवश्यकता है लेकिन समझदारी से
भोजन करना एक कला है।*

आज की इस भाग-दौड़भरी जिंदगी में मानसिक तनाव का बढ़ता असर सिरदर्द के रूप में सामने आता है। 'माइग्रेन' सिरदर्द से परेशान कर देनेवाली ऐसी ही एक बीमारी है। इसे अर्धशीर्षी या आधासीसी भी कहते हैं क्योंकि यह रोग सिर के सिर्फ आधे भाग में ही होता है।०

अर्धशीर्षी में सिर के एक ही बाजू की रक्तवाहिनियाँ अचानक सिकुड़ जाती हैं और कुछ समय बाद अचानक उनका विस्तार होता है। परिणाम के तौर पर सिर में खून तथा प्राणवायु की उपलब्धता में गड़बड़ी पैदा हो जाती है। इससे एक ही पल में खून की उपलब्धता पूरी तरह से रुक जाती है और दूसरे ही पल खून की उपलब्धता जोरों से कार्यान्वित होती है।

खून की उपलब्धता कम होते ही आँखों के सामने तारे दिखना, रंगीन रेखाएँ दिखना, काले धब्बे दिखना, शरीर के अवयवों का सुन्न पड़ जाना, एक आँख से ठीक से दिखाई न देना, आँखों के सामने बिंदु दिखने जैसे लक्षण दिखाई देते हैं।

ऐसी स्थिति १५ मिनट से १ घंटे तक रह सकती है। बाद में सिर का रक्तप्रवाह एकदम से बढ़ने लगता है। तब ऐसा एहसास होता है जैसे सिर पर कोई हथौड़े से प्रहार कर रहा है। यह सिरदर्द एकदम तीव्र होता है, इस कारण सिरदर्द के दौरान कभी-कभी मरीज का चेहरा पीला पड़ जाता है और उसका जी मिचलाने लगता है। कई बार उसे उल्टी भी होती है।

अर्धशीर्षी (माइग्रेन) के कारण और सावधानी

मानसिक तनाव :

अर्धशीर्षी की बीमारी आमतौर पर उन लोगों को होती है, जो रजोगुणी यानी अति महत्त्वाकांक्षी, आदर्शवादी तथा संवेदनशील होते हैं। ऐसे लोग किसी न किसी कारण से तनाव में रहते हैं, इसे माइग्रेन का एक प्रमुख कारण मान सकते हैं। इसलिए तनाव कम करना आवश्यक है।

प्रकाश किरण :

माइग्रेन ग्रस्त इंसान प्रकाश की किरणों को सहन नहीं कर पाता। अति तीव्र प्रकाश किरणों से बचा जाए तो माइग्रेन के झटकों का अंतर भी कम हो सकता है। इसलिए दिन में गहरे रंग के चश्मे का इस्तेमाल करें। इसके अलावा स्टील के बरतन पर पड़नेवाले प्रकाश और वेल्डिंग करते समय चमकनेवाले प्रकाश को न देखें। लिखते या पढ़ते समय आँखों पर सीधा प्रकाश न पड़े। इस बारे में सावधान रहें।

व्यायाम :

जरूरत से ज्यादा व्यायाम माइग्रेन को आमंत्रित करता है। व्यायाम से दिमाग का रक्तप्रवाह एकदम बढ़ जाता है। इसलिए ऐसा कोई व्यायाम न करें, जिससे साँस फूलने की संभावना हो।

साइनस और सिरदर्द :

इस बीमारी में स्नायु के मज्जा तंतुओं में बहुत खिंचाव पैदा हो जाता है, इसके कारण सिर में दर्द होता है। यदि इसका समय पर सही उपचार न किया जाए तो यह सिरदर्द अर्धशीर्षी में बदल जाता है। इसलिए साइनस की बीमारी का पता चलते ही उस पर तुरंत यू.एफ.टी. का उपयोग कर, योगोपचार करें। योगिक क्रियाओं में जलनेति✱ तथा सूत्रनेति✱ प्रभावी होती है।

कमजोर दृष्टि, आँखों पर तनाव :

✱जलनेति यह एक योगिक क्रिया है। इसमें एक नासिका में नमकवाले गुनगुने पानी को अंदर छोड़कर, दूसरी नासिका से बाहर निकाला जाता है।
✱ सूत्रनेति यह भी एक योगिक क्रिया है। इसमें एक पतली रबर की नली को एक नासिका के मार्ग से गले तक ले जाकर, मुँह से बाहर निकाला जाता है।
ये दोनों क्रियाएँ श्वसन संबंधित बीमारियों में उपयोग में लाई जाती है।

आँखों से ठीक से दिखाई न दे रहा हो तो फौरन आँखों की जाँच करवाएँ, चश्मा लगाना, बहुत देर तक पढ़ना, देर रात तक टी.वी. तथा फिल्में देखना, इन क्रियाकलापों से आँखों में थकान पैदा होती है और सिर में दर्द हो सकता है। आँखों की थकान दूर करने के लिए उन्हें ठंढ़े पानी से धोएँ और उन्हें ताजे शिवाम्बु से साफ करें।

आहार :

तैलिय तथा मसालेदार भोजन अर्धशीर्षी को निमंत्रण देता है। पनीर, चॉकलेट, विनेगर, रेड वाईन, चायनीज, मांसाहार, अचार, जैम, चाय, कॉफी जैसे पदार्थ हानिकारक हो सकते हैं। चाय या कॉफी से टायरामाईन नामक रसायन और चाइनीज पदार्थ में ग्लुटामाइन नामक ऍसिड होता है, जो अर्धशीर्षी का कारण बन सकते हैं।

पाचन क्रिया आसान और सहज हो इसके लिए हल्के तथा कम तैलिय पदार्थों का इस्तेमाल करें। ज्यादा तेल मिश्रित पदार्थों से दूर रहें और भूख लगने पर ही खाएँ। इसके अलावा खाना खाने के बाद तुरंत सोने से बचें। सोने से दो घंटा पहले खाएँ, इससे सोते समय तक अन्न का पचन ठीक हो जाएगा।

ब्लडप्रेशर :

किसी भी कारण से रक्तचाप (ब्लडप्रेशर) कम-ज्यादा हो तो भी माइग्रेन की संभावना होती है। इसलिए ब्लडप्रेशर पर नियंत्रण रखें और ऐसी स्थिति पैदा न होने दें कि ब्लडप्रेशर बढ़े या घटे।

मासिक चक्र (माहवारी) :

हार्मोन्स में कुछ बदलाव होने से माहवारी से पहले माइग्रेन शुरू हो सकता है और माहवारी आते ही वह तुरंत बंद हो जाता है। वैसे तो इससे बचने का कोई ठोस उपाय नहीं है लेकिन सिरदर्द की तीव्रता कम करने के लिए जरूर कुछ किया जा सकता है। पहली बात यह है कि जिन्हें माइग्रेन की तकलीफ है, वे महिलाएँ गर्भनिरोधक गोलियों का सेवन न करें क्योंकि ये गोलियाँ हार्मोन्स को असंतुलित करती हैं। जिन महिलाओं की माहवारी असंतुलित है, उनके लिए ठंढ़े पानी से कटिस्नान करना अच्छा होता है।

कब्ज :

शौच साफ न होने के कारण भी माइग्रेन हो सकता है। इसलिए खाद्य पदार्थों में दूध, मैदा, शक्कर, नमक का उपयोग कम से कम करें।

उपचार :

* रोज ताजा गोमूत्र लें।
* रोज शिवाम्बु नेति करें।
* दिन में हर बीस मिनट के बाद मुँह भरकर पानी पीएँ।
* हर रोज प्राणायाम करें।
* सुबह शुद्ध हवा में टहलें।
* बासी शिवाम्बु से पूरे शरीर की मालिश करें।
* सिर को बाँधकर, लेटकर धूपस्नान लें।
* भूख के अनुसार सिर्फ ७५ से ८० प्रतिशत नैसर्गिक आहार लें।
* चोकरयुक्त आटे की रोटी तथा हाथसडी का चावल खाएँ। तंतुमय (रेशेदार) पदार्थों का ज्यादा से ज्यादा सेवन करें। सब्जियों को ज्यादा न पकाएँ और नियमित रूप से छाछ पीएँ।
* हाथतथा अँगूठे के ॲक्युप्रेशर पॉइंट्स (बिंदु) दबाएँ।
* सप्ताह में एक दिन शिवाम्बु का उपवास करें।
* अर्धकटि चक्रासन, पादहस्तासन, त्रिकोणासन, भुजंगासन, शलभासन, वक्रासन, उष्ट्रासन, शवासन आदि माइग्रेन को दूर रखने में लाभकारी हैं। इनके अलावा नाड़ी शुद्धि प्राणायाम, विभागीय शीतली (सीतली) प्राणायाम तथा भ्रामरी नादानुसंधान भी लाभकारी हैं।
* सप्ताह में दो बार वमन करें।
* जिन्हें साइनस की तकलीफ है वे जलनेति, सूत्रनेति करें।
* मंददृष्टि के कारण माइग्रेन की तकलीफ होती है तो त्राटक ध्यान करें।
* पथ्य – चाय, कॉफी, शराब, तंबाकू, तले हुए पदार्थों का सेवन बंद करें। कभी भी पेट भरकर खाना न खाएँ।

भाग २३

मधुमेह और यू.एफ.टी.

उपचार संहिता

स्वास्थ्य आनंद का मूल सिद्धांत है और व्यायाम स्वास्थ्य का।

मधुमेह के मरीज का नियमित व्यायाम करना आवश्यक है। व्यायाम इंजेक्शन से ज्यादा असर देता है। जिस प्रकार इंजेक्शन देने के बाद खून की बढ़ी हुई शर्करा कम होती है, उसी प्रकार शारीरिक श्रम से शक्कर का प्रमाण कम हो जाता है।

इस बीमारी में मानसिक तनाव भी नुकसानदायक होता है। योगासन में पाद्हस्तासन, पश्चिमोत्तानासन, हलासन, शशांकासन जैसे आसनों से मधुमेह नियंत्रित रहता है।

यूरिन हेल्थ रिसर्च इन्स्टिट्यूट ने हजारों मधुमेह के मरीजों पर प्रयोग करके जो निष्कर्ष निकाला है, उससे पता चला कि निम्नलिखित दिनक्रम का सही ढंग से पालन करने पर किसी भी दवा, इंजेक्शन के बिना मधुमेह का मरीज सामान्य हो सकता है।

उपचार संहिता

* हर रोज सुबह पाँच बजे उठें।
* रात ८ बजे से सुबह ८ बजे तक होनेवाली ताजे शिवाम्बु का सेवन करें। बाकी दिनभर की शिवाम्बु प्लास्टिक या काँच की बोतल में इकट्ठा करके धूप में रखें।
* सुबह के समय आँवला, सोंठ तथा हल्दी पाउडर की एक चुटकी मुँह में

डालकर शिवाम्बु पीएँ।

* हर रोज रात को ताँबे के बरतन में थोड़ा पानी रखकर, सुबह उसे गरम करके पीएँ।
* देसी गाय का एक कप मूत्र रोज पीएँ।
* रोज सुबह एक घंटा टहलें। हर रोज थोड़ा-थोड़ा चलना बढ़ाएँ। तैरना इससे भी ज्यादा लाभदायी होता है।
* हर रोज बारह बार सूर्यनमस्कार करें। अपने डॉक्टर की सलाह अनुसार योग तथा प्राणायाम करें।
* सिर पर कपड़ा बाँधकर कम कपड़ों में लेटकर हर रोज धूप स्नान करें।
* हर रोज ६ से ८ दिन पुरानी शिवाम्बु से पूरे शरीर की मालिश करें।
* रोज सुबह आँखें बंद करके प्रसन्न मन से प्रार्थना करें कि 'जिस स्वास्थ्य की मैंने प्रार्थना शुरू की थी, वह अब फलित हो रही है। मुझे अच्छा रास्ता मिला है। परम शांति के लिए मुझे दिशा मिली है।' आँखें बंद कर अपने अंदर साक्षी भाव से अवलोकन करें और सारा तनाव भूल जाएँ।
* सुबह तथा रात को एक मफलर जैसा कपड़ा पानी में भिगोकर उसे थोड़ी हवा दें और ठंडी पट्टी एक घंटे तक पेट पर नाभी के निचले हिस्से पर लपेटकर रखें। उसके बाद उसे निकाल दें।
* बेल, औदुंबर, तुलसी, दूब, नीम (कडुनिंब) इत्यादि वनस्पतियों के पाँच पत्ते हर रोज चबाएँ तथा उसका रस निकालकर पीएँ।
* रोज सुबह दस बजे से एक बजे के बीच एक चम्मच मेथी, पाऊडर एक गिलास छाछ में डालकर पीएँ।
* दिनभर में हर १० मिनट के बाद, प्यास न होने पर भी मुख भरकर, पानी पीएँ।
* सभी पदार्थ चबा-चबाकर तथा मौन होकर खाएँ, मीठे फल न खाएँ।
* रात में सोने से तीन घंटे पहले खाना खाएँ। अपने आहार में वनस्पति के पाँच अंगों का (मूल, तन्ना, पत्ता, फूल और फल) समावेश करें।

भाग २४

यू.एफ.टी. से बायपास को बायपास करें

जो अपने पेट के स्वास्थ्य पर ध्यान नहीं देता,
वह शायद ही किसी दूसरी चीज पर ध्यान देता है।

हृदयविकार में होनेवाले प्राथमिक उपचार

जब किसी इंसान को अचानक पसीना आए, उसके हृदय की धड़कन बढ़ जाए या साँस फूल जाए तो हृदयविकार का झटका या हार्ट अटैक आने की संभावना ज्यादा होती है। ऐसे समय में मरीज तथा उसके रिश्तेदार बिना घबराए, बिना गड़बड़ी किए पहले मरीज को सिर के बाजू ऊँची करके खुली हवा में सुलाएँ, मरीज के कपड़े ढीले करें। कमर का बेल्ट, सॉक्स, शूज, नेक टाय आदि चीजें निकाल दें। हाथ-पैर के अक्युप्रेशर के पॉईंट दबाएँ और बाद में वैद्यकीय विशेषज्ञों का मार्गदर्शन लें।

हृदयविकार, मूत्र और निसर्गोपचार

आज के गतिमान युग में यांत्रिकीकरण और आधुनिक जीवनशैली के कारण शारीरिक परिश्रम कम हो रहा है। लोग अधिकतर मशीनों से काम करवाते हैं। इसके बाद भी इंसान का मानसिक तनाव लगातार बढ़ ही रहा है। आज लोगों ने व्यायाम को नजरअंदाज कर दिया है, इस कारण से प्राणायाम, योगासन, चिंतन, ध्यान करने की जरूरत ज्यादा बढ़ गई है। इसके साथ ही शिवाम्बु योग चिकित्सा और निसर्गोपचार भी हृदयविकार में प्रभावी तथा गुणकारी होते हैं।

हृदयविकार में नैसर्गिक जीवनपद्धति अपनाना सबसे उत्तम उपाय है। बायपास

सर्जरी तथा एँजिओप्लास्टी तो कृत्रिम उपचार हैं। यूरिन थेरेपी से सर्व प्रथम खून की शुद्धि होती है। खून के घटकों का संतुलन शिवाम्बु के उपवास से होता है इसलिए यू.एफ.टी. हृदयविकार में प्रभावी सिद्ध होता है। आधुनिक उपचार में रक्तवाहिनियों में सही रक्त संचार के लिए इस्तेमाल होनेवाली यूरोकायनेज जैसी दवाइयाँ मानव मूत्र से ही बनाई जाती हैं।

हृदयविकार शिवाम्बु तथा नैसर्गिक जीवन पद्धति से पूर्णतः ठीक हो सकता है। इस संबंध में यूरिन हेल्थ रिसर्च इन्स्टिटयूट में शास्त्रीय संशोधन भी जारी है। जिन लोगों को हृदयविकार की तकलीफ है, उन्हें विशेषज्ञों के मार्गदर्शन में शिवाम्बु उपवास करके शरीर शुद्धि करनी चाहिए। इसके बाद उपयुक्त तथा संतुलित आहार-विहार, आचार-विचार के साथ नियमित ताजे शिवाम्बु का सेवन, सप्ताह में एक दिन का उपवास, बासी शिवाम्बु से मालिश, स्वमूत्र एनिमा आदि क्रियाएँ ६ से ७ महीने तक लगातार सही तरीके से करने पर सर्जरी के बिना ही हृदय की रक्तवाहिनियाँ पूरी तरह साफ होकर सभी रुकावटें समाप्त हो सकती हैं।

भाग २८

कोलेस्ट्रॉल करें कम

यू.एफ.टी. संग

साँस जीवन की जननी है। यदि आप अच्छी तरह साँस लेते हैं
तो आप पृथ्वी पर लंबा जीवन जीएँगे।

यदि आप अपना कोलेस्ट्रॉल कम करेंगे तो ज्यादा जीएँगे। जब खून में कोलेस्ट्रॉल या तैलिय पदार्थ बढ़ते हैं तो रक्तवाहिनियाँ छोटी होने की संभावना होती है। मधुमेह के रोगी में इसका प्रमाण ज्यादा होता है। बढ़ा हुआ कोलेस्ट्रॉल रक्तवाहिनियों के अंदर जमा हो जाता है। उसकी एक पर्त निर्मित हो जाती है। उससे रक्तवाहिनी सिकुड़ जाती है। वैद्यकीय शास्त्र के अनुसार खून में कोलेस्ट्रॉल का प्रमाण १५० से २४० मि. ग्राम तक सामान्य समझा जाता है।

दूध, घी के साथ-साथ मिठाई, आइस्क्रीम, चॉकलेट्स, नारियल तेल में भी कोलेस्ट्रॉल का प्रमाण ज्यादा होता है। इन पदार्थों के साथ-साथ माँसाहार को भी त्यागना चाहिए।

एल.डी.एल. कोलेस्ट्रॉल का अर्थ घातक और एच.डी.एल. कोलेस्ट्रॉल का अर्थ पोषक (अच्छा) होता है।

शिवाम्बु सेवन से घातक एल.डी.एल. कोलेस्ट्रॉल का प्रमाण कम होता है। यूरिन फास्ट थेरेपी (यू.एफ.टी) द्वारा पोषक (एच.डी.एल.) कोलेस्ट्रॉल बहुत प्रभावी तरीके से नियंत्रित रखा जा सकता है।

नियमित रूप से दिन में २ बार शिवाम्बु सेवन, सात्विक-प्राकृतिक आहार का सेवन, सप्ताह में एक दिन शिवाम्बु सेवन कर, शिवाम्बु उपवास करने और उसी दिन सुबह २०० मि.ली. गोमूत्र पान के अलावा पुरानी शिवाम्बु से मालिश, नियमित तौर पर धूपस्नान करने से कोलेस्ट्रॉल और ह्दयविकार की तकलीफ पूरी तरह ठीक हो जाती है।

भाग २६

कैन्सर और एच.आय.वी.

रोग प्रतिरोधक शक्ति बढ़ाएँ

अच्छी हँसी और लंबी नींद डॉक्टर के सबसे अच्छे इलाज हैं।

यूरिन थेरेपी के बीच की महत्वपूर्ण चीजें

खान-पान की आदत के विषय में हमारा अज्ञान बीमारियों का एक महत्वपूर्ण कारण होता है। खाद्य पदार्थ के पेट में जाने के बाद उसका परिणाम आता है। अलग-अलग परिस्थितियों में उसका असर अलग-अलग हो सकता है। हमारा शरीर आहार से ही जीता है और रोग भी गलत आहार से ही पैदा होता है। इस बात को समझना आवश्यक है। इसलिए यूरिन थेरेपी लेते वक्त आहार पर विशेष ध्यान देना चाहिए।

हमारे रसोईघर और कैन्सर की बीमारी का बहुत ही नजदीक का संबंध है। अन्न पदार्थ को ज्यादा पकाने से उनके भीतर मौजूद पोषण द्रव्य, जीवनसत्व तथा खनिज द्रव्य नष्ट हो जाते हैं। प्राथमिक रोग न होने के लिए आहार में 'क' जीवनसत्व का विशेष महत्त्व है और अन्न पकाने से वह जीवनसत्व नष्ट हो जाता है। यह सिद्ध हुआ है कि पकाया हुआ खाना खाने से, उसे पचाने में बहुत सारी ऊर्जा खर्च होती है, जो कि कैन्सर रोगी अपनी ऊर्जा का इस्तेमाल, रोग से लड़ने के लिए ज्यादा करते हैं, इसलिए उनके लिए पूरी तरह कच्चा प्राकृतिक आहार लेना आवश्यक है।

विशेषज्ञों के अनुसार, जिसके आहार में नमक नहीं होता, वे लोग कभी कैन्सर ग्रस्त नहीं होते। नमक यानी सोडियम क्लोराइड, जो कि एक धीमा जहर है। असल में अपने खाने में नमक तथा शक्कर का इस्तेमाल करना इंसान की एक बड़ी भूल है।

शरीर में चरबी बढ़ानेवाले पदार्थ जैसे तेल, वनस्पति या कृत्रिम घी वगैरह कर्करोग को आमंत्रण देते हैं। चरबीयुक्त अन्नपदार्थ से रक्तपेशियों में कैन्सर की पेशियों से लड़ने की शक्ति नहीं रहती। उनकी प्रतिकार शक्ति खत्म हो जाती है और परिणाम के तौर पर शरीर में कैन्सर का प्रमाण बढ़ता जाता है।

आजकल मैदे से बने पदार्थों का खाने में ज्यादा इस्तेमाल होने लगा है। बेकरी प्रोडक्टस में मैदे के साथ बेकिंग पाऊडर का इस्तेमाल भी किया जाता है। यह सोडा बायकार्ब पदार्थ होता है। जो एक क्षार है, जिसके कारण आँखों और प्रजनन क्षमता (संतान उत्पन्न करने की क्षमता) पर विपरीत प्रभाव पड़ता है। इन पदार्थों से अंतडियाँ प्रोटीन्स (प्रथिनों) को शोषित नहीं कर पातीं, जिसके कारण कैन्सर होता है।

कैन्सर पर यूरिन थेरेपी का इस्तेमाल कैसे करें ?

* रोज तीन बार २०० मि.ली. ताजे शिवाम्बु का सेवन करें।
* रोज देसी गाय के ताजे मूत्र का सेवन करें।
* हर रोज पुराने और ताजे शिवाम्बु से पूरे शरीर पर मालिश करें।
* हर रोज धूपस्नान लें।
* एक सूती कपड़े की पट्टी ताजे शिवाम्बु में डुबोकर, उसे निचोड़कर कैन्सर ग्रस्त भाग पर रखें। सूखने के बाद फिर से शिवाम्बु में भिगोकर उसे समस्याग्रस्त भाग पर रखें।
* आहार में ज्यादातर सात्विक, नैसर्गिक पदार्थों का इस्तेमाल करें। चोकरयुक्त आटे (मोटा पिसा हुआ आटा) और फलों का इस्तेमाल ज्यादा से ज्यादा करें।
* मलमूत्र विसर्जन पर ध्यान रखें। किसी भी आवेग को कभी न रोकें।
* सप्ताह में एक दिन शिवाम्बु उपवास रखें। उस दिन सिर्फ शिवाम्बु और पानी ही पीएँ, कुछ और न लें।
* चाय, कॉफी, तंबाकू, मैदे से बने पदार्थ, ब्रेड, बटर, बिस्किट, शक्कर, नमक, मांसाहार, मसालेदार तले-भुने हुए पदार्थ, होटल का खाना, शराब आदि से दूर रहें।

रोग प्रतिरोधक शक्ति को बढ़ाने में मूत्र का उपयोग

प्रतिरोधक शक्ति मतलब विरोध करने की शक्ति। विरोध का अर्थ है सामना करना, मुकाबला करना। यह शक्ति चींटी से लेकर हाथी तक सभी प्राणियों में जन्म से ही होती है। जीवन में किसी भी समस्या से सही सलामत छुटकारा पाने की शक्ति को तथा शत्रु यानी आपत्ति पर टूट पड़ने की जैविक ऊर्जा को प्रतिरोधक शक्ति कहते हैं। यह केवल बाहर के शत्रु से ही नहीं बल्कि अंदर के शत्रुओं से मुकाबला करने में भी सहायक होती है। अंदर का शत्रु यानी संसर्गजन्य रोग।

सभी जीव-जंतु रोग प्रतिकार शक्ति रखते हैं। यंत्र का कोई भी हिस्सा यदि दुरुस्त नहीं होता तो उसे ठीक करने की क्षमता उस यंत्र में नहीं होती लेकिन जीव-जंतुओं में यह शक्ति होती है। छोटे-बड़े धक्कों से घायल हुआ मनुष्य कुछ दिनों बाद ठीक से चल सकता है। उस दौरान सीधे चलने की जो यंत्रणा काम करती है, वही प्रतिरोधक शक्ति है। जितना जीव प्राणी सुदृढ़ होता है, उतनी उसकी प्रतिरोधक शक्ति बलवान होती है।

जिसके लिए महत्वपूर्ण है जरूरी श्रम और आवश्यक विश्राम। नित्य के दिनक्रम में आवश्यक नींद, भूख, प्यास, मलमूत्र विसर्जन तथा मैथुन जैसी नैसर्गिक जरूरतों की पूर्ति करते समय श्रम होता है। हर सजीव प्राणी श्रम के बाद तुरंत विश्राम लेता है। कई बार लोग आँखें बंद कर, शवासन में लेटते हैं। ऐसी विश्रांति आगे के श्रम के लिए प्रेरणादायी होती है।

शरीर, मन और बुद्धि के कण-कण को विश्राम कैसे दिया जाए, इसकी कला सीखना ही प्रतिरोधक शक्ति को विकसित करने की कला है। विश्राम के बाद किया जानेवाला श्रम ही प्रतिकार शक्ति बढ़ाने के लिए आवश्यक तथा सहायक होता है। जिससे स्थिति सुचारू ढंग से कार्यरत रहती है। शरीर की थकान दूर होकर उसमें नवचेतना का संचार होता है। देह के कण-कण तक श्रम और विश्राम ले जाने तक जो उपाय होते हैं, उसे 'उपचार' कहते हैं। इसे 'जीवन' भी कहते हैं। उपचार में भी ऐसा ही किया जाता है।

मानव देह के आस-पास होनेवाले, उससे चिपककर रहनेवाले अवयव यदि ठीक होंगे तो अस्थियों में होनेवाली चयापचय क्रिया ठीक तरीके से होती है।

शरीर की प्रतिरोधक शक्ति पूर्णतः आहार पर निर्भर रहती है। पेट्रोल से चलनेवाली गाड़ी में यदि डीजल डालें तो क्या होगा? गाड़ी खराब हो जाएगी। इसी तरह यदि हम भी अपने शरीर को गलत खाद्य पदार्थों की खुराक देंगे तो आरोग्य

खराब हो जाएगा। इसलिए जरूरी है कि हम योग्य आहार लें ताकि आरोग्य सदैव बरकरार रहे। सही आरोग्य से हमारा शरीर सदैव सक्रिय रहेगा और उसकी रोग प्रतिरोधक शक्ति बढ़ने में मदद मिलेगी।

सभी प्राणी प्रकृति का आदर करते हैं। लेकिन मानव ही ऐसा प्राणी है, जो प्रकृति का नाश करने पर तुला है। वह प्रकृति को नष्ट करने में सुख महसूस करता है। उसे इस बात का अंदाजा ही नहीं है कि प्रकृति को नष्ट करके असल में वह खुद भी नष्ट हो रहा है।

प्रकृति ने ही प्राणियों को जीवन के साथ प्रतिरोधक शक्ति भी दी है लेकिन विविध सुविधाओं के कारण प्रकृति दुर्बल बनती जा रही है। वास्तव में प्रतिरोधक शक्ति सबल बननी चाहिए। लेकिन मनुष्य अनैसर्गिक क्रियाओं के कारण विनाश की ओर जा रहा है।

सभी रोग हमारे शरीर के अंदर होनेवाली गंदगी और अस्वच्छता के कारण होते हैं। अतः योग्य आहार, विहार और विश्राम ही आपको आरोग्य की तरफ ले जा सकते हैं।

किसी धनवान सेठ से ज्यादा प्रतिरोधक शक्ति सामान्य किसानों के पास होती है। इससे भी अधिक प्रतिरोधक शक्ति भेड़-बकरियाँ पालनेवाले लोगों (गड़ेरियों) के पास होती है और उनसे भी ज्यादा उनकी बकरियों में होती है।

इससे यह समझ में आता है कि जो ज्यादा से ज्यादा समय प्रकृति के सानिध्य में रहता है, उसकी प्रतिरोधक शक्ति उतनी अधिक होती है। एक पोस्टमैन के पास पोस्टमास्टर से अधिक प्रतिकार शक्ति होती है।

बीमारी में दवाइयों का गलत इस्तेमाल, आराम परस्ती, दूसरों को दंडित करने से प्रतिरोधक शक्ति में रुकावट पैदा होती है। इसके अतिरिक्त प्रतिरोधक शक्ति को रोकने एवं नष्ट करने की दो चीजें अंग्रेजों ने हमें दी हैं- चाय और बिना सोचे-समझे दवाइयों का इस्तेमाल। आज हम इन दोनों चीजों पर बहुत ज्यादा निर्भर रहने लगे हैं।

प्रसिद्ध भू-वैज्ञानिक चार्ल्स डार्विन का मानना है कि 'जिस अवयव का आप उपयोग नहीं करेंगे, वह अवयव धीरे-धीरे हमारे शरीर से हट जाएगा।' मनुष्य द्वारा पूँछ का उपयोग नहीं किया गया इसलिए वह नष्ट हो गई, ऐसा भी कहा जा सकता है कि 'पूँछ न होने पर बंदर मानव बन गया।' जिसकी रोग प्रतिकारक क्षमता कम हो गई, उसे एच.आय.वी. ग्रस्त कहा जाता है।

शरीर जितना शुद्ध और पारदर्शी होगा, उसकी प्रतिरोधक शक्ति उतनी ही प्रबल होगी। मूत्र से शरीर की शुद्धि करना बहुत आसान है। नियमित शिवाम्बु सेवन से शरीर शुद्ध रहता है। सप्तधातुओं का संतुलित भरण-पोषण होता है, जिससे शरीर की रोग प्रतिरोधक शक्ति बढ़ती है।

यूरिन फास्ट थेरेपी (यू.एफ.टी.) के साथ-साथ सात्विक आहार, नियमित व्यायाम, एवं योगाभ्यास, आरोग्यदायी व्यवहार (अच्छी आदतें) और सकारात्मक विचार रखे जाएँ तो एच.आय.वी. बाधित लोग सालों तक तंदुरुस्त और सशक्त जीवन जी सकते हैं।

रोग प्रतिरोधक शक्ति कारगर और बलशाली होने में इंसान की मानसिक खुशी की बहुत बड़ी भूमिका होती है। प्रकृति पर पूर्ण विश्वास, कुदरत के नियमों के अनुसार जीवनशैली अपनाते हुए सकारात्मक मानसिक अवस्था रखने से कैन्सर, एच.आय.वी. जैसे असाध्य रोग भी ठीक हो सकते हैं।

भाग २७

त्वचाविकार

असंतुलित आहार और अस्वच्छता हटाएँ

प्रकृति के साथ साझेदारी करो, वह आधे से ज्यादा काम करती है और थोड़ी सी भी फीस नहीं माँगती।

त्वचा की रचना

मानव शरीर में त्वचा बहुत महत्वपूर्ण अवयव है। संपूर्ण शरीर के अवयवों पर उसका एक आवरण होता है। संपूर्ण शरीर पर जो त्वचा होती है, उसकी मोटाई शरीर के अवयवों के अनुसार ०.०३ मि.मी. से १.४ मि.मी. तक होती है। त्वचा का बाह्य भाग पतला होता है और उसके अंदर का भाग शरीर की आवश्यकता अनुसार कार्यरत रहता है।

त्वचा हमारे शरीर का सबसे बाहर का आवरण है। यह हमारी रक्षा करनेवाली, सौंदर्य बढ़ानेवाली, शरीर को बाह्य वातावरण से सुरक्षित रखनेवाली दीवार है। त्वचा शरीर का संरक्षण तो करती ही है, साथ ही साथ हमें स्पर्श सुख का आनंद भी देती है। त्वचा शरीर का पानी तथा तापमान नियंत्रित करती है। त्वचा सूर्यकिरणों की मदद से शरीर के लिए आवश्यक 'विटामिन डी' तैयार करती है।

त्वचा मूलतः बहुत नाजुक होती है। आँखों की पलकों की त्वचा सिर्फ आधा मि.मी. मोटी होती है, जबकि पैर के तलवों की त्वचा एक सें.मी. से ज्यादा मोटी होती हैं। हथेलियों की त्वचा थोड़ी ज्यादा मोटी होती है। बचपन में त्वचा कोमल, जवानी में तजेलदार होती है। बढ़ती उम्र के कारण त्वचा का लचीलापन कम हो जाता है। बुढ़ापे में त्वचा की नमी बरकरार रखने की क्षमता कम होने से उस पर झुर्रियाँ आ जाती हैं।

बुढ़ापे में त्वचा विकार

साधारणतः ५० साल की उम्र के बाद चेहरे पर बुढ़ापे के लक्षण दिखने शुरू हो जाते हैं। इसमें उनकी त्वचा की मोटाई (स्थूलता) कम होना, झुर्रियाँ होना, त्वचा रूखी, शिथिल और ढीली पड़ना इत्यादि समस्याएँ उत्पन्न होती हैं।

बुढ़ापे में बालों की जड़ों में जंतुओं का संसर्ग होने से वहाँ गाँठ हो जाती है और उनका रूपांतर पिंपल जैसे रुतोड (स्वरंकल-Suruncle) में होता है। ये सब बातें शरीर में प्रतिरोधक शक्ति कम होने से उभरकर सामने आती हैं। मधुमेह जैसी बीमारी में इसका प्रभाव और बढ़ जाता है।

त्वचा सूखी होने के कारण सफेद दाग, त्वचा की पेशियों की हानि होना, रूसी जैसी सफेद परत इकट्ठा होना, बालों का झड़ना, सूखी त्वचा पर बार-बार संसर्ग होना इत्यादि समस्याएँ पैदा होती हैं। सही साफ-सफाई न होने से गजकर्ण (त्वचा विकार), खाज, खुजली आदि रोग होते हैं।

बुढ़ापे में त्वचा का सौंदर्य बरकरार रखना है तो मांसाहार का सेवन पूरी तरह बंद कर दें। मैदे से बने पदार्थों का सेवन कम से कम करें। आहार में लाल चावल, मूँग, ज्वार का ज्यादा से ज्यादा उपयोग करें। लौकी, भिंडी जैसी सब्जियाँ ज्यादा से ज्यादा खाएँ। औषधि वनस्पतियों में से ब्राह्मी, कडुनिंब, अडुलसा, नीम के पत्तों की सब्जी खाने से त्वचाविकार में आश्चर्यजनक सुधार होता है। ८ से १० दिन के शिवाम्बु द्वारा नियमित रूप से पूरे शरीर की मालिश करने से बुढ़ापे में आनेवाली झुर्रियाँ कम हो जाती हैं, त्वचा बिलकुल जवान दिखती है। भूतपूर्व प्रधानमंत्री स्व. मोरारजी देसाई की त्वचा ९९ साल की उम्र में भी जवान थी।

त्वचा की ऍलर्जी

आजकल ऍलर्जी शब्द बार-बार सुनाई देता है। खाँसी, सर्दी, गले का दर्द, आँखों में सूजन, त्वचा पर पित्त उभरना, तीव्र खुजली आदि लक्षण ऍलर्जी के हो सकते हैं।

सच कहें तो ऍलर्जी जैसा कुछ नहीं होता। जब शरीर बाह्य वातावरण की कोई चीज सहन नहीं कर पाता तब उसे ऍलर्जी कहा जाता है। कई लोगों को सूर्यप्रकाश से भी ऍलर्जी होती है। सामान्यतः लोगों को कृत्रिम द्रव्य, दवा, रसायन, खाद्यपदार्थ, कपड़े, चप्पल, सौंदर्य प्रसाधन जैसी चीजों से ऍलर्जी होती है। आयुर्वेद में ऍलर्जी को असात्म्य कहते हैं। बहुत बार जिन चीजों से ऍलर्जी होती है, वह दरअसल उन चीजों के विरुद्ध शरीर की प्रतिरोध शक्ति कम होने से होती है। ऍलर्जी

बाह्य वातावरण की चीजों में नहीं होती बल्कि शरीर में उपलब्ध विजातीय टॉकसिन्स संचित होने से रोग प्रतिरोधक शक्ति कम हो जाती है। इसलिए ऍलर्जी विकार में शरीर शुद्धि होना बड़ा महत्वपूर्ण उपाय हो सकता है। आयुर्वेद में भी ऍलर्जी अथवा त्वचा रोग होने का कारण अशुद्ध खून माना जाता है। खून अशुद्ध होने के कारणों को दूर करके इसका उपचार हो सकता है।

मानसिक तनाव और त्वचा विकार

कई बाह्य कारणों के साथ रोगी के मन की अवस्था और आस-पास के पारिवारिक एवं भावनात्मक संबंध महत्वपूर्ण होते हैं। ऐसे समय सिर्फ बाह्य लक्षणों का उपचार करेंगे तो रोग जड़ से ठीक होने के बजाय सिर्फ थोड़ी देर के लिए ही ठीक होगा। लेकिन धीरे-धीरे वह अति महत्वपूर्ण अवयवों में फैल सकता है। मानसिक तनाव से अनेक भयानक त्वचा रोग पैदा हो सकते हैं। काम, क्रोध, लोभ, मद, मोह और मत्सर, इन षड्विकारों पर नियंत्रण रखना त्वचा विकार के मरीज के लिए महत्वपूर्ण होता है। भय मनुष्य की सहज प्रवृत्ति होती है। चिंता, भय, शोक, असमाधान को यदि काबू में नहीं रखा जाए तो सोरायसिस यर्टीकॅरीया (पित्त के कारण होनेवाला त्वचा विकार) सफेद दाग, एलर्जिक डर्मटायटिस जैसे रोग हो जाते हैं। तनाव से होनेवाले त्वचा रोग से निपटने का उपाय है आनंदमय जीवन। इसके साथ ही आहार में तामसिक चीजें, दही, अचार, नमक लेना बंद करें। साथ ही देर रात तक जागना, दिन में सोना भी बंद करें। पेट साफ रखना भी बहुत महत्वपूर्ण है।

त्वचा रोग और मन

त्वचारोग बहुत पुराना होने से रोगी की मृत्यु तो नहीं होती लेकिन समाजिक दृष्टि से समाज में त्वचारोग को सबसे हीन बात मानी जाती है। योग शास्त्र और आयुर्वेद में पुनर्जन्म में घटी हुई घटनाएँ और पापों का संबंध त्वचाविकार से जोड़ा जाता है। इसमें गुरु-संत, साधुओं का अपमान, निंदा, अपहरण, नफरत, व्यभिचार आदि चीजों का उल्लेख किया गया है। हालाँकि वैज्ञानिक दृष्टि से ये चीजें सिद्ध करना आसान नहीं है पर कभी-कभी कोई भी व्यसन न होने, आहार-विहार, विचार ठीक होने के बाद भी लोग मुश्किल बीमारियों से घिर जाते हैं और किसी भी उपचार से ठीक नहीं होते। ऐसी स्थिति में मानसिक कारण ही बीमारी का सबब होता है।

प्रदूषण और त्वचा विकार

कोई रासायनिक पदार्थ पेट में जाने से भी त्वचा विकार हो सकता है।

'जागतिक आरोग्य संगठन' के अनुसार भारत में रासायनिक खाद, कीटकनाशकों का ज्यादा इस्तेमाल करने से जमीन और पानी दोनों ही आर्सेनिक जैसे विषैले, घातक रसायनों की चपेट में आते हैं। जिनके कारण त्वचा विकार होते हैं।

त्वचा विकार और परस्पर संबंध

त्वचा विकार और माता-पिता से मिलनेवाली वंश परंपरा का बड़ा संबंध है। कई बार पुराने त्वचा रोग माता-पिता तथा नजदीकी रिश्तेदारों से प्रत्यक्ष तथा अप्रत्यक्ष रीति से सम्मिलित होते हैं। कई त्वचा रोग एक-दूसरे से सम्मिलित इंसान द्वारा हो सकते हैं तो कई रोग लैंगिक संबंधों के कारण हो सकते हैं।

कृमि और त्वचा विकार

कृमि अर्थात अलग-अलग प्रकार के जंतु। इनका और त्वचा रोगों का बड़ा नजदीकी संबंध है। प्रचलित वैद्यक शास्त्र में त्वचा विकार का उपाय करने के लिए बैक्टीरिया का महीनों तक उपचार करते हैं। सफेद दाग और कृमि का नजदीकी संबंध होता है इसलिए त्वचा रोग उपचार में सबसे महत्वपूर्ण है- रोग के मूल का कारण ढूँढ़कर उसका उपचार करना, यही इसकी सर्वोत्तम दवा है।

अस्वच्छता : मूल कारण

त्वचा की देखभाल करने में संतुलित आहार के साथ-साथ त्वचा साफ रखने का भी बहुत महत्त्व है। स्नान के बाद शरीर को पूरी तरह सुखा लेना चाहिए। क्योंकि गीलापन बाकी रहने से या गीले कपड़ों पहनने से जाँघ तथा बगल में खुजली, जलन, फुंसियाँ हो जाती हैं और वहाँ की त्वचा काली पड़कर, उस पर लाल दाग होने लगते हैं। शर्म के कारण ऐसी तकलीफों को छिपाना खतरनाक हो सकता है। कई बार डॉक्टरों की सलाह लिए बिना सिर्फ विज्ञापनों को देखकर अलग-अलग क्रीम्स तथा पाऊडर का उपयोग करने से फायदे के बजाय नुकसान होता है। किसी भी असाध्य त्वचा विकार में यू.एफ.टी. सरल और सहज उपाय है। बार-बार ताजे शिवाम्बु से विकार ग्रस्त जगह को धोने से आराम मिलता है। ऐसी त्वचा को डेटॉल मिश्रित पानी से धोएँ। गीलेपन से उत्पन्न होनेवाले त्वचा रोग में 'जालिम लोशन' भी एक प्रभावी औषधि है।

पित्त की फुंसियाँ (फोड़े)

पित्त की फुंसियाँ होने की समस्या बूढ़े लोगों के साथ-साथ छोटे बच्चों में भी होती है। इस विकार का संबंध पित्त से जोड़ा जाता है परंतु पित्त इसका कारण नहीं

होता। पित्त शरीर में विजातीय टॉकसिन्स का प्रमाण बढ़ने से उत्पन्न होता है। ऐसे वक्त पर सिर्फ पित्त की दवाइयाँ खाने से सही मायने में पित्त का उपचार नहीं होता। पित्त की फुंसियाँ निकलने के बाद एक लीटर ताजे गोमूत्र के साथ उतना ही गरम पानी लेकर, उसका एनिमा लेने से अच्छे परिणाम मिल सकते हैं। आधे कप से दो कप गोमूत्र कुछ दिनों तक पीने से पित्त के फोड़ों का दर्द पूरी तरह नष्ट हो सकता है।

सोरायसिस – एक भयानक त्वचा रोग

सोरायसिस एक दीर्घकालीन व्याधि है। इसमें त्वचा सूख जाती है और उसके ऊपर की चमड़ी रूसी की तरह निकलती है। उसमें त्वचा के ऊपर के स्तर पर पेशियों का निर्माण ज्यादा होता है और हर दिन मरी हुई निर्जीव पेशियाँ रूसी के रूप में झड़ती रहती है। इसमें पहले शरीर पर जगह–जगह दानें निकल आते हैं और उनमें खुजली होती रहती है। बाद में वहाँ से रूसी के रूप में कुछ कण बाहर निकलते हैं और धीरे–धीरे पूरे शरीर पर इसका प्रसार हो जाता है। स्त्रियों में इस रोग की शुरुआत सिर से होती है। सोरायसिस रोग में त्वचा में खुजली और जलन होती है और शरीर गरम रहता है। ज्यादा खुजलाने से दाग दिखने लगते हैं। सोरायसिस के दाग मुख्यतः जोड़ों पर होते हैं।

जैसे–जैसे रोग पुराना होता है, वैसे–वैसे अंतिम अवस्था में सोरायसिस के दागों से खून मिश्रित पस बाहर आता है। हाथ–पैर के नाखून की जड़ों में दाग होने लगते हैं तथा उनमें से नाखून निकल जाते हैं। सोरायसिस जल्दी ठीक नहीं होता। इसका उपचार दीर्घ काल तक करना पड़ता है, तभी यह जड़ से नष्ट हो सकता है इसलिए रोगी के पास संयम होना आवश्यक है।

यू.एफ.टी. से यह रोग पूरी तरह से ठीक हो सकता है। इसके लिए नियमित रूप से शिवाम्बु उपवास करना आवश्यक है। उपवास रोगी की प्रकृति और रोग के स्वरूप पर निर्भर होता है। शिवाम्बु उपवास के बाद आहार का भी महत्त्व होता है। शिवाम्बु के आंतरिक उपयोग के साथ–साथ बाह्य उपचार भी बहुत आवश्यक होता है। पूरे शरीर पर बासी शिवाम्बु से मालिश करने तथा शिवाम्बु का स्प्रे करके त्वचा को धूप में सुखाने से अच्छा असर होता है। विकारग्रस्त त्वचा पर मिट्टी की पट्टी लगाने से सोरायसिस ठीक हो जाता है।

कोढ़ और सफेद दाग

सफेद दाग को लेकर समाज में अनेक गलतफहमियाँ हैं। इस विकार को डर या संशय की दृष्टि से देखा जाता है। त्वचा पर आनेवाला सफेद दाग सिर्फ ल्यूकोडर्मा

(कोढ़) ही नहीं होता। त्वचा के निचले आवरण में मौजूद किसी पेशी के कारण त्वचा का नैसर्गिक रंग सफेद हो जाता है। जब यह पेशी (मेलॅनोसाईट्स) काम नहीं करती तब दूषित तथा ज्यादा उत्तेजित होने से त्वचा सफेद होने लगती है। त्वचा को नैसर्गिक रंग में वापस लाने के लिए मेलॅनिन रंगद्रव्य निर्माण की प्रक्रिया मुख्यतः आँतों से शुरू होती है। सफेद दागों में बाह्य उपचार के साथ अंतर्गत शरीर शुद्धि की प्रक्रिया होना आवश्यक है। 'यूरिन हेल्थ रिसर्च इन्स्टिट्यूट' के लंबी अवधि के अनुभवों से पता चला है कि बावची के बीज (गवारी के बीज) गोमूत्र में ४८ घंटों तक भिगोकर रखने के बाद उसका पेस्ट बनाकर छाँव में सुखाकर उसके चॉक बनाकर, उसे हर रोज शिवाम्बु में घिसकर दागों पर उसका लेप लगाना अच्छा होता है। यदि यह प्रयोग कम से कम डेढ़ साल तक किया जाए तो सफेद दाग ठीक होने लगता है।

तारुण्य पीटिकाएँ या मुँहासे

यौवन में कदम रखनेवाले युवक-युवतियों के चेहरे पर फोड़े-फुंसियाँ हो जाती हैं। इन्हें तारुण्य पीटिकाएँ या मुँहासे कहते हैं। ये चेहरे का सौदर्य बिगाड़ देती हैं। १२ से २५ वर्ष के ९० प्रतिशत से अधिक युवक-युवतियों को यह समस्या होती है। आमतौर पर चेहरा, सीना, पीठ, कंधों आदि पर ये पीटिकाएँ आती हैं। असल में ये उस जगह उभरती हैं, जहाँ तैलग्रंथियों का प्रमाण ज्यादा होता है। तैल ग्रंथियों से नैसर्गिक तेल का स्राव होता है। यह तेल त्वचा मुलायम रखने में मदद करता है। शारीरिक बदलाव के साथ टेस्टोस्टेरोन हार्मोन बढ़ता है। उसका प्रभाव तैल ग्रंथियों पर होता है, जिससे वे बढ़ती हैं और ज्यादा सीबम तैयार होता है।

इन फोड़ों के अतिरिक्त बाकी किरणों से अलग तरीके के फोड़े चेहरे तथा शरीर के अन्य भाग पर आ सकते हैं। उदाहरण के लिए गर्भनिरोधक गोलियाँ, स्टेरॉइड्स, टी.बी. की दवा, ऑईल अथवा रसायनों के संपर्क में आने से कंधे पर फोड़े आ सकते हैं।

मानसिक तनाव, जागरण, विश्राम न करने से भी ऐसे फोड़े बढ़ सकते हैं। दिनभर धूप, धूल तथा प्रदूषित हवा में रहने के कारण त्वचा खराब हो सकती है। इसलिए ठंढे पानी से चेहरे को नियमित रूप से धोएँ, इससे त्वचा मुलायम होती है। चेहरे पर काले दाग पड़े हों तो बासी स्वमूत्र की मालिश करने से चेहरा साफ हो जाता है। जिन लोगों के चेहरे पर फोड़े होते हैं, वे ठंढ़ा कटिस्नान करें। मूत्र एक अच्छा क्लिंजिंग एजेंट माना जाता है। इसमें मौजूद यूरिया नामक घटक प्रभावी ऍन्टीसेप्टिक माना जाता है। नियमित रूप से ताजे तथा बासी शिवाम्बु से चेहरे पर मालिश करने से फोड़े नहीं होते।

भाग २८

व्यसन से छुटकारा पाने के लिए
यूरिन थेरेपी

यदि आप डॉक्टर को फीस नहीं देना चाहते तो बेहतर है कि आप इतने चतुर बन जाएँ कि कभी बीमार ही न पड़ें।

चाय, कॉफी, तंबाकू का सेवन, पान चबाना, मांसाहार, अति मद्यपान, सिगरेट, कैफीन इत्यादि का सेवन व्यसन की श्रेणी में आता है, जो शरीर के लिए बहुत घातक हो सकता है। इन चीजों से ही शरीर में बहुत सारी गंदगी तैयार होकर कई तरह की बीमारियाँ पैदा होने लगती हैं। व्यसनग्रस्त इंसान यदि इन व्यसनों को नहीं छोड़ेगा तो जल्द ही शरीर उसे छोड़कर चला जाएगा।

प्रकृति का नियम है कि यदि कोई चीज अधिक मात्रा में ली जाती है तो वह शरीर को नुकसान पहुँचाती है। किसी भी चीज के अति सेवन से विनाश होना निश्चित है। इससे रोगी को कोई भी डॉक्टर नहीं बचा सकता।

आप जिस चाय को अमृत समझकर पीते हैं, उससे होनेवाली हानियाँ नीचे दी गई हैं-

* टेनिन : चाय में १८ प्रतिशत तक की मात्रा में पाया जाता है, इसके कारण पेट में घाव (जख्म) और गैस निर्मित होती है।
* थीनाइन : चाय में १० प्रतिशत तक की मात्रा में पाया जाता है, इसके कारण फेफड़ों में जलन और मस्तिष्क में स्थूलता पैदा होती है।
* कैफीन : यह चाय में २.७५ प्रतिशत तक पाया जाता है। इसके सेवन से स्वभाव कठोर होता है, गुर्दे में कमजोरी आती है और सिरदर्द या गाँठ निर्माण

की समस्या हो सकती है।

* वोलेटाईल ऑईल्स् : इससे आँखें खराब होती हैं।
* कार्बोनिक एसिड : इससे एसिडिटी (अम्लपित्त) बढ़ती है।
* पैमिन : इससे पाचन क्रिया कमजोर होती है।
* ऐरोमौलिक : इसके कारण आँतों में खुजली होती है।
* सायनोफेन : इससे लकवा और नींद न आने जैसी तकलीफें होती हैं।
* आवजीलिक : इसके कारण जितना एसिड एक पूरे दिन में निकलता है, उससे चार गुना एक कप चाय से निकलता है।
* सिटनायल : यह खून के विकार और नपुंसकता बढ़ाता है।

चाय में इतने सारे जहरीले पदार्थ होते हैं। मानव का शरीर पूर्णतः शाकाहारी होता है। इसलिए मांसाहार करना भी एक प्रकार का व्यसन ही है। क्योंकि हमारे शरीर में मांसाहार को पचाने की स्वाभाविक क्षमता नहीं होती है। इसलिए मांसाहार से शरीर में विषारी द्रव्य पैदा होते हैं।

ये सारे व्यसन शरीर के लिए हानिकारक साबित होते हैं। इन व्यसनों से मुक्ति पाना आवश्यक है। शिवाम्बु पीने से ये सारे व्यसन छूट सकते हैं क्योंकि यह शरीर शुद्धि का काम करता है। इसलिए जिन लोगों को इन व्यसनों ने घेर रखा हो, उन्हें तुरंत शिवाम्बु पीना शुरू कर देना चाहिए। यदि एक बार शिवाम्बु से आप शरीर को साफ कर लें और फिर से व्यसनाधीन हो जाएँ तो शिवाम्बु उस व्यसनाधीनता पर रोक लगाता है।

इसलिए शिवाम्बु सेवन करना है तो उसके लिए चाय, तंबाकू, मद्य, मांसाहार, सिगरेट इत्यादि आदत छोड़नी ही पड़ेगी, तभी आप यू.एफ.टी. का पूरा लाभ उठा सकते हैं। वरना एक जगह से आप शिवाम्बु रूपी अमृत का सेवन करेंगे और उसी समय व्यसनों को अपनाएँगे तो जितना फायदा मिलना चाहिए, उतना नहीं मिलेगा।

उदाहरण के तौर पर, जब हम साफ-सुथरे कपड़े पहनते हैं तो किसी भी गंदी जगह पर जाकर नहीं बैठते। बैठने से पहले देखते हैं कि जगह साफ है या नहीं। लेकिन यदि कपड़े ही गंदे पहन रखे हो तो किसी भी गंदी जगह पर जाकर बैठने में हम परहेज नहीं करते। इसी प्रकार यू.एफ.टी. से शरीर शुद्ध और सात्विक बनता है और शुद्ध तथा सात्विक शरीर किसी भी तामसिक चीज को सहज स्वीकार नहीं करता है। इसलिए अपने शरीर को इतना शुद्ध और सात्विक बनाए कि कोई भी व्यसन उसे

अपनी ओर आकर्षित ही न कर सके।

हमारे नाखून और दाँतों की रचना पूर्ण रूप से शाकाहारी प्राणियों की तरह ही है। शाकाहारी प्राणियों की आँखें जन्म से ही खुली होती हैं। जबकि मांसाहारी प्राणियों की आँखें जन्म लेने के बहुत दिनों बाद खुलती हैं। शाकाहारी प्राणियों के आँतों की लंबाई उनके मज्जारज्जु से १२ गुना ज्यादा होती है, इससे साबित होता है कि प्राकृतिक रूप से मनुष्य शाकाहारी प्राणी ही है। मांसाहार करने से शरीर में एसिड, ब्लड यूरिया और ब्लड शुगर बढ़ते हैं, यकृत (हैपेटाइटिस) सक्रिय नहीं रहता, नेत्र ज्योति तथा स्मरण शक्ति कम होती है, नींद कम आती है, चक्कर आते हैं और बवासीर जैसे रोग हो जाते हैं।

भाग २९

पैरालिसिस एवं स्नायु दुर्बलता

कारण, लक्षण, प्रकार और बचाव

अधिकांश लोगों की जिस बात में आस्था होती है,
वही सबसे अधिक उपचार करता है।

शरीर के स्नायु-प्रणाली (पेशी) के एक या अनेक तंतुओं की कार्य शक्ति का नाश हो जाना लकवा कहलाता है। जिस अंग में लकवा हो जाता है, वह अंग कमजोर होकर, कोई काम नहीं कर सकता, यहाँ तक कि हिल-डुल भी नहीं सकता।

मस्तिष्क, रीढ़ और स्नायु में होनेवाले रोग से ही विभिन्न प्रकार का लकवा उत्पन्न होता है। इसे यूँ समझा जा सकता है जब किसी रोग द्वारा सभी स्नायु केंद्र बीमार (विकार युक्त) हो जाते हैं तो उनके संबंधित अंगों में जड़ता आ जाती है, जिसे लकवा कहते हैं।

लकवा लगने के कारण

- अत्याधिक मानसिक श्रम, चिंता।
- धातुक्षीणता, रक्त अल्पता मस्तिष्क में घातक चोट लगना।
- सिर में बेहद दर्द रहना। मस्तिष्कावरण-प्रदाह (मैनिन्जिअल इरिटेशन)
- शरीर में विजातिय टॉकसिन्स का प्रकोप अथवा विषैले द्रव्यों का प्रवेश।
- प्रकृति के विरुद्ध आहार-विहार, अत्याधिक व्यायाम, उच्च रक्तचाप।
- पेशी-क्षय, मस्तिष्क और रीढ़ की विविध बीमारियाँ।

- स्नायु रोग एवं धमनी कठिनता, डिप्थीरिया, गठिया (वात विकार)।
- अधिक मद्यपान, पुराना हृदयरोग।
- खून की गाँठें तैयार होने से मस्तिष्क में खून का प्रवाह ठीक से न होना।

लक्षण

- जिस अंग में लकवा होने की संभावना होती है, उसके स्नायु ढीले पड़ जाते हैं।
- सीढ़ी चढ़ने में परेशानी एवं कष्ट होता है।
- रक्तचाप (ब्लडप्रेशर) कम हो जाता है।
- मन निरुत्साही हो जाता है।
- जिस ओर लकवा मारनेवाला होता है, उस ओर का नाक का छिद्र विशेष रूप से खुल जाता है।
- जिस ओर लकवा होना होता है, उस ओर की स्पर्श शक्ति कम हो जाती है या अचानक बढ़ जाती है।
- माँस-पेशियों की शक्ति क्षीण होकर, गति कम हो जाती है।
- गठिया, वात विकार होते हैं।
- स्नायुवात के विकार बढ़ जाते हैं।
- अंग में शून्यता, गतिहीनता आ जाती है।

साध्य लकवे के लक्षण

- रोग नया होगा और हमला सौम्य होगा।
- रोगी की उम्र कम होगी और जीवन शक्ति काफी अधिक होगी।
- अन्य कोई बीमारी नहीं हो।
- लकवे का प्रकोप केवल हाथ-पैर या उँगलियाँ पर हुआ हो।

असाध्य लकवे के लक्षण

* गर्भिणी, प्रसूता, बालक, बूढ़े यदि अत्यंत दुबले और कमजोर हों।
* रोगी का रक्त और वायु अचानक नष्ट हो गया हो।
* मांसपेशियाँ पूरी तरह टूट गई हों।
* सुई चुभाने या नोचने से भी रोगी को कुछ महसूस न हो।
* रोगी में ज्ञान और क्रिया शक्ति दोनों का अभाव हो।
* उपचार करने पर भी बेहोशी दूर न होती हो।
* अपानवायु (गुदा मार्ग से बाहर आनेवाली वायु) बंद हो और मुँह, नाक तथा नेत्र में निरंतर स्राव हो रहा हो।
* रोगी का रक्तचाप २०० से ऊपर हो और आयु ६० वर्ष से अधिक हो।
* जीवन शक्ति कम हो, हृदय रोग भी हो।
* लकवा बहुत तीव्र वेग का हो।

लकवे के २० प्रकार

* अर्धांग का लकवा (Hemiplegia)
* एकांग का लकवा (Monoplegia)
* पूर्णांग का लकवा (Quadriplegia, Diplegia)
* निम्नांग का लकवा (Paraplegia)
* सकल्प लकवा (Parkinson's Disease)
* मेरुमज्जा प्रदाहजन्य लकवा (Myelitis)
* बाल लकवा (Infantile Paralysis)
* स्वरयंत्र का लकवा (Vocal Cords Paralysis)
* जीभ का लकवा (Bulbar Paralysis or Aphasia)

- मुखमंडल का लकवा (Facial Paralysis)
- उँगलियों का लकवा (Writer's Paralysis)
- पेशी क्षय जन्य लकवा (Wasting of Muscles Paralysis)
- डिप्थीरिया जन्य लकवा (Post diptheritic Paralysis)
- हिस्टीरिया जन्य लकवा (Hysterical Paralysis)
- पारद दोष जन्य लकवा (Mercurial Paralysis)
- सीसा जन्य लकवा (Lead Palsy)
- गठिया जन्य लकवा (Rheumatic Paralysis)
- आंशिकत्वक शून्यता (Partial Paralysis)
- हाथ के ऊपरी भाग का लकवा (Erb's Paralysis)
- रक्तचापधिक्य जन्य लकवा (Hypertensive Haemorrhage Paralysis)

लकवे से बचाव

लकवे का रोग शरीर के स्नायुओं और स्नायु केंद्र, मस्तिष्क का रोग है। जिस इंसान के शरीर का स्नायुमंडल, स्नायु केंद्र और मस्तिष्क अच्छी तथा स्वाभाविक दशा में रहते हैं, उसे लकवा कभी नहीं होता।

आरंभ से ही यदि प्राकृतिक जीवन पद्धति को अपनाया जाए, संयम, नियम से काम किया जाए, स्वास्थ्यवर्धक एवं उपयुक्त आहार-विहार का आश्रय लिया जाए तथा हर प्रकार के मानसिक तनावों एवं चिंताओं से बचा जाए तो लकवा होने की संभावना बहुत कम हो जाती है।

लकवा आने से बहुत पहले ही मस्तिष्क कमजोर पड़ जाता है। शरीर के स्नायु जगह-जगह कमजोर एवं शक्तिहीन हो जाते हैं। इससे आँख तथा कान आदि इंद्रियों की कार्यक्षमता मंद पड़ जाती है। थोड़ा सा काम या बातें करने पर ही थकान महसूस होने लगती है। इस प्रकार के लक्षण दिखाई देने लगे तो समझ लें कि लकवा होने की आशंका है। जब ऐसा हो तो तुरंत सजग हो जाएँ और जरूरी उपचार आरंभ कर दें। फिर सभी कार्य बंद करके शारीरिक एवं मानसिक आराम करें। प्राकृतिक आहार-

विहार अपनाएँ। कम बोलें, कम परिश्रम करें तथा कब्ज को प्राकृतिक उपायों द्वारा दूर करें। ईश्वर की प्रार्थना में मन लगाएँ, सद्‌ग्रंथ पढ़ें तथा कटिस्नान लें।

* **उपवास** : शरीर से अम्ल विष हटाने के लिए उपवास से बढ़कर कोई और उपाय नहीं है, तीन दिनों का शिवाम्बु उपवास किसी अनुभवी प्राकृतिक चिकित्सक की देख-रेख में करना एक अच्छा चुनाव है।

* **व्यायाम** : रोज नियमित रूप से हल्का व्यायाम करना चाहिए या सुबह-शाम टहलना चाहिए। व्यायाम करने से पहले योगाचार्य से सलाह जरूर लें।

* **प्राणायाम** : इसके लिए योगिक प्राणायाम सर्वश्रेष्ठ है।

* **नींद, विश्राम और शिथिलीकरण** : कम से कम आठ घंटे की नींद लें क्योंकि शरीर के लिए विश्राम जरूरी है। शिथिलीकरण के लिए शवासन एक उपयोगी आसन है।

* **पर्याप्त पानी पीना** : लकवे के रोगी को नींबू के रस से मिश्रित सादे पानी को थोड़ा-थोड़ा करके भरपूर मात्रा में पीना चाहिए। लंबी अवधि तक पेट को एनिमा द्वारा साफ करते रहना चाहिए, इससे शरीर पूरी तरह साफ हो जाएगा।

* **मालिश** : आठ दिन पुरानी यूरिन से लकवे के रोगी के सर्वांग की मालिश फायदेमंद होती है। मालिश धीरे-धीरे करनी चाहिए। स्नायुओं पर हल्के हाथ से पर्याप्त समय तक मालिश करनी चाहिए।

* **सूर्य स्नान** : रोगी को प्रतिदिन करवट बदल-बदलकर १० से ४० मिनट तक सूर्य स्नान करना चाहिए। सूर्य स्नान करते समय सिर और आँखों को कपड़े से ढक लेना चाहिए।

* **रंग चिकित्सा** : रोज पीले रंग की बोतल में पानी भरकर उसे बारह घंटे सूर्यप्रकाश में रखें और उसके बाद आधे घंटे में वह पानी पीएँ। शरीर के रोगग्रस्त हिस्से पर पहले एक घंटे तक लाल प्रकाश और बाद में दो घंटे तक नीला प्रकाश डालना चाहिए।

* **भोजन - फल और सब्जी** : फलों और सब्जियों को छोड़कर अधिकांश खाद्य पदार्थ आम्लोत्पादक होते हैं। फल और सब्जियाँ क्षारोत्पादक होती हैं। लकवे

के रोगी के भोजन में फल और सब्जियाँ इन्हीं दो चीजों की प्रधानता होनी चाहिए। जो स्वास्थ्य के लिए परम आवश्यक भी हैं, जिनकी सहायता से यह रोग दूर किया जा सकता है।

लकवे में तीन फल बहुत लाभकारी होते हैं और इनसे इस बीमारी का संपूर्ण उपचार संभव हो सकता है। ये तीन फल हैं– सेब, अंगूर और नाशपाती। इन तीनों फलों अथवा इनके रसों के सेवन से लकवे में आश्चर्यकारक सुधार होता है।

लकवे के रोगी को विटामिन बी वाले खाद्य पदार्थ खाने चाहिए। जैसे दही, मट्ठा, मक्खन, लहसुन, परवल, करेला, पका आम, पपीता, कच्चा नारियल, सूखा मेवा, शहद, मेथी, प्याज, तुरई, लौकी, टिंडा, शलगम, अंजीर, खजूर और मूँग की दाल का सूप इत्यादि।

✱ **पथ्य** : इस रोग में नमक का सेवन कम से कम मात्रा में किया जाना चाहिए। चाय, चीनी, तले पदार्थ, नशीली चीजें और मसालेदार पदार्थ नहीं खाने चाहिए। गुनगुना पानी पीना चाहिए। भय, चिंता, क्रोध आदि से बचना चाहिए। स्नान भी गुनगुने पानी से करना चाहिए। लकवे के रोगी के लिए नया चावल, भैंस का दूध, उड़द दाल, भिंडी, तरबूज, बासी खाना, देर रात तक जागना, बर्फ आदि का सेवन नहीं करना चाहिए।

खण्ड ४

सवाल-जवाब एवं मान्यताएँ

भाग ३०

यूरिन फास्ट थेरेपी

सवाल-जवाब

१) शिवाम्बु का सेवन शुरू करने से पहले क्या उसकी प्रयोगशाला में जाँच करनी आवश्यक होती है ?

सामान्यतः शिवाम्बु सेवन शुरू करने से पहले किसी प्रयोगशाला में जाकर मूत्र का टेस्ट करने की जरूरत नहीं होती।

अगर मूत्र में ब्लड सेल्स, पस सेल्स, अल्ब्युमिन जैसे तत्त्व भी जाते हों तो भी शिवाम्बु सेवन करने में कोई परेशानी नहीं है। अब तक के अनुभव यही कहते हैं कि अगर मूत्र में ये सब चीजें होती भी हैं तो शिवाम्बु सेवन के बाद जो मूत्र निकलता है, उसमें ये सब चीजें कम होने लगती हैं।

यदि किडनी के ठीक से काम न करने की वजह से आपके खून के अंदर यूरिया तथा क्रिएटिनाइन का प्रमाण बढ़ गया हो तो शिवाम्बु सेवन करने से पहले विशेषज्ञों की सलाह लेना आवश्यक होता है। सिर्फ किडनी फेलियर के रोग को बहुत सारी सावधानियाँ रखने की जरूरत होती है। अगर हाथ, पैर, चेहरे पर बड़ी मात्रा में सूजन हो तो खून में यूरिया, क्रिएटिनाइन का प्रमाण जाँचकर ही शिवाम्बु सेवन करने का निर्णय लें।

किडनी खराब होने को छोड़कर बाकी किसी भी बीमारी में बिना स्वमूत्र की जाँच करवाए ही शिवाम्बु सेवन कर सकते हैं।

२) क्या मूत्र (यूरिन) से दवाइयाँ बनती हैं? मूत्र में दवाइयाँ बनाने लायक कौन-कौन से तत्त्व होते हैं? कई सारी वैज्ञानिक खोजों द्वारा यदि यह साबित हुआ है कि मूत्र से दवाइयाँ बनाई जाती हैं तो यह जानकारी आम आदमी को क्यों नहीं दी जाती?

मूत्र के अंदर महत्वपूर्ण बायोऍक्टिव घटक होते हैं। जिन्हें शरीर के हर भाग की, हर कार्य की जानकारी होती है और इस कारण इनकी शरीर के अंदर एक महत्वपूर्ण भूमिका होती है। आज आधुनिक विज्ञान के आविष्कार से मूत्र में पाए जानेवाले सूक्ष्म से सूक्ष्मतम बायोएक्टिव घटकों का अभ्यास हो रहा है। इन्हीं बायोऍक्टिव घटकों में से सर्वश्रुत घटक यानी यूरोकायनेज है। यह एक ऐसा एन्जाईम है, जिसका उपयोग आज सभी आधुनिक डॉक्टर्स हृदयविकार या ब्रेन हैमोरेज जैसी बीमारी में धमनियों के अंदर के रक्त प्रवाह में आई रुकावट को ठीक करने के लिए करते हैं।

यूरोकायनेज – एक इंजेक्शन

अगर कोई मरीज सीने में दर्द या एन्जायना जैसी बीमारी को लेकर किसी कार्डिओलॉजिस्ट के पास जाता है तो उसे यूरोकायनेज नामक इंजेक्शन दिया जाता है। इस एक इंजेक्शन की कीमत साढ़े तीन हजार से तीस हजार रुपयों तक होती है। अगर आप उस कार्डियोलॉजिस्ट से यह पूछे कि 'यह इंजेक्शन किस चीज से बना है' तो वह बताएगा कि 'यह इंजेक्शन पूरी तरह से मानव मूत्र से बनाया गया है।' अमरीका, यूरोप में बड़ी–बड़ी मल्टिनेशनल फार्मस्युटिकल कंपनियाँ हजारों लोगों का मूत्र इकट्ठा करती है और उससे यह इंजेक्शन बनाती हैं। हम लोग इतनी भारी रकम देकर उसे सीधे अपने खून में चढ़ा लेते हैं और यह सोचते तक नहीं है कि यह मूत्र किसका है और क्या है? हमारे ही शरीर से बहनेवाला पानी, जो शुद्ध है, फिर भी हम उससे घृणा करते हैं, यह खेदजनक बात है।

एन्टीनिओप्लास्टोन – कैन्सर का दुश्मन

केवल एक इंजेक्शन ही नहीं बल्कि बहुत सारी दवाइयाँ आज मानव मूत्र से बनाई जाती हैं। एन्टीनिओप्लास्टोन नामक एक इंजेक्शन कैन्सर के इलाज में उपयोग

किया जाता है। इस एक इंजेक्शन की कीमत डेढ़ लाख रुपए से भी ज्यादा होती है और इलाज के दौरान ऐसे बीस इंजेक्शन का पूरा कोर्स लेना होता है। सामान्य आदमी के लिए इतना महँगा इलाज कराना असंभव है लेकिन शिवाम्बु पीना बिलकुल सस्ता और संभव उपाय है।

प्रोफेसी – एक दवाई

हार्मोनल असंतुलन की वजह से कई महिलाओं में बच्चे पैदा करने की क्षमता समाप्त हो जाती है, इस बाँझपन की बीमारी में प्रोफेसी नामक दवाई का इस्तेमाल किया जाता है। यह दवाई भी मानव मूत्र से बनाई जाती है, जिसकी कीमत हजारों में होती है।

इसी तरह अलग-अलग तरह के त्वचा विकारों में इस्तेमाल किए जानेवाले मरहमों में यूरिया का इस्तेमाल होता है। यह यूरिया मूत्र से ही अलग करके इस्तेमाल किया जाता है। मूत्र में पाया जानेवाला यूरिया एक अच्छा एन्टीसेप्टिक होता है, जिससे कोई भी पुराना जख्म या त्वचा से संबंधित सभी रोग बिलकुल प्रभावी ढंग से ठीक हो जाते हैं। ऐसी बहुत सारी दवाइयाँ हैं, जो मानव मूत्र से बनाई जाती हैं। आप सोचेंगे, आधुनिक वैद्यकशास्त्र ने मूत्र का उपयोग इतनी सारी दवाइयाँ बनाने में किया लेकिन यह जानकारी आम लोगों को क्यों नहीं बताई? इसका असली कारण यही है कि दवाइयाँ बनाने का व्यवसाय करोड़ों डॉलर्स का है। यदि आपको यह जानकारी मिल जाएगी कि आपके अपने मूत्र में ही आपकी दवाई छिपी है तो इससे इस करोड़ों के व्यवसाय का क्या होगा?

३) क्या मूत्र में अपायकारक, रोगकारक बैक्टीरिया (जीवघटक) नहीं होते?

यह एक तथ्य है कि मानव शरीर का अंतरंग पूरी तरह से निर्जन्तुक होता है। इसलिए ९५ प्रतिशत से भी ज्यादा लोगों का मूत्र निर्जन्तुक और बैक्टीरिया रहित होता है। इस बात को वैद्यकीय शास्त्र के सभी नुमाइंदे मानते हैं। ऐसा इसलिए है क्योंकि मूत्र खून के माध्यम से किडनी में बनता है और वह बाहर आने तक किसी भी बाह्य चीज के संपर्क में नहीं आता। एक बात यह भी है कि मूत्र में ऐसे घटक भी होते हैं, जो बैक्टीरियाज को नष्ट करते हैं।

अन्य ५ प्रतिशत लोगों के यूरिन में बैक्टीरिया पाए जा सकते हैं। मूत्र नलिका, मूत्राशय अथवा किडनी में रोग फैलने से, स्वमूत्र में बैक्टीरिया अथवा कभी-कभी (पस सेल्स) मृत पेशियाँ देखी जाती हैं।

आम तौर पर बैक्टीरिया युक्त स्वमूत्र सेवन करने के बाद भी कोई नुकसान नहीं होता। बल्कि देखा तो यह गया है कि जब कोई इंसान ऐसे मूत्र का सेवन करता है तो वह एक (वैक्सीन या इनॉक्युलेशन) टीके की तरह कार्य करता है, जिससे बैक्टीरिया खत्म होने लगते हैं।

पुराने जमाने से ही ताजे मानव मूत्र का उपयोग शरीर पर हुए बाहरी जख्मों को साफ करने के लिए, एक एन्टीसेप्टिक द्रव्य के रूप में किया जाता था। इससे साबित होता है कि मूत्र एक विश्वसनीय स्वयंचलित एन्टीबायोटिक, एन्टीसेप्टीक द्रव्य है।

कुछ डॉक्टरों की ऐसी मान्यता है कि मूत्र द्वारा शरीर से जो द्रव्य बाहर निकलते हैं, वे बेकार और शरीर के लिए हानिकारक होते हैं। मूत्र के द्रव्यों के विश्लेषण से समझ में आएगा कि डॉक्टरों की इस मान्यता के पीछे कितना अज्ञान है। वे सभी द्रव्य शरीर के लिए अत्यंत हितकर हैं। यदि ऐसा न हो तो डॉक्टर उन्हीं द्रव्यों को दवा में मिलाकर फिर से शरीर में क्यों दाखिल करते हैं? कई डॉक्टर रासायनिक क्रिया से तैयार किए हुए खनिज द्रव्यों को शरीर-स्वास्थ्य के लिए उत्तम मानकर रोगी को दवा के साथ देते हैं। कुदरत ने वैसे ही द्रव्यों को मानव-शरीर में पैदा किया है। उन द्रव्यों को शरीर के लिए हानिकारक समझने में कोई बुद्धिमत्ता नहीं है। सच बात तो यह है कि चिकित्सा शास्त्र की दृष्टि से भी मूत्र कोई बेकार वस्तु नहीं है, यह एक सजीव रस है, यह सिद्ध हो चुका है। मूत्र में ऐसे तत्त्व हैं जो मांस, रक्त तथा निर्जीव हुए कोषतन्तुजाल ऊतक (टिशूज) को मजबूत बनाते हैं या पुर्ननिर्मित करते हैं।

४) यू.एफ.टी. की अच्छाइयाँ और रुकावटें क्या हैं?

यू.एफ.टी. की अच्छाइयाँ :

✻ मूत्र ईश्वरीय देन है।

✻ शरीर के स्वास्थ्य की किसी भी प्रकार की कमी को पूरा करने के लिए वैज्ञानिक दृष्टि से यह एक अद्भुत संपूर्ण दवा है।

✻ यह अर्थ और गुण दोनों दृष्टि से अमूल्य है। इसका उपयोग करने के लिए धन की जरूरत नहीं है, बस समझ और निष्ठा जरूरी है।

✻ किसी भी अन्य पदार्थ की अपेक्षा यह अधिक प्रभावशाली है।

* आयुर्वेद ने इसे विषघ्न रसायन कहा है। विषघ्न अर्थात शरीर के आंतरिक तथा बाह्य विष का नाशक और रसायन अर्थात वृद्धावस्था को रोककर रोग मुक्त यौवन देनेवाला।

* यह निर्दोष है इसलिए इसके उपयोग से किसी भी प्रकार की हानि नहीं होती। ऐसे कल्याणकारी द्रव्य का महत्त्व जनता के हृदय पर अंकित किया जा सके तो इससे जनता की बड़ी सेवा होगी।

यू.एफ.टी. की रुकावटें :

* साधारणतः मूत्र को समाज में खराब समझा जाता है और उसके स्वाद तथा गंध के बारे में एक झूठा भ्रम बना हुआ है।

* हम यह मान बैठे हैं कि मूत्र द्वारा शरीर में से जहर निकलता है और इस मिथ्या मान्यता का प्रचार भी खूब हुआ है।

* सैकड़ों, बरसों से यूरिन थेरेपी का विशाल स्तर पर उपयोग बंद है इसलिए लोगों को उसके उपयोग की शास्त्रीय पद्धति का ज्ञान नहीं है।

* यूरिन थेरेपी में जैसा चाहिए वैसा परहेज रखने में हम लापरवाह हैं और आहार-विहार में संयमी नहीं हैं।

* आधुनिक समाज यह समझता है कि मूत्रचिकित्सा उच्च तथा सांस्कृतिक जीवन के विरुद्ध है।

* अन्य चिकित्सा पद्धतियों के व्यवसायी अपने स्वार्थ की रक्षा के लिए स्वच्छता, संस्कृति और सभ्यता की दुहाई देकर यू.एफ.टी. का विरोध जी-जान से करते हैं, जिससे रुकावटें और प्रबल बनती हैं। जबकि अनेक वैद्य यह मानते हैं कि मूत्र चिकित्सा आयुर्वेद का एक अंग है, फिर भी कुछ लोग इसके विपरीत विश्वास करते हैं।

* हमारे समाज में नैतिक हिम्मत कम है ताकि हम अपने कल्याण के लिए झूठी मान्यताओं और कु-विचारों को ठुकराकर सत्य का आचरण कर सकें।

इस प्रकार की रुकावटें होते हुए भी हमारा यह दृढ़ विश्वास है कि स्वास्थ्य

से प्रेम करनेवाले यदि पूरे विश्वास से कोशिश करें तो यू.एफ.टी. द्वारा आम जनता को हर बीमारी के शिकंजे से छुड़वाया जा सकता है।

५) **क्या शिवाम्बु सेवन करने से पहले शारीरिक गुणदोषों को समझना आवश्यक होता है?**

शिवाम्बु सेवन का पूरा लाभ प्राप्त करने के लिए शारीरिक गुणदोषों को तथा मूत्र की और कई बातों को समझ लेना आवश्यक होता है। इसमें निम्नलिखित बातों को जरूर समझें –

* शिवाम्बु उष्ण, क्षारीय, नमकीन, मधुर होने के कारण उसमें ऋतुओं के अनुसार परिवर्तन होता रहता है। इसलिए वात, पित्त, कफ की प्रकृति के लोगों को विवेकपूर्वक उपयोग करना चाहिए।
* कफ और वात प्रकृतिवालों का मूत्र अनुकूल रहता है। पित्त प्रकृतिवालों का कम अनुकूल रहता है। उन्हें प्रारंभ में इसका कम मात्रा में उपयोग करना चाहिए।
* ठंडा, चिकना, भारी तथा मधुर आहार करनेवालों के लिए शिवाम्बु अधिक अनुकूल रहता है। गरम, हल्का, रूखा, खारा तथा तीखा आहार करनेवालों के लिए यह कम अनुकूल होता है।
* रात्रि जागरण, अधिक समागम, गरमी में रहना, अति परिश्रम, क्रोध आदि आचरण करनेवालों को यूरिन प्रतिकूल है।
* शांत, संयमी, सम्यक स्वभाववाले लोगों के लिए अधिक फलदायी है।

६) **क्या अन्य उपचार पद्धतियों की गोली, दवाइयों के साथ मूत्र का प्रयोग किया जा सकता है?**

आम बीमारियों में चल रही दवाइयों के साथ (जैसे- ब्लडप्रेशर, डायबिटीज, हृदयविकार) मूत्र का प्रयोग कर सकते हैं। लेकिन कुछ विशेष बीमारियों में बहुत बार कुछ विशेष दवाइयाँ दी जाती हैं। अगर कोई रोगी विशेष स्टेरॉइड या हायर एन्टीबायोटिक या किमोथेरेपी ले रहा हो तो उसे शिवाम्बु सेवन नहीं करना चाहिए। क्योंकि ऐसी दवाइयों का अनुपान (दवा के साथ या बाद में ली जानेवाली वस्तु)

निश्चित होता है और अगर उसके साथ मूत्र सेवन किया जाए तो उस शरीर में अधिक जीने की संभावना होती है। ऐसे में दवाइयों का ओवर डोज होने के कारण शरीर को हानि भी हो सकती है। इसलिए इन दवाइयों का प्रयोग करते हुए शिवाम्बु सेवन न करें।

किसी भी सामान्य एलोपॅथिक दवाई, टॉनिक, विटामिन सप्लीमेंट की दवाइयाँ, आयुर्वेदिक तथा होमियोपॅथिक दवाइयों के साथ शिवाम्बु पीने में कोई हर्ज नहीं है।

७) क्या सिर्फ खुद का ही शिवाम्बु पीना जरूरी है?

दुर्लभ परिस्थितियों में रोगी स्वयं का शिवाम्बु आवश्यक मात्रा एवं शुद्ध रूप में प्राप्त नहीं कर सकता, ऐसी स्थिति में उसी उम्र और उसी लिंग के स्वस्थ इंसान के शिवाम्बु का उपयोग कर सकता है। सात्विक, नैसर्गिक आहार करनेवाले बच्चे के शिवाम्बु का भी उपयोग किया जा सकता है।

बाह्य उपचार के लिए (जैसे मालिश, एनिमा, पट्टियाँ आदि) दूसरे स्वस्थ लोगों के शिवाम्बु का उपयोग किया जा सकता है। लैंगिक एवं हार्मोन से संबंधित समस्याओं में विपरीत लिंगीय लोगों के शिवाम्बु का उपयोग भी होता है। गर्भवती महिलाओं के शिवाम्बु का उपयोग वंध्यत्व की समस्याओं में किया जा सकता है।

प्रायः दो सामान्य स्वस्थ लोगों के शिवाम्बु के घटकों में ज्यादा फर्क नहीं होता। लेकिन स्वयं के शिवाम्बु में अपने शरीर के जीवरासायनिक क्रियाओं का सूक्ष्मतम प्रतिबिंब होता है। हर एक का शिवाम्बु अपने शरीर की दृष्टि से काफी व्यक्तिगत, विशिष्ट और परिपूर्ण होता है, जिसके पुनः उपयोग से रोग निवारण का कार्य अचूक ढंग से हो सकता है। भारत में मानव मूत्र के साथ अन्य शाकाहारी प्राणियों के मूत्र का उपयोग भी व्याधि निवारण के लिए ही किया गया है। गाय, ऊँट, हाथी, बकरी आदि प्राणियों के मूत्र का भी अभ्यास और विश्लेषण आयुर्वेद ग्रंथों में उपलब्ध है।

८) क्या यू.एफ.टी. से मोटापा कम होता है और पतले इंसान का वजन बढ़ता है?

इस पृथ्वी पर भौतिक दृष्टि से सबसे मजबूत और धनी देश अमरीका है और इस देश में ४० प्रतिशत से भी अधिक लोग मोटापे के शिकार हैं। हृदयविकार, उच्च रक्तचाप, मधुमेह, गठिया आदि व्याधियों का जन्म मोटापे को माना जाता है। जब

शरीर का वजन प्रमाण से अधिक बढ़ जाता है तो उसे मोटापा या स्थूलता कहते हैं। मोटापा तंदुरुस्ती का प्रतीक नहीं माना जा सकता। जब शरीर का वजन प्रमाण से अधिक कम हो जाता है, तब यदि उससे शरीर की कार्यक्षमता पर असर होता हो, कमजोरी लगती हो तो उसे भी रोग ही कहा गया है।

स्वास्थ्य की स्थिति में हमारे शरीर का वजन शरीर की ऊँचाई के अनुसार स्थिर और संतुलित रहता है। ज्यादातर हमारे शरीर का वजन आहार-विहार पर तथा हमारी शारीरिक मानसिक आदतों पर निर्भर करता है। आलसी, लापरवाह और अविचारी लोगों में स्थूलता की समस्या दिखाई देती है। कम वजन होने एवं कमजोरी की भी समस्या ऐसे ही लोगों में देखने को मिलती है।

यू.एफ.टी.की यह खासियत है कि जिसका मोटापा अधिक है, उसका वजन इस उपचार से कम हो जाता है और जिसका वजन पर्याप्त से कम है, उसका वजन धीरे-धीरे बढ़ने लगता है। मूत्र शरीर को संतुलित अवस्था में रखता है।

दिन में ३ बार, सप्ताह में १ दिन शिवाम्बुकल्प कर उपवास, रोज एक घंटा व्यायाम, खाने में प्राकृतिक आहार शामिल करना वजन कम करने के लिए उपयुक्त हैं। यदि मोटापा सिर्फ केंद्रिय हो यानी पेट और नितंबों पर चरबी ज्यादा हो तो उसे हटाने के लिए विशेष व्यायाम, शिवाम्बु से मालिश और गोमूत्र पान काफी असरकारक है।

जिनका वजन कम है, वे पहले शिवाम्बु उपवास (१ से ३ दिन तक) करके अपनी आँतों की सफाई करें और उनकी कार्यक्षमता बढ़ाएँ। उसके बाद दिन में १ या २ बार शिवाम्बु सेवन, नैसर्गिक पौष्टिक आहार, योग प्राणायाम करें, जिससे उनके शरीर का परिपूर्ण विकास हो सके।

९) **क्या शिवाम्बु से शारीरिक कद (लंबाई) भी बढ़ाया जा सकता है?**

हर इंसान के शरीर की रचना, रंग, रूप अपने आपमें विशेष होते है। रंग, रूप, प्रकृति और कद ये सभी चीजें हमें अनुवंशिकता के जरिए अपने माता-पिता द्वारा प्राप्त होती हैं। लेकिन शरीर के रूप में अपने माता-पिता से मिली इस धरोहर को, कुदरत की इस अनोखी भेंट को विकसित करने, सजाने और तंदुरुस्त रखने की जिम्मेदारी हमारी खुद की होती है। इसलिए बहुत सारे बच्चे कद बढ़ाने के मकसद से यू.एफ.टी. करना चाहते हैं।

उम्र के पहले अठारह-बीस साल तक शरीर का पूर्ण विकास होता है। इस

उम्र तक शरीर का कद भी लगातार बढ़ता है। हमारा कद हमारी हड्डियों की लंबाई एवं स्नायु के विकास पर निर्भर होता है। शरीर का कद बढ़े और उसका अच्छा विकास हो, इसके लिए बाल्य एवं युवा अवस्था में शरीर में खास ग्रोथ हार्मोन्स स्रावित होते हैं।

सुबह के पहले मूत्र में इन हार्मोन्स की मात्रा पाई गई है। नियमित शिवाम्बु सेवन करने और पौष्टिक आहार, योगिक व्यायाम, दौड़ना, तैरना आदि उपायों को निरंतर १-२ साल तक अपनाने से कई बच्चों के कद में अच्छा सुधार होते देखा गया है। कई बार बचपन में आया मोटापा, कद बढ़ाने में बाधा बनता है। माँ-बाप के अंधे प्रेम और आलस्य के कारण बचपन से मोटापा बढ़ने का खतरा रहता है। इसका कारण यह है कि हमारे शरीर की रचना और बनावट, हमारे आहार के पोषक तत्त्वों से होती है। बच्चों के सर्वांगीण शारीरिक, मानसिक एवं बौद्धिक विकास में सात्विक, नैसर्गिक आहार का बहुत महत्त्व है। आहार में आवश्यक मात्रा में कार्बोहायड्रेट्स, प्रोटीन्स, लिपिड्स, मिनरल्स होने जरूरी हैं।

१०) क्या शिवाम्बु से एच.आई.वी. की रोकथाम भी हो सकती है?

अक्वायर्ड इम्यूनो डिफिशिएंसी सिन्ड्रोम (AIDS) नामक यह रोग ह्यूमन इम्यूनो वायरस (HIV) नाम के विशिष्ट रेटीरो जाति के विषाणु संसर्ग के कारण होता है। संसर्ग के बाद थोड़े ही काल में यह शरीर की रोग प्रतिरोधक शक्ति पर कब्जा कर लेता है। इन विषाणुओं का प्रसार रक्त संपर्क या लैंगिक संबंधों से होता है।

इस बीमारी को पहली बार दो दशक से भी ज्यादा समय पहले खोजा गया था। फिर भी हमारे पास अब तक इस रोग पर प्रभावी उपचार नहीं है। हम अब तक यह भी नहीं जान पाए कि यह वायरस कैसा है और किस तरह शरीर की प्रतिरोधक शक्ति को कमजोर बनाता है। हालाँकि इन सभी बातों पर विशेषज्ञ एकमत नहीं है।

आपको यह जानकर आश्चर्य होगा कि ऑस्ट्रेलिया में शास्त्रज्ञों के एक बड़े ग्रुप ने अपनी वेबसाईट पर लोगों से कहा था कि 'एच.आई.वी. के विषाणु अलग करके दिखाएँ और करोड़ों रुपयों के इनाम पाएँ।' इस ग्रुप का नाम पर्थ ग्रुप है। इसके कई शास्त्रज्ञों का कहना था कि एच.आई.वी. का विषाणु पैदा करने के पीछे दवाईयाँ बनानेवाली कंपनियों का हाथ है और इसके पीछे गहरा षड्यंत्र है। लेकिन इस विचार को दुनिया में ज्यादा मान्यता नहीं मिली।

सन् १९८१ से २००३ तक दुनिया में एड्स से मारे गए लोगों की संख्या २०

मिलियन से भी ज्यादा थी। अफ्रीका में एड्स के कारण ही अनाथ हुए बच्चों की संख्या २००३ में १२ मिलियन थी। आज कई एड्स संघटनाओं के संशोधन के अनुसार इसका प्रमाण ३९४ मिलियन से भी ज्यादा होगा।

भारत में एड्स का पहला मामला सन् १९८६ को प्रकाश में आया था। उस वक्त से आज तक यह रोग भारत में सभी ओर फैल चुका है। इधर पश्चिम में गुजरात, महाराष्ट्र, आंध्रप्रदेश, कर्नाटक; दक्षिण में और उत्तर पूर्वी भाग में मणिपूर तथा नागालैंड में इसका प्रमाण ज्यादा दिखाई देता है। 'इन्डियन नेशनल एड्स कन्ट्रोल ऑर्गनाइजेशन' (नाको : NACO) के सर्वेक्षण के अनुसार २००४ में भारत में १३४ मिलियन से ज्यादा लोग एड्स का शिकार थे। भविष्य में भारत जैसे विकासशील देश में एड्स का प्रभाव सबसे ज्यादा होगा।

एड्स पर हुए शोधों से पता चलता है कि तमाम जाँचों, कोशिशों, समय और रुपए खर्च करने के बाद भी इसका कोई ठोस उपचार कर पाना नामुमकिन है।

तनाव, भय, मानसिक शंकाएँ, कम पौष्टिक आहार और समाज द्वारा अस्वीकार कर देने के कारण यह रोग बढ़ने में सहायता मिलती है।

कई देशों में जहाँ पर चिकित्सकीय सुविधा उपलब्ध नहीं है, वहाँ पौष्टिक आहार और सकारात्मक मानसिकता अपनाने के बाद भी एच.आय.वी. ग्रस्त रोगी दीर्घकाल तक नहीं जी पाते। भारत में भी एक खोज से पता चला है कि शुद्ध, स्वच्छ रहन-सहन, सकारात्मक दृष्टिकोण, संतुलित और नियमित आहार, कम से कम दवाइयों का उपयोग करने से ४६० एड्स पीड़ित लोगों में से ८५ प्रतिशत लोगों का प्रमाण ५०० से अधिक था यानी उनकी रोग प्रतिरोधक क्षमता सुदृढ़ रही।

आज अमरीका में एड्स के उपचार में योग, प्राणायाम, ध्यान, नैसर्गिक आहार, रिलैक्सेशन, वनौषधि का अधिकाधिक उपयोग किया जा रहा है। कई एड्स रिसर्च सेन्टर्स में भी जीवनशैली के बदलावों के साथ स्वसम्मोहन, बायो-फीडबैक, एक्युप्रेशर जैसी विधियों से बिना दवाइयों के लगातार उपचार करने पर भी एच.आई.वी. ग्रस्त रोगियों के रक्त में होनेवाला C-४ का प्रमाण कम नहीं हुआ।

एच.आई.वी. के संपर्क में आना और उससे कुछ देर बाद शरीर की प्रतिरोधक क्षमता खत्म होने पर अन्य जीवाणुओं का संसर्ग होने के बाद एड्स होना, ये रोग की दो अवस्थाएँ हैं। एच.आई.वी. की जाँच इन विषाणुओं से शरीर में तैयार हुए एन्टीबॉडी टेस्ट से कर सकते हैं। एच.आई.वी. की शुरुआत शरीर के आंतरिक द्रव्यों के सीधे संपर्क से होती है। इस संपर्क के प्रकार अलग-अलग हो सकते हैं।

एच.आई.वी. की शुरुआत होने के बाद, शरीर की रोग प्रतिरोधक शक्ति कमजोर होती है, इसका परीक्षण कई अंश में ब्लड काऊँट और अन्य टेस्ट से कर सकते हैं।

पिछले १०-१५ साल में शिवाम्बु भवन में एड्स पर हुए उपचारों से पता चला है कि एच.आई.वी. का रूपांतरण एड्स में होना या न होना पूर्णरूप से उस इंसान की इच्छा, ज्ञान और विवेक पर निर्भर रहता है।

उपचार करानेवाले रोगियों की जाँच से पता चला कि

* एच.आई.वी. की शुरुआत हो गई है, यह समझने के बाद उसका रूपांतरण एड्स में होने से रोका जा सकता है।

* कई बार एड्स के रोगी अपने शरीर में गंभीर लक्षण पाए जाने के बाद ही समझ पाते हैं। इस रोग का नाम सुनते ही वे ८० प्रतिशत घृणा के पात्र माने जाते हैं। ऐसा होने के बाद भी यू.एफ.टी. के कारण होनेवाले सुधार के कई उदाहरण मौजूद हैं।

* इस रोग की रोकथाम में समय लगने के पीछे जो महत्वपूर्ण कारण है, वह है भय। आज एड्स का मतलब सीधा मृत्यु ही माना जाता है। रोगी को एड्स का डर ही रोज तिल-तिल करके मारते रहता है। लेकिन सावधानी बरतने से एड्स का खतरा काफी कम किया जा सकता है। इन रोगियों को भय से मुक्त करने हेतु सही आरोग्य शिक्षण देने की जरूरत होती है। अगर इंसान हर एक क्षण को, स्थिति को सहजता से स्वीकार करता है तो अपने आप ही वह रोग से मुक्त हो सकता है। इसलिए हमें एड्स के रोगियों के लिए रोगमुक्ति, तनावमुक्ति का कार्यक्रम अंतर्भूत करना चाहिए।

* समाज में एड्स को लेकर दहशत होने के कारण, जब रोगी को अपने इस रोग के बारे में पता चलता है तब उसके जीवन का सारा आनंद नष्ट हो जाता है और रोगी हतोत्साहित होकर अपने नसीब को दोष देने लगता है, निराश हो जाता है और हमेशा नकारात्मक विचारों को अपने दिमाग में लाकर अपनी जीने की इच्छा को नष्ट कर देता है।

  कई शोधों में पता चला है कि जब इंसान के जीवन में कोई ध्येय, कोई उद्देश्य होता है तब उसके अंदर उसे पूरा करने की इच्छा होती है, ऐसा इंसान शरीर की किसी भी कमजोरी या विकार पर विजय प्राप्त कर सकता है।

यदि इंसान में आंतरिक प्रेरणा, प्रोत्साही वातावरण और जीने की तीव्र महत्त्वाकांक्षा हो तो उसकी उम्र बढ़ जाती है। इसलिए एड्स के रोगी के मन में होनेवाला भय दूर करके उसे जीवन का एक ध्येय देना, जीने के लिए ठोस कारण देना महत्वपूर्ण होता है।

* मनुष्य एक सामाजिक प्राणी है। वह आदिकाल से लेकर आज तक समूह में ही रहता आया है इसलिए वह अकेला रह नहीं रह सकता।

एक प्रयोग में देखा गया कि यदि समूह में रहनेवाले प्राणी को समूह से अलग कर दिया जाए तो वह प्राणी बीमार और कमजोर हो गया। मनुष्य को भी सहजीवन की आवश्यकता होती है। उसे सुख-दुःख दोनों की आवश्यकता होती है। मनुष्य जब संकट में होता है तब वह समाज के लोगों से सहकार्य की अपेक्षा करता है। लेकिन एच.आय.वी. ग्रस्त रोगी को समाज में फैले भ्रम के कारण समाज से तो दूर किया ही जाता है, साथ-ही-साथ परिवार के लोगों का सहकार्य भी उसे नहीं मिल पाता। यदि रोगी को समाज द्वारा ठुकरा दिया जाता है तो उसकी प्रतिरोधक शक्ति पर बहुत बुरा असर होता है।

ऐसी स्थिति के कारण इंसान के मन में खुद के बारे में ही घृणा और तिरस्कार पैदा हो जाता है। इसलिए एच.आय.वी. ग्रस्त रोगियों का निवास ऐसी जगह पर होना चाहिए, जहाँ लोग समझदार हों और ठीक तरीके से उनकी सेवा कर सकें। उपचार कार्यक्रम में इन सभी चीजों को महत्त्व देना जरूरी है।

* अभी तक यही देखा गया है कि जिस एच.आई.वी. ग्रस्त इंसान के मन में भय और निराशा पैदा हो जाती है, वह अपने आरोग्य की ओर ध्यान नहीं दे पाता। समाज और परिवार से मिले तिरस्कार के कारण वह विचलित हो जाता है। इसलिए उसका स्वयं की तरफ ध्यान नहीं रहता। मानसिक तनाव के कारण नींद न आना, मुँह का स्वाद खराब रहना, वजन कम होना, बुखार आना जैसे लक्षण दिखाई देने लगते हैं।

ऐसे रोगियों के लिए पौष्टिक आहार, नियमित व्यायाम, सर्वांग मालिश, मानसिक आधार और काऊंसिलिंग, योग्य विश्रांती, ध्यान वगैरह नियमित रूप से कई सालों तक व्यवस्था की जाए तो एच.आय.वी. ग्रस्त लोगों की प्रतिरोधक शक्ति बढ़ सकती है।

ऊपर जिस प्रोजेक्ट के बारे में बताया गया है, उसे 'यूरिन हेल्थ रिसर्च इंस्टिट्यूट' द्वारा बनाया जा रहा है। इसलिए एड्स से डरना नहीं चाहिए बल्कि उसे

स्वीकार करके समझने की कोशिश करनी चाहिए। यदि आप हमेशा जाग्रत और अनुशासित जीवन जीने की कला सीख लेंगे तो एड्स आपका कुछ नहीं बिगाड़ पाएगा।

११) **स्वमूत्र चिकित्सा शुरू करने के बाद शरीर में क्या-क्या क्रिया-प्रतिक्रियाएँ दिखती हैं?**

स्वमूत्र प्रयोग में जो क्रिया-प्रतिक्रियाएँ होती हैं, उन्हें सरलता और सुविधा की दृष्टि से समझ लेना जरूरी है। वरना रोगी बिना कारण डर पाल सकता है। जैसे :

- मूत्र से पाँच-सात दिन तक मालिश करने के बाद रोगी को शरीर में खुजली होने लगे तो वह घबराए नहीं, खुजली मालिश से ही मिट जाएगी।

- कई बार गरमी बाहर आती है और सफेद मुँहवाली लाल फुंसियाँ शरीर पर फूट पड़ती हैं। खून में जो ज्यादा गरमी होती है, वह पेशाब की मालिश से बाहर आ जाती है।

- फुंसियाँ होना शरीर शुद्धि का चिन्ह है, जिससे घबराने की जरूरत नहीं है। इस स्थिति में मालिश इतने जोर से की जाए कि फुंसियाँ फूट जाएँ और मूत्र उनमें दाखिल हो जाए। फिर एक-दो घंटे बाद बिना साबुन लगाए गुनगुने पानी से नहा लें।

- जिस विकार से शरीर में रोग पैदा हुआ है, वह बाहर निकलता है। जैसे: मुँह द्वारा उल्टी से, गुदा द्वारा दस्त से और शरीर के छिद्रों द्वारा गरमी अर्थात फोड़े-फुंसी आदि से बाहर आता है।

स्वमूत्रप्रयोग में इन तीन प्रतिक्रियाओं की संभावना है। कई बार खाँसी, कफ धीरे-धीरे बाहर निकल जाते हैं, हो सकता है उल्टियाँ न हों। बार-बार मल विसर्जन होने से अंदर के विकार निकल जाते हैं। इसमें हो सकता है, दस्त न भी लगें। अगर वह न निकले तो प्रयोग के उपवास के दिनों में दस्त लगने और उलटी आने की पूरी-पूरी संभावना होती है। ऐसा हो तो बिलकुल न घबराएँ। कुदरत को अपना काम करने दें, उसमें कल्याण ही है। किसी की सलाह से उसे बंद करने के लिए किसी भी प्रकार की दवाई या इंजेक्शन न लें। वैसा करने से हानि होगी। इस प्रयोग से ही वह प्रतिक्रिया अपने आप शांत हो जाएगी। किसी के शरीर की विशेष रचना या प्रकृति के कारण वैसी प्रतिक्रिया न हो तो भी चिंता न करें। इनके अतिरिक्त निम्न बातों को भी समझ लें।

ह्व कई बार मुख्य रोग छिपा रहता है और दूसरा रोग उभर आता है, जिससे रोगी मुख्य रोग को कम (गौण) समझकर जरूरी परहेज नहीं रखता। इसका परिणाम यह आता है कि छिपा हुआ मुख्य रोग भयंकर बन जाता है। ऐसी स्थिति में विवेक तथा सावधानी बरतने की बेहद जरूरत है।

- रोगी को पर्याप्त मूत्र न होता हो तो प्रायः उसके शरीर पर सूजन आ जाती है। तब उसके पेट पर विधि अनुसार मूत्र-पट्टी रखी जाए तो मूत्र बढ़ने की पूरी संभावना है।

१२) शिवाम्बु 'रोगी और निरोगी' दोनों के लिए कैसे उपयोगी है?

शिवाम्बु 'रोगी और निरोगी' दोनों को उपयोगी है क्योंकि

- शिवाम्बु पाचक, पोषक, रेचक है।
- शिवाम्बु जन्तु नाशक, विष नाशक रसायन है।
- शिवाम्बु रोग नाशक और आरोग्य का रक्षक है।
- शिवाम्बु वात, पित्त, कफ शामक है।
- शिवाम्बु सभी उम्र के लोगों- बच्चे, जवान और वृद्धों के लिए सर्वथा कल्याणकारी है।
- शिवाम्बु प्रत्येक प्राणी के शरीर का वैद्य है।
- शिवाम्बु धर्मसंगत, आयुर्वेद सम्मत, निर्दोष तथा हानिरहित है।
- शिवाम्बु अर्थ और गुण की दृष्टि से अमूल्य है।
- शिवाम्बु स्वयं चिकित्सक, निदानकर्ता तथा दवा भी है।
- शिवाम्बु सहज, प्राकृतिक और स्वाधीन साधन है।
- शिवाम्बु सरल और संयमी जीवन का सहायक है।
- शिवाम्बु में शरीर की संतुलन शक्ति को टिकाए रखने की अपूर्व शक्ति है।
- शिवाम्बु में रोग प्रतिरोधक की पूर्ण क्षमता है।
- शिवाम्बु रक्तप्रवाह को रोकता है, सफेद रक्तकण तथा हेमोग्लोबिन की कमी को पूरा करता है।

- शिवाम्बु सर्व सुलभ, सर्वत्र सुलभ, सर्वदा सुलभ निःशुल्क उत्पादन है।
- शिवाम्बु भगवान शंकर से भावप्रकाश तक तथा आधुनिक शोधकर्ताओं ने इसे चिकित्सकीय गुणों से भरपूर तथा प्रतिक्रिया विहीन बताया है।
- अथर्ववेद, ऋग्वेद, उपनिषद, योग, तंत्र, महाभारत, बाइबिल, बौद्ध, जैन, आयुर्वेद तथा शिलालेखों में शिवाम्बु के गुणों की चर्चा की गई है।

१३) शरीर में मूत्र का निर्माण कैसे होता है?

अगर आप शरीरशास्त्र के बारे में जानकारी रखते हैं तो आपको पता होगा कि जो कुछ भी हम खाते हैं, वह हमारी अन्ननलिका से हमारे पेट (जठर) के अंदर चला जाता है। जहाँ उस अन्न में बहुत सारे पाचक रस मिलाकर अन्न को अलग कर दिया जाता है। फिर अन्न छोटी आँत में जाता है, जहाँ अन्न में जो भी विटामिन्स, मिनरल्स, प्रोटीन, कार्बोहाइड्रेटस होते हैं, उनका शोषण होता है। अन्य कचरा बड़ी आँत से मलाशय में और वहाँ से गुदाद्वार के जरिए बाहर निकाला जाता है, जिसे हम मल कहते हैं। अर्थात मुँह से लेकर गुदाद्वार तक एक पाइप होती है, जिसके अंदर कहीं पर भी अन्न का खून के साथ कोई संपर्क नहीं होता। इस पाइप में जो भी अन्न डाला जाता है, उसके रस को आँतों में शोषित किया जाता है और बाकी कचरा दूसरे छोर से बाहर निकला जाता है। इसलिए मल तो बेकार है लेकिन मूत्र बनने की क्रिया कुछ और ही होती है।

छोटी आँतों में जो पोषक अन्न रस समाहित किए जाते हैं, उनका रूपांतरण फूड ग्लुकोज में हो जाता है। शरीर में समाहित किए हुए सभी अन्न रस खून में एकत्रित नहीं हो सकते। खून में जिस प्रकार के रस की आवश्यकता होती है, केवल वे ही रस वहाँ एकत्रित होते हैं। अन्य रसों को मूत्र में रूपांतरित करके उन्हें बाहर निकाल दिया जाता है। इसीलिए कहा जा रहा है कि असल में किडनी बाहर फेकने का नहीं बल्कि नियंत्रण का काम करती है। शरीर के खून में हर घटक का संतुलन होता है। शरीर के अंतर्गत विविध जैवरासायनिक घटकों के संतुलन को ही शरीर कार्यशास्त्र (फिजिओलॉजी) में होमिओस्टेसिस कहा जाता है। अगर खून में सभी जैवरासायनिक घटकों का संतुलन हो तो शरीर स्वस्थ रहता है।

किडनी खून के अंदर जैवरासायनिक घटकों का संतुलन बनाने का काम करती है। जिस क्षण खून में कुछ घटकों की मात्रा ज्यादा हो जाती है, उस समय किडनी उन घटकों को मूत्र के माध्यम से बाहर कर देती है। इसका मतलब यह नहीं है कि ये घटक त्यागने योग्य या हानिकारक होते हैं। असल में वे घटक उस क्षण, उस स्थिति

में शरीर में अधिक मात्रा में होते हैं, इसीलिए उन्हें मूत्र के माध्यम से बाहर निकालने की स्वाभाविक प्रक्रिया शुरू होती है। यदि इस मूत्र को हम फिर से अपने शरीर में डालते (रीसरक्यूलेट करते) हैं तो वह हमारी पाचन संस्था के अंदर चला जाता है और इस तरह उसके उपयुक्त घटक फिर से शरीर में समाहित हो जाते हैं।

इसे एक उदाहरण से समझते हैं। जब प्रेशर कुकर की सीटी बजती है तब कुछ भाप बाहर छोड़ दी जाती है। तो क्या सीटी से बाहर निकलनेवाली भाप खराब है? क्या यह अनुपयोगी है? असल में यह भी ऊर्जा ही है लेकिन उस क्षण प्रेशर कुकर में उस ऊर्जा की आवश्यकता नहीं थी इसलिए उसे सीटी द्वारा बाहर निकाल दिया गया। अगर उस कुकर की सीटी को बंद किया जाए तो अतिरिक्त ऊर्जा बाहर नहीं निकल पाएगी और इससे कुकर के फटने का खतरा पैदा हो जाएगा।

ठीक इसी प्रकार हमारे शरीर से बाहर निकलनेवाला मूत्र भी एक ऊर्जा शक्ति है। जब शरीर में इसकी मात्रा अधिक हो जाती है तो इसे बाहर निकाल दिया जाता है। मूत्र में ९५ प्रतिशत पानी होता है, बाकी १० प्रतिशत में सारे विटामिन्स, हार्मोन्स, एन्टीबॉडीज, यूरिया, कार्बोहाईड्रेटस और दो हजार प्रकार के एन्जाइम्स जैसे जीवनसत्व तथा रोग निरोधक तत्त्व होते हैं। संशोधकों को इन २००० में से केवल २०० घटकों की खोज करने में सफलता मिली है।

आपने देखा होगा कि जब भी किसी मरीज को डीहायड्रेशन की तकलीफ होती है तो उसके शरीर से मूत्र बाहर नहीं आ पाता। इसका कारण यह है कि डीहायड्रेशन के दौरान खून में पानी की तथा शरीर में जीवनावश्यक तत्त्वों की कमी हो जाती है। ऐसे में शरीर इन तत्त्वों को बाहर नहीं निकालता है। इसका मतलब यह है कि मूत्र एक ऐसा द्रव्य है, जो खून में मौजूद अतिरिक्त घटकों से बनता है।

इस बात को एक अन्य उदाहरण से समझते हैं। किसी भी बिल्डिंग के ऊपर पानी की टंकी में पंप द्वारा पानी भरा जाता है। जब टंकी भरती है तो ओवर फ्लो वॉल्व से अतिरिक्त पानी नीचे गिरने लगता है। तो क्या नीचे गिरनेवाला यह पानी खराब और अनुपयोगी है? जी नहीं, यह अनुपयोगी नहीं है, वह केवल मात्रा में ज्यादा है इसलिए बाहर निकल रहा है। वह पानी भी टंकी के पानी का ही एक भाग है। कुछ समय बाद जब टंकी खाली हो जाएगी तो फिर उसी पानी से भर दी जाएगी। इसी सिद्धांत के आधार पर खून में उपलब्ध घटकों का प्रमाण जब अपनी मात्रा से अधिक हो जाता है तो उसे मूत्र के माध्यम से बाहर निकाल दिया जाता है।

आपने कभी विटामिन बी का कैप्सूल खाया है? यदि हाँ तो आप जानते होंगे

कि कैप्सूल खाने के बाद आपके मूत्र से उसी कैप्सूल की गंध आती है। क्योंकि कैप्सूल के रूप में खाया गया भरपूर विटामिन बी एक ही समय में शरीर के उपयोग में नहीं आता। इसलिए मात्रा से अधिक विटामिन बी मूत्र से बाहर निकल जाता है।

कभी सोचें, आप अपने मित्रों के साथ बैठे हों और गपशप के दौरान आप एक किलो मिठाई खा लें। यदि इतनी सारी मिठाई आपके शरीर में फैल जाए तो क्या होगा? यदि मिठाई के अंदर का ग्लूकोज नियंत्रित नहीं हुआ तो वह जानलेवा भी साबित हो सकता है। अर्थात हमारे शरीर के अंदर कुछ ऐसी व्यवस्था है, जिससे शरीर के बहुत सारे अवयव, बहुत सारी ग्रंथियाँ कोई ऐसा काम करती हैं, जिससे शारीरिक, जैवरासायनिक घटकों का संतुलन स्वचलित होता रहता है।

इससे यह बात बिलकुल स्पष्ट हो जाती है कि मूत्र एक शुद्ध, निर्जंतुक, अपने ही खून का एक अंश है और खून का ही रूपांतरित प्रतिबिंब (मिरर रिफ्लैक्शन) है। मूत्र एक ऐसा द्रव्य है, जो हमारे शरीर द्वारा हमारे लिए ही बनाया गया जीवनदायी घटक है। चाहे आप कितना भी पैसा खर्च करने को तैयार हों लेकिन संसार की कोई भी फैक्टरी आपके इस द्रव्य के समान द्रव्य नहीं बना सकती।

यू.एफ.टी. के विषय पर स्पष्टीकरण

लोगों के मन में मूत्र उपचार के विषय में कई गलत धारणाएँ हैं, उनका स्पष्टीकरण होना आवश्यक है। यह बात पूर्णतः सत्य है कि किसी भी उपचार पद्धति के परिणामों को देखने के कुछ नियम होते हैं, जैसे निरंतरता, विश्वास, समय और मर्यादाएँ। इनमें से कुछ स्पष्टीकरण नीचे वर्णित हैं, जिनसे यू.एफ.टी. का पूर्ण लाभ लिया जा सके।

* यू.एफ.टी. से कोई भी हानि नहीं होती, लाभ जरूर होता है। इसे शुरू करने से पहले इसकी जाँच कराना आवश्यक नहीं होता, यह आपके शरीर का स्वयंसिद्ध वैद्य है।

* इसके दौरान अन्य दवाइयों को बंद करने की जरूरत नहीं होती।

* बच्चों से लेकर वृद्धों तक और महिलाओं को भी यह उपचार लेने में कोई हानि नहीं होती।

* इस उपचार को केवल ठीक से समझने की जरूरत है, इसके लिए बहुत ज्यादा वैज्ञानिक ज्ञान की आवश्यकता नहीं है। थोड़ी सतर्कता और सावधानी बरतने

से इसका लाभ लिया जा सकता है। यह बढ़ा-चढ़ाकर कहना नहीं होगा कि यह एक बिना खर्च की औषधि है।

* उपचार करते वक्त यह ध्यान रखें कि हर उपचार पद्धति की अपनी मर्यादाएँ होती हैं।

* यदि रोगी निरंतरता से यह उपचार न करे तो इसकी सफलता निश्चित नहीं होती।

* यू.एफ.टी. की शुरुआत करने के बाद शरीर शुद्धि होती है, ऐसे में उल्टी होना, जी मचलना, त्वचा पर फोड़े-फुंसी आना इस बात का सबूत है कि उपचार कामयाब हो रहा है। ऐसी स्थिति में बिना डरे उपचार जारी रखें, बस मूत्रपान की मात्रा कम कर दें। कुछ समय के बाद सब ठीक हो जाएगा।

* यह एक भ्रम है कि दीर्घकाल तक मूत्रोपचार लेने से शरीर से दुर्गंध आने लगती है। मूत्र हमारे शरीर में ही निर्मित होता है इसलिए इसके सेवन से दुर्गंध आने का प्रश्न ही नहीं उठता।

* एक गलत धारणा यह भी है कि इस उपचार से शुरू में तो फायदा होता है लेकिन बाद में नहीं। इससे रोगी रोगमुक्त होता है और निरोगी लोगों की प्रतिरोधक शक्ति बढ़ती है, जिससे शरीर का स्वास्थ्य ठीक रहता है।

* व्यायाम करने से पहले, बाद में और थकान होने पर इसका सेवन नहीं करना चाहिए।

* योग्य चिकित्सक ही सहायता से आप जब चाहें शिवाम्बु सेवन बंद करके, दूसरे औषधोपचार ले सकते हैं।

भाग ३१

शिवाम्बु उपचार

कुछ गलत मान्यताएँ

अमीर बनने के लिए कभी भी स्वास्थ्य को खतरे में न डालें। सच्चाई यह है कि स्वास्थ्य तो दौलत की भी दौलत है।

१) मूत्र एक निरुपयोगी, त्यागने योग्य विषैला द्रव्य है।

उपरोक्त पंक्ति सत्य नहीं, मान्यता है। वैज्ञानिक शोधों से आज यह प्रमाणित हो चुका है कि पानी के अलावा मूत्र में कई क्षार, मिनरल्स्, हार्मोन्स और एन्जाईम्स होते हैं, जो शरीर के लिए कतई हानिकारक नहीं होते। शरीर इन सभी घटकों का पुनः इस्तेमाल कर सकता है।

स्वमूत्र, सामान्यतः स्वास्थ्यदायी द्रव्य है, जो रक्तप्रवाह से छनकर तैयार होता है। एक क्षण पहले जो शरीर के रक्त का भाग होता है, वही दूसरे क्षण मूत्र का हिस्सा बन जाता है। कई पदार्थ किडनी द्वारा छनकर (फिल्टर होकर) यूरिन द्वारा कच्चे स्वरूप में स्रावित होते हैं। जब शिवाम्बु का सेवन किया जाता है या उससे मालिश की जाती है, तब ये पदार्थ बहुत आसानी से शरीर के अंदर पुनः शोषित कर लिए जाते हैं। हर दिन हमारी किडनियाँ (मूत्रपिंड) सैकड़ों लीटर (तकरीबन १७०० लीटर) खून को फिल्टर करती हैं। शरीर के अंदर दो किडनियाँ होती हैं, जिनके अंदर लाखों नैफरॉन (फिल्टर्स) होते हैं और उनके द्वारा यह फिल्टरेशन का कार्य चलता रहता है। नैफरॉन्स के अंदर लगातार खून फिल्टर होता रहता है और फिल्टर हुआ मूत्र का बहुत बड़ा हिस्सा (प्री-यूरिन) फिर से खून में शोषित किया जाता है। जो घटक उस क्षण रक्त में अधिक पाए जाते हैं, वही घटक पानी के साथ मूत्र के रूप में शरीर से बाहर निकाले जाते हैं।

वास्तव में किडनीज, उत्सर्जन अवयव नहीं है बल्कि शरीर के द्रव्यों को

नियंतित्रत रखनेवाला अवयव है। आज तक यह मान्यता थी कि किडनी उत्सर्जन संस्था का एक अंग है लेकिन अब यह स्पष्ट हो चुका है कि किडनी रक्त के घटकों का संतुलन रखनेवाली महत्वपूर्ण प्रणाली का एक अंग है। किडनी का कार्य शरीर से विषैले पदार्थों का उत्सर्जन करना नहीं है बल्कि यह कार्य लीवर (यकृत), छोटी तथा बड़ी आँतें (इन्टेस्टाईन्स), त्वचा और उच्छ्वास के द्वारा होता है।

हम जो अन्न खाते हैं, उसमें से सभी पोषक तत्त्व आँतों द्वारा खून के अंदर शोषित किए जाते हैं और उसी खून से मूत्र बनता है। इसलिए अगर हम मूत्र को औषधि के रूप में पाना चाहते हैं तो उसका कच्चा माल अर्थात अपना आहार उतना ही सात्विक, प्राकृतिक एवं स्वास्थ्यदायी होना चाहिए। इसकी जिम्मेदारी शिवाम्बु साधकों की ही है। अगर हम कुछ क्षणों के लिए यह मान लें कि मूत्र में पाए जानेवाले नायट्रोजिनस् पदार्थ, प्रोटीन चयापचय के कुछ अंतिम पदार्थ या कोई अन्य घटक (हालाँकि जो बहुत ही अल्प मात्रा में होते हैं) विषैले हैं। तब भी मूत्र के रूप में उनका पुनः सेवन करने से कोई भी हानि नहीं होती बल्कि उनके पुनः सेवन से शरीर में प्रतिजैविक (ऍन्टीबॉडीज) तैयार करने में सहायता होती है, जिससे शरीर की रोग प्रतिकारक क्षमता कारगर बनती है। होमियोपैथिक सिद्धांत के अनुसार यह एक आइसोपैथिक परिणाम है।

स्वमूत्र एक ऐसा द्रव्य है, जिसे परखकर शरीर के अंदर चलनेवाली जैवरासायनिक क्रिया-प्रक्रियाओं की सारी जानकारी हासिल की जा सकती है। यह जानकारी वापस शरीर में भेजी जाती है, तब उसका उपयोग शरीर फीडबैक की तरह करता है और उसके अनुरूप शरीर में क्रियाएँ शुरू हो जाती हैं। इस विषय में अपना शरीर बहुत प्रगत, संवेदनशील और होशियार होता है। कई बार आपने यह देखा होगा कि प्राणियों को उनके ही विष से कोई खतरा नहीं होता, कोई हानि नहीं होती। जानवर अपने शरीर के जख्म चाटकर उसे साफ करते हैं, इस तरह जख्म की जानकारी वे शरीर के अंदर पहुँचा देते हैं। जिससे जख्म के ठीक होने की प्रक्रिया (हीलिंग प्रोसेस) तेजी से होने लगती है।

अगर हम कागज के आधे हिस्से पर खून में पाए जानेवाले घटकों का (इकाइयों का) विवरण लिखें और इसी कागज के दूसरे आधे भाग पर स्वमूत्र में पाए जानेवाले घटकों का विवरण लिखें तो यह समझ में आएगा कि दोनों के ९८ प्रतिशत घटक समान होते हैं। क्योंकि मूत्र असल में खून का ही प्रतिबिंब है। खून में होनेवाले जिन घटकों का शरीर पर कोई बुरा असर नहीं होता, वे ही घटक मूत्र में होने से उनके द्वारा शरीर को हानि कैसे हो सकती है? इसलिए यह साबित हो जाता है कि मूत्र में कोई भी विषैला, त्यागने योग्य निरुपयोगी घटक नहीं होता।

ऐसा कहा जाता है कि मूत्र में पाए जानेवाले यूरिया, यूरिक एसिड जैसे घटक विषैले हैं लेकिन यह बात भी सत्य नहीं है। जिस तरह ये घटक मूत्र में पाए जाते हैं, उसी तरह खून में भी पाए जाते हैं। जब ये घटक शरीर में प्राकृतिक प्रमाण से अधिक हो जाते हैं, सिर्फ तभी वे हानिकारक हो सकते हैं। मूत्र में ९० प्रतिशत तो पानी होता है और बचे हुए १० प्रतिशत अन्य घटकों में यूरिया एवं यूरिक एसिड का हिस्सा बहुत कम होता है। जिससे कोई हानि नहीं बल्कि लाभ ही होता है।

जो कुछ भी हम खाते हैं या पीते हैं, वे सब हमारे पाचन तंत्र में आँतों के द्वारा शोषित नहीं किया जाता। आवश्यक घटकों का तुरंत शोषण हो जाता है और बचे हुए घटकों को आँतों की शुद्धि के लिए उपयोग में लाया जाता है। कुछ घटक पाचक रसों के साथ मिलकर, आँतों में रहनेवाले उपयुक्त बैक्टीरिया के कारण दूसरे पदार्थ में रूपांतरित होते हैं और उनका उपयोग शरीर रोग से मुक्ति के लिए करता है।

उदाहरण के तौर पर मूत्र में पाया जानेवाला यूरिया, ग्लुटामाईन में रूपांतरित होता है। यह जैवरासायनिक संतुलन (होमियोस्टेसीस) और रोग निर्मूलन प्रक्रिया (हीलिंग प्रोसेस) का महत्वपूर्ण हिस्सा है।

२) मूत्र एक त्यागने योग्य अस्वच्छ, हानिकारक घटकों से युक्त द्रव्य है।

ऐसी मान्यता हर आम आदमी की होती है लेकिन इसमें उसकी कोई गलती नहीं है। क्योंकि अब तक हमें यही बताया गया है कि 'मूत्र शरीर द्वारा बाहर त्यागनेवाला एक द्रव्य है।' विज्ञान हर दिन नई-नई चीजें खोज रहा है, हर पल, हर दिन तरक्की कर रहा है इसीलिए हमें कल तक जो चीजें ठीक लगती थीं, वे आज ठीक नहीं लगतीं। आपको यह जानकर आश्चर्य होगा कि आज विज्ञान भी मानने लगा है कि मूत्र एक अनमोल गुणसंपन्न घटकों का खजाना है।

मूत्र हमारे खून से ही बनता है। जो भी घटक हमारे खून में मौजूद हैं, वे सभी अलग-अलग मात्रा में हमारे मूत्र में भी पाए जाते हैं, जैसे यूरिया, यूरिक एसिड, क्रिएटिन, क्रिएटीनाइन, सोडियम, पोटेशियम, कैल्शियम, मैग्नेशियम, क्लोराईड, सल्फाइड आदि। इसलिए यदि खून निरुपयोगी नहीं है तो मूत्र को भी निरुपयोगी नहीं कहा जा सकता। इसके ठीक विपरीत हमारे शरीर से बाहर निकलनेवाले मल और हमारे खून का कोई संबंध नहीं है। आँतों में अन्नरस का शोषण होता है और बचा हुआ हिस्सा मल के रूप में आँतों से बाहर निकाला जाता है इसलिए मल तो अनुपयोगी है लेकिन मूत्र नहीं।

अगले पृष्ठ पर पढ़ें शिवाम्बु उपचार का दिर्घकाल से लाभ लेनेवाले अलग-अलग पीड़ाओं से मुक्त मरीजों की विचार सेवा।

यू.एफ.टी. द्वारा लाभान्वित साधक

१) डायबीटीस और ब्लडप्रेशर से युद्ध

श्री. बाबूलगाव शास्त्री

मु. पो. करमाड, ता. जि. औरंगाबाद

मैं एक आध्यात्मिक साधक हूँ। मुझे डायबीटीज और ब्लडप्रेशर की शिकायत थी। जैसे ही मुझे शिवाम्बु उपचार की जानकारी मिली...शिवाम्बु और सिर्फ पानी पीकर मैंने छः दिन उपवास किया। इससे मेरा ८ किलो वजन कम हो गया। शुगर नॉर्मल हो गई। रक्तचाप स्थिर होकर शरीर की सूजन भी दूर हो गई। लेकिन यह इतना आसान नहीं था। यह खुद का खुद से ही संघर्ष था। महाभारत का युद्ध अठारह दिन चला। लेकिन यह युद्ध दस दिन का है। युद्ध में उपवास ही सेनापति है। शिवाम्बु अस्त्र है। इससे घृणा कर ही नहीं सकते। यहाँ पर यम के बजाय संयम को महत्त्व देना चाहिए। ऐसा विलक्षण संघर्ष मैं जीत गया। महाभारत में अर्जुन को हस्तिनापुर मिला। मुझे इस युद्ध से आरोग्य और प्रसन्नता मिली। पीछले १० सालों से मैं शिवाम्बु का प्रचार, प्रसार करता हूँ। यह सबके लिए सहजह्न सुलभ और सस्ता वरदान है।

२) हृदयविकार से मुक्ति

श्री. जगतराव सोनवणे

संपादक, दै. मतदार, आनंदनगर, देवपूर, धुळे

मैं व्यवसाय से एक जेष्ठ पत्रकार और संपादक हूँ। जीवन की भागा-दौड़ी के कारण २० साल पहले मुझे ह्रेदय रोग हुआ था। उस वक्त मेरी एन्जियोप्लास्टी हुई थी। फिर भी मुझे चलने में थकान महसूस होती थी। जीवन में बहुत निराश हो चुका था।

उस दौरान मुझे शिवाम्बु चिकित्सा की विधि पता चली। शिवाम्बु उपचार के कारण हार्ट बीट्स पर काबू पाने में मुझे काफी मदद मिली। उससे जीवन में पुन्हः

नव चैतन्य आ गया।

आज भी मैं नियमित रूप से शिवाम्बु पान और योगा-प्राणायाम करता हूँ, सात्विक आहार लेता हूँ। अब मेरा जीवन उत्साही और ड्रग-फ्री है। आरोग्य के मूलतंत्र पर मुझे विश्वास है। मैं शिवाम्बु का प्रचार, प्रसार जोरों से करता हूँ।

३) स्तन कैन्सर से पूर्णतः मुक्त

सौ. निर्मला प्रदिप ढेपे पाटील
विजया कॉलनी, रुक्मिणीनगर, अमरावती - ४४४६०६

मुझे फरवरी २००२ में ब्रेस्ट कैन्सर का पता चला था। ऑपरेशन, पाँच किमोथेरेपी के बाद मैं ठीक थी। लेकिन आठ महीने के बाद बोनस्कॅन में पता चला कि कैन्सर हड्डियों में फैल चुका है। दो किमोथेरेपी के उपचार के बाद मेरी अवस्था और ही गंभीर हो गई।

फिर मुझे कोल्हापूर से शिवाम्बु चिकित्सा की जानकारी मिली। उसके अनुसार शिवाम्बु उपवास, मॉलिश, पॅक्स और प्राकृतिक आहारद्व उपचार मैंने लगातार एक साल तक किए। उससे मुझे काफी आराम मिला। उसकी सहायता से ही मैं आज तक स्वस्थ और जिंदा हूँ। अब मैं नियमित रूप से रोज शिवाम्बुपान और योग्य आहार का सेवन करती हूँ। धन्यवाद !

○○○

पुस्तक के अंत में वैज्ञानिक दृष्टिकोण अनुसार यू.एफ.टी. का महत्त्व पढ़ें,
पृष्ठ संख्या 187-200.

खण्ड ५

B.F.T.

भाग १

फूलों के रस (फल) से सफल इलाज

जैसे अच्छे कर्मों का फल आनंद देता है, वैसे ही ३८ फूलों का फल मानसिक स्वास्थ्य देता है। कैसे? आइए जानें इसी रहस्य को इस पुस्तक द्वारा!

कारण को हटा देने से रोग अपने आप हट जाते हैं। कारण हैं मन के सूक्ष्म विकार। कारण मिटाने में मदद करती है बी.एफ.टी.।

बी.एफ.टी. होमियोपैथिक दवाइयाँ नहीं हैं लेकिन वे होमियोपैथिक दवाइयों की तरह तरल अथवा गोलियों के रूप में मिलती हैं। एक छोटी बोतल में 60-70 गोलियाँ भरकर उनमें 8-10 बूँदें बॅच फ्लॉवर की डाल दी जाती हैं। फिर शीशी का ढक्कन बंद करके उसे कई बार हिलाया जाता है ताकि सारी गोलियों में दवा अपना स्थान ग्रहण करे। यह दवा फिर सालों तक बिना खराब हुए रखी जा सकती है।

बॅच फ्लॉवर सभी शारीरिक या मानसिक बीमारियों का इलाज नहीं है। परंतु मानवीय स्वभाव के सारे दोषों के लिए तथा उनसे प्रकट होनेवाली तकलीफों के लिए यह उपचार का काम कर सकता है। इसे सभी उम्र के लोग ले सकते हैं। छोटे बच्चे, नवजात शिशु और गर्भवती स्त्रियाँ भी इसे ले सकती हैं। सभी के लिए सेवन की

इसकी मात्रा भी एक ही होती है। दिन में इसकी चार बार चार-चार बूँदें (या छोटी साबूदानों जितनी चार-पाँच गोलियाँ) लेनी होती हैं। सुबह एक मात्रा और रात को सोते वक्त एक मात्रा लेना सबसे आवश्यक है। बीच में भी इसे दो बार जरूर लेना चाहिए। लेकिन यदि दवा लेना भूल जाएँ तो जब याद आए, तब से लेकर रात तक, तीन या चार समय विभाजित कर लें और उस हिसाब से इसका सेवन करें। कोई उग्र बीमारी हो तो ५-५ मिनट के अंतर में इसे लिया जा सकता है। जैसे अगर बुखार नहीं उतर रहा है तो अन्य उपचार पद्धतियों के साथ बॅच फ्लॉवर भी ५-१० मिनट के अंतर में ४-४ बूँदें ले सकते हैं। जब दूसरी उपचार पद्धतियाँ शुरू हों, तो उसके साथ ही बॅच फ्लॉवर भी ले सकते हैं। इसका कोई भी दुष्परिणाम (साईड इफेक्ट) नहीं है। बॅच फ्लॉवर बहुत सुरक्षित और प्रभावी है।

ये दवाइयाँ यदि अल्कोहोल में मिश्रित हों तो इन्हें कई सालों तक भी रखा जा सकता है। शक्कर की गोलियों में मिश्रित अर्क को प्रिकॉशन की जरूरत नहीं होती। पुराने रोगों के लिए इस दवाई का दो महीनों में असर दिखाई देने लगता है और ज्यादा से ज्यादा सात महीनों में रोग ठीक हो जाता है। अकस्मात नए रोगों के लिए इसका असर दो दिन में नजर आने लगता है और ज्यादा से ज्यादा पंद्रह दिनों में रोग ठीक हो जाता है। ये दवाइयाँ ज्यादा महँगी नहीं हैं। इन्हें विश्वसनीय होमियोपैथी की दुकानों से ही लें।

इन दवाइयों का उपयोग करते वक्त ४-५ गोलियाँ ढक्कन में उतारकर (बिना हाथ लगाते हुए) बिना चबाते हुए, जुबान पर रख दें। फिर बिना निगले इन्हें तब तक चूसते रहें, जब तक गोलियाँ गलकर विलीन न हो जाएँ। १-२ गोली कम-ज्यादा हो जाएँ तो इसमें कोई दिक्कत नहीं है। बी.एफ.टी. बिलकुल सुरक्षित दवा होने का दावा रखती है।

सुबह दवा लेने से पहले कुछ न खाएँ (पानी पी सकते हैं)। इसे लेने से पहले जीभ और मुँह पानी द्वारा साफ कर लें। भोजन के कण मुँह में न रहें। भोजन के तुरंत बाद दवा न लें। कम से कम २०-३० मिनट का अंतर रखें तो बेहतर होगा। दवा लेने के बाद भी यही अंतर बनाए रखें तो उत्तम होगा। आपातकालीन अवस्था में जहाँ अचानक किसी सदमें से परेशानी आई हो तब इस नियम का पालन न करें। तुरंत दवा खा लें (चूसें) या जिसे इसकी जरूरत है उसे खुराक हर ५-१० मिनट में देते रहें। जब तक परिस्थिति नियंत्रण में नहीं आ जाती तब तक यह करते रहें। आराम हो जाने के बाद दवाई बंद कर दें। पुराना मन का रोग हो तो दिन में ३-४ बार दवाई चालू रखें।

जब २-४ दवाइयाँ साथ लेनी हों तो भी एक ही बोतल में यह मिश्रण गोलियों में (३-४ बूँदें हर दवा की) डालकर तैयार किया जा सकता है। मिश्रण से, एक बोतल रखने से सुविधा मिलती है। बोतल पर बी.एफ.टी. दवा का नाम जरूर लिखकर रखें।

जब तक मानसिक विकार शांत न हो जाए तब तक दवा लेते रहें। पुराने रोगों में ३ से ७ महीने दवा लेनी पड़ सकती है। अचानक आए विकार अथवा डर के लिए १-२ दिन दवा लेना पर्याप्त है। कभी तो एक मात्रा से ही डर निकल सकता है। बचपन से बैठा डर कई महीनों के बाद ठीक होगा लेकिन लाभ जल्द शुरू होगा।

भाग २

बी.एफ.टी. खुद के लिए कैसे चुनें

B.F.T. Questionnaire

तीन नियम : मैं बहुत ज्यादा नहीं खाता; मैं बहुत ज्यादा चिंता नहीं करता; और जब मैं अपना सर्वश्रेष्ठ प्रयास करता हूँ तो मैं मानता हूँ कि जो भी होता है, सबसे अच्छे के लिए होता है।

इस प्रश्नावली की मदद से आप अपने अंदर की भावनात्मक असंतुलितता को पहचान पाएँगे, जो हर बॅच फ्लॉवर की खासियत है। उस बॅच फ्लॉवर में वह नकारात्मक भावना या असंतुलन ठीक करने की क्षमता है। इस प्राथमिक कदम पर आपको पहचानना है कि 'यह बॅच फ्लॉवर मेरे लिए काम कर सकता है। फिर आगे उसे विस्तार से पढ़ें और टटोलें कि 'क्या वह बॅच फ्लॉवर मुझे अपने लिए निर्धारित करना है?'

नीचे, कौन सा बॅच फ्लॉवर मनुष्य की किस नकारात्मकता या स्वभाव को दूर कर सकता है, वह दिया गया है। अगर आप वहाँ पर मार्क करेंगे तो आगे आप उसी बॅच फ्लॉवर के बारे में विस्तार से पढ़ सकते हैं।

१. **अॅग्रीमनी** (Agrimony) **खुशहाल चेहरे का मुखौटा**

- मैं बाहर से खुश रहता हूँ परंतु यह खुशी मेरे अंदर छिपी भावनाओं को दबाने के लिए होती है। ☐
- मुझे वाद-विवाद अच्छे नहीं लगते, मैं झगड़े, संघर्ष, तर्क और विवाद टालता हूँ। ☐
- मैं जब नाराज या उदास होता हूँ तो ज्यादा या कम खाना खाता

हूँ या व्यसनों की ओर खिंचता जाता हूँ। ☐

२. **आस्पेन (Aspen) अज्ञात चीजों का डर**

- मैं बिना कारण बेचैनी महसूस करता हूँ। ☐
- मैं अस्वस्थ होकर ही उठता हूँ ☐
- 'कुछ तो बुरा होगा, मुझे ऐसा अनजाना सा डर लगा रहता है। ☐
- मैं अपने डरों के कारण नहीं बता पाता पर मुझे डर तो लगता है। ☐

३. **बीच (Beech) सहनशीलता की कमी**

- मुझे साफ-सुथरापन, अनुशासन और समय की पाबंदी से बहुत प्यार है। ☐
- दूसरों के साफ-सुथरे, अनुशासित और समय के पाबंद न होने पर मेरी सहनशीलता खत्म हो जाती है, मुझे गुस्सा या चिढ़ आती है। ☐
- मैं खुले आम कटु शब्दों का इस्तेमाल करता हूँ और दूसरों को कोसता हूँ। ☐
- मुझे ज्यादातर दूसरों की गलतियाँ ही नजर आती हैं। ☐

४. **सेंटॉरी (Centaury) 'ना' न बोल पाना**

- मुझे 'ना' कहना नहीं आता। ☐
- मैं बहुत विनम्रता और अत्यधिक उत्सुकता से दूसरों की सेवा करने के लिए तत्पर रहता हूँ। ☐
- मैं अपनी जरूरतों या अपने आनंद को महत्त्व नहीं देता या नजरअंदाज करता हूँ। ☐

५. **सिरॅटो (Cerato) अपने निर्णय पर भरोसा न होना**

- मैं हमेशा दूसरों से सलाह लेता रहता हूँ और खुद के निर्णय पर विश्वास नहीं रख पाता हूँ। ☐

- मैं हमेशा संभ्रम में रहता हूँ इसलिए बार-बार मेरा मन बदलता रहता है। ☐
- मेरी निजी समस्या के लिए भी मैं अनेक लोगों से परामर्श लेता रहता हूँ पर ठोस निर्णय पर नहीं पहुँच पाता हूँ। ☐

६. **चेरी प्लम (Cherry Plum) भावनाओं पर काबू न रख पाना**

- मुझे डर है कि मेरा मन बेकाबू हो जाएगा, मैं अपनी भावनाओं और कार्यों पर नियंत्रण खो बैठूँगा। ☐
- अचानक बीच में तीव्र गुस्से, तीव्र बदले की भावना उत्पन्न होने की संभावना रहती है। फिर मैं अचानक आक्रमक भी हो जाता हूँ। ☐
- मुझे लगता है कि मैं पागल हो जाऊँगा। ☐

७. **चेस्टनट बड (Chestnut Bud) अपनी गलतियों से सीख न पाना**

- मैं हमेशा एक ही गलती बार-बार दोहराता हूँ। ☐
- मैं अपने अनुभवों से नहीं सीख पाता। ☐
- एक ही पैटर्न को मैं बार-बार दोहराता रहता हूँ। ☐
- असावधानी की वजह से मैं सही समय पर सही ढंग से काम नहीं कर पाता। ☐

८. **चिकोरी (Chicory) स्वयं से प्रेम करनेवाले, स्वार्थी**

- मुझे अकेले रहना बिलकुल पसंद नहीं। ☐
- मुझे स्वयं की बड़ी फिक्र होती है। ☐
- मुझे किसी ने ध्यान नहीं दिया तो मेरे मन को तुरंत ठेस पहुँचती है और ऐसा लगता है कि लोग मेरा अनादर कर रहे हैं। ☐
- मुझे ऐसा लगता है कि मेरे प्रियजन हमेशा मेरे नजदीक रहें। ☐
- ज्यादातर मुझे यही लगता है कि मेरे घरवाले मुझसे

प्यार नहीं करते, मेरी सराहना नहीं करते। ☐

९. क्लिमॅटिस (Clematis) शेखचिल्ली की तरह सपने देखना,

- वर्तमान में कार्य न करना ☐
- मेरे मन में ज्यादातर भविष्य के ही विचार चलते हैं और वे ही सपने रहते हैं। ☐
- मुझे ज्यादा समय तक एकाग्र रहना मुश्किल लगता है। ☐
- मैं ज्यादातर असावधान, भुलक्कड़ (absent minded), कल्पनाओं में रहता हूँ। ☐

१०. क्रॅब ऍपल (Crab Apple) गंदगी अप्रिय लगना

- मैं स्वच्छता और साफ-सुथरेपन के प्रति बहुत संवेदनशील हूँ। ☐
- मुझे गंदगी बिलकुल अच्छी नहीं लगती। ☐
- छोटी-छोटी चीजों के बारे में भी मेरे सिर पर जुनून सवार रहता है। ☐
- कभी-कभी खुद के नकारात्मक गुणों की वजह से खुद के बारे में मलिनता और अप्रियता की भावना होती है। ☐
- कभी-कभी दूसरों की अमानुश अथवा अप्रिय घटना, बरताव से मेरे मन में उसके प्रति द्वेष, मलिनता के भाव जाग जाते हैं। ☐

११. एल्म (Elm) अधिक जिम्मेदारियों के कारण कमजोर महसूस करना

- कभी-कभी जिम्मेदारियों के कारण मैं असहाय और कमजोर महसूस करने लगता हूँ। ☐
- बहुत ज्यादा तनाव में मैं खुद को कमजोर महसूस करता हूँ। ☐
- तात्कालिक रूप में मेरा आत्मविश्वास कमजोर होने लगता है। ☐
- कभी-कभी मुझे अपनी काबिलियत पर संदेह होता है। ☐

१२. जेन्शियन (Gentian) निराशा, शक और असहायता महसूस करना

- जीवन की छोटी-छोटी समस्याओं से मैं धीरज खो बैठता हूँ और उदास हो जाता हूँ। ☐
- मैं ज्यादातर शंकालु, संदेही और नकारात्मक हूँ। ☐
- जीवन की छोटी-छोटी समस्याओं से भी मैं नाउम्मीद हो जाता हूँ। ☐

१३. गोर्स (Gorse) नाउम्मीद और निराश महसूस करना

- मुझे बहुत निराशा, नाउम्मीदी (hopeless) दिखाई देती है। आगे कोई रास्ता नजर नहीं आता। ☐
- मेरे जीवन में कुछ अच्छा होगा, इस पर मुझे विश्वास नहीं रहा। मेरा विश्वास खो चुका है। ☐
- मैं बहुत उदास, अनिश्चित और संदेहपूर्ण महसूस करता हूँ। ☐

१४. हीदर (Heather) स्वयं से प्रेम करना और अपने बारे में ही सोचना

- मुझे बोलना बहुत पसंद है। ☐
- मुझे अकेले रहना बिलकुल पसंद नहीं। ☐
- मुझे अपनी छोटी-छोटी दिक्कतों पर भी बहुत परेशानी होती है। ☐
- मैं लगातार स्वयं के बारे में ही बात करता रहता हूँ। ☐

१५. हॉली (Holly) ईर्ष्या, घृणा तथा द्वेष महसूस करना

- मुझे दूसरों पर अविश्वास है, संदेह है। ☐
- मुझे नफरत, ईर्ष्या, घृणा और अविश्वास महसूस होता है। ☐
- मैं नाखुश और असंतुष्ट रहता हूँ। ☐

१६. हनीसकल (Honeysuckle) भूतकाल में जीना, मानसिक थकावट महसूस होना

- मुझे ज्यादातर भूतकाल के ही विचार आते हैं। ☐

- मैं हमेशा इसी सोच में रहता हूँ कि 'अगर ऐसा हो गया तो... अगर वैसा हो गया तो...!'
- मैं ज्यादातर होमसिक महसूस करता हूँ (घर की याद आती है)।
- पुराना घर, पुराना ऑफिस, पुराने मित्र, पुराना काम... मुझे ज्यादातर भूतकाल के विचार ही सताते रहते हैं इनसे मैं छूट नहीं पाता।

१७. हॉर्नबीम (Hornbeam) मानसिक थकावट महसूस होना

- मुझे बहुत मानसिक थकावट महसूस होती है।
- सुबह, दिन की शुरुआत में ही मुझे थकान महसूस होती है। मैं पूरा दिन कैसे काम कर पाऊँगा, यह संदेह मन में रहता है।
- बार-बार एक ही तरह का कार्य करने की वजह से, कई बार मुझे वह कार्य अरुचिपूर्ण लगता है।

१८. इम्पेशन्स (Impatiens) अधीर होना

- मुझे इंतजार करना बहुत कठिन तथा दुःखदायी लगता है।
- मैं हमेशा अधीर और बेचैन रहता हूँ।
- मेरे कामों की गति बहुत तीव्र है। मैं सारे कार्य बिना देर किए और बिना हिचकिचाहट पूरे करता हूँ।
- मैं धीमी गति से काम करनेवालों को सहन नहीं कर पाता। उनके साथ काम करने से मुझे बहुत बेचैनी होती है।
- मैं अपना काम स्वयं, अकेले, बिना किसी हस्तक्षेप के करना पसंद करता हूँ।

१९. लार्च (Larch) आत्मविश्वास की कमी

- मेरा आत्मविश्वास कमजोर है।
- मैं खुद को हीन मानता हूँ।

✓ मैं हमेशा असफलता की ही अपेक्षा करता हूँ। ☐

२०. **मिम्युलस (Mimulus) डर जिसका कारण पता है**

✓ मुझे डर लगता है और डर का कारण भी पता होता है जैसे प्राणी, लोग, बीमारी, मृत्यु इत्यादि। ☐

✓ मैं शर्मीला, अतिसंवेदनशील, नम्र और विनयशील हूँ। ☐

✓ मैं हड़बड़ा जाता हूँ (nervous) और शर्मिंदा महसूस करता हूँ (embarrassed)। ☐

२१. **मस्टर्ड (Mustard) बिना कारण उदासी का दौरा पड़ना**

✓ बिना कारण मुझे उदासी के दौरे पड़ते हैं। ☐

✓ मेरा मूड ऊपर-नीचे होता रहता है। ☐

✓ मेरे मन में बादलों की तरह खिन्नता/विषाद आते-जाते रहते हैं। अचानक उदासी काले बादल की तरह आती है। ☐

२२. **ओक (Oak) नामुमकिन को मुमकिन करने का स्वभाव**

✓ मुझे जिम्मेदारी का बहुत एहसास है, मैं कभी भी नहीं हारता और न ही किसी चीज को छोड़ता हूँ। 'नामुमकिन' यह शब्द मेरी डिक्शनरी में नहीं है। ☐

✓ मैं कितना भी थक जाऊँ पर मैं हमेशा काम में जुटा रहता हूँ। मैं कार्य करता रहता हूँ। ☐

✓ अपनी शारीरिक और मानसिक जरूरतों को मैं नजरअंदाज करता हूँ और कभी विश्राम नहीं करता। ☐

२३. **ऑलिव (Olive) अधिक काम करने के कारण शारीरिक थकान**

✓ मैं शारीरिक और मानसिक रूप से थक चुका हूँ। ☐

✓ मुझे लगता है कि मेरी पूरी ऊर्जा खत्म हो चुकी है और अभी कुछ भी करने की शक्ति मुझमें नहीं है। मैं और

काम नहीं कर सकता। ☐

- मैं अभी-अभी लंबी बीमारी से, ओवरवर्क से, लंबे तनाव से उठा हूँ, थका हूँ। ☐

२४. **पाइन** (Pine) **आत्मग्लानि के शिकार**

- मैं हमेशा अपराधबोध की भावना में जीता हूँ। ☐
- कुछ गलत हो गया तो मैं अपने आपको ही दोषी मानता हूँ। ☐
- मैं खुद को नाकाबिल और हीन समझता हूँ। ☐
- कामयाबी मिल भी गई तो मुझे लगता है कि इसमें और बेहतर कैसे हो सकता था। ☐

२५. **रेड चेस्टनट** (Red Chestnut) **प्रियजनों की चिंता**

- मुझे मेरे प्रियजनों की हमेशा चिंता रहती है। ☐
- लोगों की दिक्कतें और समस्याएँ देखकर मुझे तनाव आता है और मैं परेशान (डिस्टर्बड्) रहता हूँ। ☐
- मेरे प्रियजनों को कहीं हानि न पहुँचे इसलिए उनकी सुरक्षा का भय हमेशा मुझे सताता रहता है। ☐

२६. **रॉक रोज** (Rock Rose) **दहशत, खौफ के शिकार**

- कभी-कभी मुझे अत्याधिक डर, खौफ, दहशत, आतंकित महसूस होता है। ☐
- मुझे भयानक सपने (दु:स्वप्न) आते हैं। ☐
- खौफ और भय के कारण मेरा शरीर पूरा ठंढ़ा पड़ जाता है और मैं निस्सहाय महसूस करता हूँ। ☐

२७. **रॉक वॉटर** (Rock Water) **पत्थर की लकीर पर चलना**

- मेरे तत्त्व, सिद्धांत/आदर्श हमेशा ऊँचे रहते हैं। ☐
- मैं अपने स्वास्थ्य, काम, आध्यात्मिकता और तत्त्वों के साथ

- बहुत सख्त रहता हूँ। ☐
- ✓ मैं अत्यंत अनुशासित हूँ और हमेशा उत्तमता (परफेक्शन) ही पाना चाहता हूँ। ☐
- ✓ मैं अपने लक्ष्य के लिए कठोर तपस्या करता हूँ और अपनी सारी खुशियाँ न्योछावर करता देता हूँ। ☐

२८. **स्क्लीरॅन्थस (Scleranthus) दो बातों के बीच फैसला न करना**

- ✓ निर्णय लेना मेरे लिए बहुत कठिन होता है। ☐
- ✓ मैं हमेशा अपने निर्णय बदलता रहता हूँ। ☐
- ✓ मैं तीव्र गति से एक क्षण में प्रसन्न, उत्तेजित तथा दूसरे ही क्षण दु:खी और उदास महसूस करता हूँ। ☐
- ✓ मैं हमेशा दुविधा में रहता हूँ। ☐

२९. **स्टार ऑफ बेथलहेम (Star of Bethlehem) सदमें के कारण सिकुड़ जाना**

- ✓ किसी शारीरिक या मानसिक झटके या सदमें से मैं खत्म हो चुका हूँ, ऐसा मुझे लगता है। ☐
- ✓ किसी आपातकालीन दुर्घटना, सदमें की वजह से मैं अशांत, बेचैन हो गया हूँ, सिकुड़ गया हूँ। ☐
- ✓ इस डर, सदमें से मैं बाहर नहीं आ पाया हूँ। ☐

३०. **स्वीट चेस्ट नट (Sweet Chestnut) बेहद मानसिक पीड़ा और निराशा के शिकार**

- ✓ मुझे बेहद मानसिक पीड़ा और घोर निराशा है। ☐
- ✓ मैं बिलकुल लाचार, असहाय, असुरक्षित हूँ। मुझे भविष्य में कोई भी आशा की किरण नजर नहीं आ रही है। ☐

- मेरी मानसिक पीड़ा बर्दाश्त से बाहर हो गई है। अब मैं और सहन नहीं कर सकता। न ही मुझे किसी प्रकार के मदद की आशा है। ☐

३१. **वर्वेन (Vervain) अत्याधिक उत्साही**

- मैं अत्याधिक उत्साही, स्वयं की इच्छाशक्ति से प्रेरित हूँ। ☐
- मैं अपनी शारीरिक क्षमता से अधिक काम करता हूँ। ☐
- मैं स्वयं तो दृढ़ हूँ, साथ ही औरों को मैं अपने विचारों की उपयोगिता और गुणों से प्रभावित करता हूँ। ☐
- अन्याय के बारे में मैं अतिसंवेदनशील हूँ। ☐

३२. **वाइन (Vine) हुक्मशाह – तानाशाही**

- मैं अपने आपको स्वाभाविक तौर पर नेता मानता हूँ। ☐
- मैं अत्यंत महत्त्वाकांक्षी, कुशल, कार्य में निपुण, दृढ़ निश्चयी हूँ। ☐
- मैं आसानी से कार्यों का नेतृत्त्व लेता हूँ और दूसरों पर अधिकार जताता हूँ। ☐

३३. **वॉलनट (Walnut) नए को स्वीकार न कर पाना**

- मेरे जीवन में परिवर्तन हो रहे हैं – जैसे नौकरी बदलना, नया घर, नए रिश्ते, गर्भधारण, शादी। ☐
- मैं लोगों से, घटनाओं से या परिस्थितियों से जल्दी प्रभावित हो जाता हूँ। ☐
- मैं अपनी इच्छाओं, विचारों, तर्कों को सहजता से क्रिया में लाना चाहता हूँ। ☐

३४. **वॉटर वॉयलेट (Water Violet) दूसरों से दूर रहना**

- मैं अपने आपको समाज से दूर रखता हूँ। ☐
- न मैं दूसरों के काम में दखलअंदाजी करता हूँ, न मैं अपने कार्य में दूसरों की दखलअंदाजी पसंद करता हूँ। ☐

- मुझमें और बाकी लोगों में एक दूरी, अंतर है। ☐
- कुशलता और असाधारण बुद्धि के कारण मेरी भावनाएँ ढक जाती हैं। ☐
- समाज भी मुझे मानता है। ☐

३५. **वाइट चेस्टनट (White Chestnut) विचार और वाद-विवाद के शिकार**

- मुझे बार-बार अनचाहे विचार आते हैं। एक ही विचार व्यर्थ ही बार-बार आता है। ☐
- मुझे दुःखद घटना या वाद-विवाद ही बार-बार याद आते हैं। ☐
- कभी-कभी मैं विचारों को रोक नहीं पाता इसलिए मुझे नींद नहीं आती। ☐
- बार-बार मैं एक ही शारीरिक क्रिया करता रहता हूँ या वह मुझसे हो जाती है। ☐

३६. **वाइल्ड ओट (Wild Oat) दिशाहीन और असंतुष्ट जीवन**

- मैं महत्त्वाकांक्षी, कुशल, निर्णय लेकर कार्य को पूर्ण करनेवाला, साहसी, योग्य परिश्रम करनेवाला, रचनात्मक इंसान हूँ। ☐
- कार्यों में मुझे सफलता भी मिलती है पर उनमें से मैं किसी एक ही स्थिर विकल्प का चुनाव नहीं कर पाता हूँ। ☐
- कुशल होने के बावजूद भी मुझे मेरे जीवन की दिशा, लक्ष्य नहीं मिल रहा है। ☐
- मैं दिशाहीन हूँ, असंतुष्ट हूँ। ☐

३७. **वाइल्ड रोज (Wild Rose) बोलचाल, विचार और भावनाओं में ठंढ़ापन**

- मैं घोर निराश हूँ। ☐

- मुझे अपने रिश्तों, कार्यों तथा भविष्य में कोई रुचि नहीं है और आसक्ति भी नहीं है। ☐
- मेरा जीवन नीरस, उद्‌देश्यहीन, आशारहित हो गया है। ☐
- मैं जीवन के किसी भी हिस्से का स्वाद नहीं ले पा रहा हूँ। ☐
- मेरे बोलचाल, विचारों और भावनाओं में ठंढ़ापन है। ☐

३८. विलो (Willow) दूसरों के अवगुणों पर नजर, स्वयं के प्रति बेचारापन

- मुझे हमेशा दूसरों के अवगुण ही दिखते हैं । ☐
- मैं दूसरों की गलतियों को न कभी भूल पाता हूँ, न कभी उन्हें दया, क्षमा कर पाता हूँ। ☐
- मैं हमेशा नाखुश ही रहता हूँ। मेरी नकारात्मकता और कड़वेपन की वजह से कोई भी मुझसे खुश नहीं रहता। ☐
- मुझे लगता है कि 'मैं बहुत बेचारा हूँ।' मेरे साथ जिंदगी ने हमेशा अन्याय किया है, ऐसी भावना आती है। ☐

हो सकता है कि इस प्रश्नावली में आपको एक से अधिक बॅच फ्लॉवर की दवाइयाँ अपने लिए समझ में आई हों, इन्हें नीचे लिख लें। लिख लेने से आप जब भी चाहें, इन्हें पढ़कर स्वयं पर काम कर सकते हैं।

१. ______________ ४. ______________

२. ______________ ५. ______________

३. ______________ ६. ______________

भाग ३

बी.एफ.टी. एक नज़र में

38 फूलों के गुण

मरते वक्त मशहूर चिकित्सक डयूमोलिन ने कहा था,
'मैं अपने पीछे दो महान चिकित्सक छोड़कर जा रहा हूँ -
सादा भोजन और शुद्ध पानी'

१. थकावट और स्वार्थ

१. ऑलिव — *एम.एस.वाय. की थकावट :* शारीरिक थकावट, बहुत अधिक शारीरिक तथा दिमागी काम करने के कारण आनेवाली शारीरिक थकावट दूर करने के लिए ऑलिव का सेवन करें।

२. हॉर्नबीम — *सुस्त मन :* मानसिक थकावट, काम आरंभ करने से पहले ही मन में शंका रहना, कमजोरी हो तो हॉर्नबीम से मदद लें। ये लोग एक बार कार्य शुरू करने के बाद सफलता से, बिना कठिनाई के उसे पूर्ण करते हैं।

३. चिकोरी — *केवल 'मैं' वृत्ति-स्वार्थी :* स्वार्थी, हमेशा अपना लाभ ध्यान में रखना। दूसरों की चीजें अपने कब्जे में रखने को आतुर, दूसरों का पूरा ध्यान या हमदर्दी न मिलने पर उदास हो जाना। हमेशा पाने की इच्छा करना, कभी किसी को कुछ न देना।

४. हॉली — *झगड़ालू, शंकालु वृत्ति :* नफरत, घृणा, ईर्ष्या, जलन, शक अविश्वास, क्रोध, रिश्तों में प्रेम की कमी।

२. डर

५. ॲस्पेन — *अज्ञात भय :* बिना किसी कारण मन में डर उत्पन्न होता हो

और स्वयं को पता न हो कि किस चीज का डर है तब ऑस्पेन लें।

६. मिम्युलस — *ज्ञात भय :* जब डर का कारण पता है, जैसे - कुत्ता, साँप आदि का काटना, कॅन्सर जैसी बड़ी बीमारियाँ, परीक्षा, इंटरव्यू, भूत, किसी इंसान या स्टेज का डर तब यह दवा लें।

७. चेरी प्लम — *बेकाबू पैटर्न :* क्षणिक आवेश, अपने कार्यों के दौरान संतुलन खोना,शारीरिक तथा मानसिक रूप से बेकाबू होना। व्यसनों से छुटकारा पाने के लिए यह दवा लें।

८. रेड चेस्टनट — *परचिंतित :* किसी दूसरे के लिए बेबुनियाद बेचैनी, हर पल किसी न किसी की चिंता या डर होना।

९. रॉक रोज — *आतंक :* खौफ, दहशत, अत्याधिक डर, यह इंसान तक सीमित नहीं रहता, इससे पूरा वातावरण प्रभावित होता है। रोगी की गंभीर दशा हो जाती है। उदाहरणार्थ, नैसर्गिक आपात्कालिन दुर्घटनाएँ।

३. अनिश्चितता

१०. सिरॅटो — *दुविधा पैटर्न* : बार-बार दूसरों से राय माँगना, अपने निर्णय पर विश्वास न करना, किसी की गलत राय पर विश्वास करना और बाद में पछताना। अगर आपका यह स्वभावदोष है तो सिरॅटो लें।

११. स्क्लीरॅन्थस — *दो का धोखा* : दुविधा में रहना, हर काम को आगे टालते रहना, दो विकल्पों में से एक चुन न पाना, अस्थिरता, टालमटोल।

१२. वाइल्ड ओट — *दिशाहीन दशा :* योग्य लोग, निर्णय लेने की क्षमता है, कार्य सफलतापूर्वक कर सकते हैं पर अनेक विकल्पों में से एक सही कार्य चुनने, निर्णय लेने में असफल,अनिश्चित तथा असंतुष्ट होते हैं। सफल लेकिन लक्ष्य से दूर।

४. वर्तमान में रुचि कम होना

१३. क्लिमॅटिस — *झूठ बंगलो* : हमेशा भविष्यकाल में रहना, जाग्रत अवस्था

		में भी अधिकतर सपने देखना, असावधानी, हर समय दूर शून्य की ओर देखते रहना तथा वर्तमान के हालातों के प्रति पूर्णरूप से उदासीन, क्रियाशून्य होना।
१४.	हनीसकल	*भूत बंगलो* : भूतकाल में ही रहना, हमेशा बीती हुई घटनाओं, बातों, यादों में खोना, पुरानी घटनाओं से अपना नाता न तोड़ना। अगर आपका यह स्वभावदोष है तो हनीसकल का उपयोग करें।
१५.	वाइल्ड रोज	*भाग्यवादी* : कभी अति श्रम, अति दुःख, समस्या झेलने से संपूर्ण उदासीनता, किसी में भी रस न लगना,भावनाशून्य, अपनी दुर्दशा को किस्मत मानकर स्वीकार कर लेना।
१६.	वाइट चेस्टनट	*अनियंत्रित विचार* : व्यर्थ में एक ही विचार दिमाग में बार-बार आना, बार-बार वही शारीरिक क्रिया करना, अत्याधिक प्रयत्नों के बावजूद नापसंद विचारों से छुटकारा न पा सकना।
१७.	मस्टर्ड	*अस्थायी अज्ञात उदासी* : अचानक बिना कारण, बेवजह आनेवाली और अपने आप गायब होनेवाली निराशा।
१८.	चेस्टनट बड	*अध्यान पैटर्न* : अध्यानी, एक ही गलती बार-बार दोहराना, कामचोर, पुराने अनुभवों से कुछ न सीखना, अकसर किसी न किसी दुर्घटना के शिकार।

५. अकेलापन

१९.	हीदर	*अतेज स्वार्थी* : आत्मकेंद्रित, स्वयं से प्रेम करनेवाले, हर वक्त अपने बारे में सोचनेवाले। इनकी दुःखों की छोटी-छोटी बातों से परेशान होने की कहानी कभी खत्म नहीं होती। इनके पास दूसरों को सुनने के लिए समय नहीं होता। लोग इनसे दूर भागते हैं। इन्हें सुननेवाला कोई नहीं होता तो इन्हें अकेलापन महसूस होता है।
२०.	इम्पेशन्स	*उतावलापन* : फैसला करने, बोलने, विचारों में, हर कार्य में बहुत जल्दबाजी करनेवाले तथा उतावले रहनेवाले लोग। दूसरों की धीमी गति सहन न कर पानेवाले। जल्दी गुस्सा आना, जल्दी ठंडा ठंढ़ा होना।अप्रिय बॉस/ मालिक तथा इंतजार

करने से बेचैनी उत्पन्न होना।

२१. वॉटर वायलेट — *एकांतप्रिय* : कुशल, अत्यंत बुद्धिमान, प्रतिभावान, नई खोज करनेवाले। इन्हें अपने कार्य में किसी की दखलअंदाजी पसंद नहीं और ये दूसरे के कार्य में भी दखलअंदाजी नहीं करते। अपने आपको समाज से दूर रखते हैं। धीरे-धीरे अहम् भावना जागती है और अपने आपको श्रेष्ठ मानने लगते हैं। ये अंतर्मुखी और एकांतप्रिय होते हैं।

६. दूसरों से बहुत जल्दी प्रभावित होनेवाले - अतिसंवेदनशील

२२. ॲग्रीमनी — *अच्छे दिखने की वृत्ति* : अपने आंतरिक कष्ट, दुःखों को दूसरों से छिपाना, ऊपर से खुश और हँसमुख पर अंदर से दुःखी और रोता हुआ। ऐसे स्वभाव के इंसान का ॲग्रीमनी लेनी चाहिए।

२३. सेंटॉरी — *गुलाम वृत्ति* : कमजोर इच्छाशक्ति, हमेशा दूसरों के दास, दूसरों को किसी भी बात के लिए ना नहीं कह सकते, न टाल सकते हैं, दूसरों के हुक्म के गुलाम, अपनी कोई इच्छा नहीं रखते।

२४. वॉलनट — *बदलाहट अस्वीकार* : परिवर्तन को स्वीकार न कर पानेवाले लोग। पुरानी स्थिति, पुराने संबंध, पुरानी आदतें, पुराने तथ्यों से आगे न बढ़ पानेवाले लोग। खानदानी बीमारी, पुरानी आदतों से लिंक तोड़ने में मददगार। कोई भी परिवर्तन जब स्वीकार न हो तब इस औषधि को इस्तेमाल करें।

७. निराशा, कमजोर आत्मविश्वास और उदासीनता से पीड़ित

२५. जेन्शियन — *शकी निराशा* : नकारात्मक विचारपद्धति, निराशा, शक, अविश्वास का कारण पता न होना। बीच-बीच में आनेवाली उदासी।

२६. गोर्स — *पूर्ण नाउम्मीद* : नाउम्मीदी, पूर्ण मायूस, इन्हें ठीक होने की कोई आशा नहीं होती, फिर भी इलाज जारी रखते हैं।

२७. लार्च — *आत्महीनता की वृत्ति* : कमजोर आत्मविश्वास, अपनी

असफलता पर पक्का विश्वास होने के कारण कोई प्रयत्न ही न करनेवाले लोग। कार्य के लिए पूर्ण रूप से योग्य पर असफलता का डर रखनेवाले और दूसरों की सफलता पर शुद्ध रूप से खुश होनेवाले लोग।

२८. पाइन — *स्वनिंदा वृत्ति* : अपराधबोध, स्वनिंदा, हर गलती के लिए अपने आपको दोषी मानना। बहुत कर्तव्यनिष्ठ, ईमानदारी से कार्य करनेवाले। ये लोग कभी भी अधार्मिक या गलत कार्य नहीं कर सकते।

२९. स्वीट चेस्टनट — *बर्दाश्त के बाहर* : ऐसे लोग बेहद मानसिक पीड़ा तथा घोर निराशा से घिरे होते हैं। इन्हें बिलकुल लाचार, असहाय, असुरक्षित महसूस होता है और इन्हें किसी प्रकार की मदद की आशा नहीं होती।

३०. स्टार ऑफ बेथलहेम — *गहरा आघात* : मानसिक या शारीरिक झटके के बाद का असर, उदाहरणार्थ अकस्मात दुर्घटना, अकस्मात समस्या, कड़वे अनुभव इत्यादि। इनसे जो मानसिक झटका लगता है, उसका शारीरिक असर होता है। पॅनिक डिसऑर्डर,पोस्ट ट्रॉमैटिक डिसऑर्डर, ग्रीफ इत्यादि में लाभदायक है।

३१. विलो — *दूसरा दोषी वृत्ति* : विलो के व्यक्तित्ववालों में दूसरों के लिए मन में कड़वापन, ईर्ष्या, नफरत, दूसरों की सफलता पर जलन, अपनी असफलता का दोष दूसरों को देने के लक्षण होते हैं।

३२. क्रॅब ऍपल — *असंतुलित सफाई वृत्ति* : गंदी, नापसंद चीज को बाहर फेंकेने की इच्छा, घातक विचार, यहाँ तक कि शरीर के बदसूरत अंग से भी छुटकारा पाने की इच्छा इन लोगों में होती है।

८. असंतुलित अनुशासन

३३. वाइन — *घमंडी वृत्ति* : गुणी, योग्य, लोहे की इच्छाशक्ति, अच्छे लीडर्स, हुक्मशाह, अपने तत्त्वों के लिए दूसरों की बिलकुल परवाह न करनेवाले, दूसरों की भावना, इच्छाओं को दबोचकर अपनी ही अभिलाषा, प्रभुता उन पर लादनेवाले।

३४. बीच — *असंतुलित अनुशासन वृत्ति* : अति अनुशासन प्रिय, साफ-

सुथरापन पंसद करनेवाले। असहनशीलता, दूसरों की आलोचना करना, दूसरों की कठिनाई तथा दु:ख को न समझना, बिलकुल सहानुभूति न होना, विनम्रता की कमी, संपूर्णतावादी पैटर्न (Perfectionist Pattern), ऑब्सेसिव कम्पल्सिव पर्सनैलिटी (OCPT Obsessive Compulsive Personality Trait)।

३५. रॉक वॉटर — *जिद्दी सिद्धांतवादी* : अनन्यसाधारण व्यक्तित्व, अत्यंत आदर्शवादी, अपने सिद्धांतों पर कठोरता तथा बिना लचीलेपन से चलना। कितनी भी कठिनाइयों के बावजूद अपने मूल्यों से नहीं हटना। अपनी निजी इच्छा, खुशियाँ न्योछावर करना उदाहरणार्थ- महात्मा गांधी। अपने लक्ष्य से न हटना। पूरे विश्व के लिए मैं ही हूँ - यह भावना रखना।

९. सकारात्मक स्वभाव की अति

३६. वर्वेन — *असंतुलित जुनून* : जरूरत से अधिक उत्साही, जरूरत से अधिक काम करना, हमेशा जल्दबाजी में रहना। अपनी शारीरिक क्षमता से अधिक काम करना और थोड़ा भी आराम न देने की वजह से इनका शारीरिक और मानसिक स्वास्थ्य पूर्णरूप से बिगड़ जाता है।

३७. एल्म — *क्षणिक कमजोरी* : जिम्मेदार लोग अपने जीवन में बड़ी जिम्मेदारी या किसी मुख्य पद पर कार्य संभालते हैं। ऐसे लोग कभी-कभी अधिक कामों से इतने थक जाते हैं कि वे कुछ समय के लिए अपने आपको शारीरिक तथा मानसिक रूप से दुर्बल समझने लगते हैं या अपने काम करने की क्षमता पर शक करने लगते हैं।

३८. ओक — *असंतुलित आशावादी* : ओक के व्यक्तित्ववालों में दृढ़ इच्छाशक्ति, अत्याधिक संयमशक्ति, धैर्य, हिम्मत, विश्वास, आशा, खराब स्थितियों में भी हार न मानना, अटल रहना, लगातार श्रम करना, अपने शरीर को एक क्षण के लिए भी आराम नहीं देना। परिणामत: बीमार तथा उदास होना।

३९. बचाव उपचार — रेस्क्यू रेमेडी आपात्कालीन उपचार पाँच दवाओं का मिश्रण है। यह दवा अचानक किसी दुर्घटना के हो जाने पर अथवा रोगी की गंभीर अवस्था में प्राथमिक उपचार के रूप में दी जाती है। इसमें जो पाँच दवाएँ दी जाती हैं वे इस प्रकार हैं : स्टार ऑफ बेथलहेम + रॉक रोज + इम्पेशन्स + चेरी प्लम + क्लिमॅटिस।

भाग ४

B.F.T. Be Free Therapy
सवाल – जवाब

स्वस्थ मन का पहला अचूक लक्षण है शांत हृदय
और घर पर आनंद महसूस करना।

बी.एफ.टी. दवाओं की आदत नहीं पड़ती न ही इनके कोई साइड इफेक्ट हैं। बॅच दवाएँ वैकल्पिक चिकित्सा पद्धति (Alternative System of Medicine) के अंतर्गत आती हैं। किसी भी अन्य उपचार पद्धति के साथ इन्हें लिया जा सकता है। दूसरी उपचार पद्धति और इसका कोई टकराव नहीं है। ये दवाएँ संपूर्ण रूप से हानिरहित हैं। इस विधान के लिए कोई परमिट या लाइसेन्स जरूरी नहीं है। भारत में ये वैकल्पिक चिकित्सा पद्धति के अंतर्गत आती हैं। बी.एफ.टी. के बारे में अधिक जानकारी इस प्रकार है।

१) बी.एफ.टी. दवाओं की एक्सपायरी डेट क्या होती हैं?

जवाब – वैसे तो दवाएँ अनिश्चित काल तक अपने गुणों को सँभालकर रखती हैं। डॉ. बाक के खुद के बनाए हुए मूल पदार्थ अभी तक पहले जितने शक्तिमान हैं। बाक सेंटर कहता है, 'कानून के मुताबिक दवा के मूल पदार्थ का एक निश्चित जीवनकाल होता है क्योंकि ये दवाएँ ब्रान्डी में बनाई जाती हैं, अत: इन दवाओं को बॅच सेंटर ने पाँच साल का जीवन दिया है।

२) ये पुष्पौषधियाँ कहाँ मिलती हैं?

जवाब – ये ज्यादातर होमियोपैथी की दुकानों में मिलती हैं। इन दवाइयों की बूँदों को

शक्कर की गोलियों में डालकर लिया जा सकता है। ये दवाएँ बच्चों, जंतुओं और पौधों पर भी काम करती हैं इसलिए इन्हें प्लेसीबो (ऐसी गोलियाँ जिनमें दवा नहीं डाली गई है) न समझें।

३) क्या कुछ समय के बाद इनका असर कम या खत्म हो जाता है?

जवाब – नहीं, ये दवाइयाँ बहुत सकारात्मक हैं। मन की शक्ति और संतुलन बढ़ जाने से प्राणशक्ति ज्यादा तंदुरुस्त हो जाती है। ये बेअसर नहीं होतीं। इनका परिणाम स्थायी होता है। ये एन्टीबायोटिक की तरह कार्य नहीं करतीं।

४) ये कैसे काम करती हैं?

जवाब – पूरा ब्रह्माण्ड चैतन्य की अभिव्यक्ति है। मनुष्य भी चैतन्य का ही अंश है। उसी चैतन्य की अनुभूति ही असली अस्तित्व है। इस असली अनुभूति से, प्रकृती से इंसान दूर हो जाता है। दूर होने का कारण है इंसान का तोलू मन, नकली अहंकार, विकार, खंडित जीवन, खंडित विचार, वाणी, भाव, क्रियाएँ और गलत वृत्तियाँ। ये पुष्पौषधियाँ इस चैतन्य चेतना के बीच आनेवाली सारी अड़चनों को दूर करने की शक्ति रखती हैं और हमारे प्राकृतिक स्वभाव को जरूरत के गुणों से भर देती हैं। जो अवगुण या पैटर्न हमें हानि पहुँचा रहे हैं, वे उन्हें रोकती हैं। जैसे संगीत हमें उत्साह से भर देता है, वैसे ही ये दवाइयाँ हमें अपने चैतन्य के नजदीक लाती हैं। वे बीमारी से सीधे नहीं लड़तीं बल्कि हमारी प्राकृतिक शक्तियों को जगाकर बीमारी को गायब करती हैं। इसमें रोगी महत्वपूर्ण है, रोग नहीं। इस पुष्पौषधि उपचार या थेरेपी में इंसान को महत्त्व दिया जाता है।

५) यह पुष्पौषधि उपचार कौन-कौन ले सकता है?

जवाब – इसे सभी उम्र के लोग ले सकते हैं। नवजात शिशु, छोटे बच्चे, गर्भवती स्त्री, स्त्री-पुरुष, वृद्ध, जवान आदि इसे ले सकते हैं। इसके लिए उम्र की कोई भी सीमा नहीं है। वैसे ही ये प्राणियों, पौधों पर भी कार्य करती हैं। पौधों को कीड़ों से बचाकर उनका विकास करती है।

६) इन्हें कैसे लेना है?

जवाब – ये ज्यादातर होमियोपैथी की दुकानों, दवाखानों में मिल जाती हैं। ये द्रव्य स्वरूप में या मीठी गोलियों पर डालकर दी जाती हैं। ये गोलियाँ ४-४ की

मात्रा में दिनभर में ४ बार लेनी होती हैं। इस तरह इन्हें ६ से ७ महीनों तक ले सकते हैं। या इनकी ४ बूँदें एक कप पानी में डालकर पीना चाहिए। इसे दिनभर में ४ बार लेना चाहिए। जब तक पूरी तरहठीक नहीं लगता तब तक यह औषधि जारी रखनी है। बी.एफ.टी. मानसिक स्वास्थ्य पर बढ़िया कार्य करती है, इसे २ से ७ महीनों तक का समय लगता है। १५ दिन में असर दिखना शुरू होता है, आपात्काल में तो एक खुराक से ही असर शुरू होता है, जैसे आपात्काल में बचाव उपचार लेना।

७) इन्हें कैसे बनाते हैं?

जवाब – ये फूलों से बनती हैं। जिस दवाई को जो नाम दिया गया है, वह उन्हीं फूलों से बनती है तथा पेड़ों पर आए हुए, परिपक्व फूलों के अर्क से भी यह औषधि बनती है। यह सन शाइन मेथड (पद्धति) से बनती है। साफ-सुथरे फूल, साफ-सुथरे पानी में डालकर सूर्यप्रकाश में रखे जाते हैं। सूर्यप्रकाश में, फूलों का अर्क और गुणधर्म पानी में उतरता है। इसे अल्कोहोल (concentrated alcohol) की बहुत ही कम मात्रा में या जलमिश्रित अल्कोहोल (diluted alcohol) में बनाया जाता है, जिससे यह ज्यादा दिन टिकती है तथा शुद्ध और असंक्रमित रहती है। इसे पुष्पौषधि कहा जाता है। यह न तो वनौषधि है, न ॲरोमा थेरेपी है, न आयुर्वेद है और न ही ये काष्ठौषधि है।

८) ज्यादा से ज्यादा कितनी पुष्पौषधियाँ एक साथ ली जा सकती हैं?

जवाब –ज्यादा से ज्यादा ७ पुष्पौषधियाँ एक साथ ली जा सकती हैं। अगर ७ के ऊपर पुष्पौषधियाँ लग रही हैं तो वापस जाँच करें, वापस चुनाव करें या पहले हॉली या वाइल्ड ओट दी जा सकती है। पहले सिर्फ ३-४ ही पुष्पौषधियाँ ली जाएँ तो ज्यादा प्रभावी होंगी। सभी अर्कों को एक ही बोतल में मिलाकर मिश्रण किया जा सकता है। फिर इसकी ४-४ बूँदें पानी में डालकर या सीधे ४ बार ले सकते हैं।

९) क्या इससे सर्दी, जुकाम, सिरदर्द, दस्त इत्यादि आम बीमारियों के लिए भी दवा बनाई जा सकती है?

जवाब – नहीं, बॅच दवाएँ भौतिक रोगों के लिए नहीं हैं। ऐसे शारीरिक रोग जो मन से संबंधित होते हैं, ये दवाएँ उन्हें ठीक करती हैं। ये रोगी की मनोदशा

और उसके अवगुण के आधार पर दी जाती हैं। हर इंसान की मनोदशा अलग होती है पर भौतिक लक्षण एक जैसे हो सकते हैं तो मनोदशा के आधार पर बी.एफ.टी. दवाई का चुनाव अलग-अलग होगा। डर के भौतिक लक्षण एक ही होंगे पर उसके ५ अलग रूप हैं तो हर इंसान के लिए अलग दवा चुनी जाएगी।

१०) आगे मुझमें अवगुण न आएँ इसलिए क्या मैं अभी बी.एफ.टी. चुन सकता हूँ?

जवाब - नहीं, यह दवाई मन की नकारात्मकता को बदलकर सकारात्मक रूप देती है। जैसे स्वीट चेस्टनट से निराशा दूर होती है पर भविष्य में होनेवाली निराशा को अभी नहीं दूर किया जा सकता। अगर अभी भय लग रहा है तो आगे मैं उदास न हो जाऊँ , इसके लिए अभी मिम्युलस ले सकते हैं।

११) नवजात शिशु जो बोल नहीं सकते, उनके लिए बी.एफ.टी. कैसे चुनें?

जवाब - नवजात शिशु की संवेदनशीलता, उसकी प्रकृति जान लेनी चाहिए।

जैसे -

१. बच्चा रोता ही रहता है, जब तक उसकी माँ उसे गोद में नहीं उठाती - चिकोरी

२. बच्चा बहुत चुपचाप रहता है, संतुष्टि से हँसता नहीं है - अॅग्रीमनी

३. शिशु सोते ही रहता है, जैसे उसे कोई खबर ही न हो -क्लिमॅटिस

४. बच्चा आवाज, अंधेरा, अकेलेपन से डरता है - मिम्युलस

५. बच्चा यदि दर्द से रो रहा है - चेरी प्लम

६. रात को जल्दी सो ही नहीं रहा, रो रहा है - बचाव उपचार। ऐसे में चेस्टनट बड और चेरी प्लम भी दे सकते हैं।

७. एक अवस्था से दूसरी अवस्था की विकास यात्रा में मील के पत्थर हैं- गर्दन पकड़ना, बैठना, रेंगना, खड़े रहना, चलना सीखना, दाँत निकलना। जैसे-जैसे बच्चा बड़ा हो रहा है उसके हर परिवर्तन के लिए -वॉलनट।

८. धीरे-धीरे सीखनेवाले बच्चों के लिए- रेड चेस्टनट, वॉलनट

९. डरपोक, शर्मीले, माँ के साथ चिपकते बच्चों के लिए - चिकोरी, मिम्युलस, लार्च

१०. दुःख, गुस्से में रो रहा है, बेकाबू हो गया है और आपत्काल में - चेरी प्लम

११. बहुत बेचैन, चंचल, एक जगह पर न बैठनेवाले, बहुत सारी क्रियाएँ करनेवाले, एक भी कार्य पूर्ण नहीं करनेवाले बच्चों के लिए - इम्पेशन्स

१२. बीमारी के बाद थकावट, थके हुए बच्चों के लिए - ऑलिव

१३. दूसरे बच्चों पर जुल्म करनेवाले बच्चों के लिए - हॉली, वाइन, बीच

१४. छोटे बच्चों की पेट में तरह-तरह की आवाजें होने पर -स्टार ऑफ बेथलहेम

१५. स्कूल के मुश्किल दिनों के लिए - वॉलनट, ऑलिव, हनीसकलअ ौ र मिम्युलस

१२) बॅच दवा का असर होने में कितना समय लगता है?

जवाब - आम लक्षणों के लिए २ या ३ दिन में, ३-४ खुराक से ही आराम मिल जाता है। दीर्घ रोग के इलाज के लिए २-३ हफ्तों में राहत मिलती है और कुछ महीनों में पूर्ण इलाज होता है। आपात्काल में १ खुराक से ही अच्छे परिणाम दिखने शुरू होते हैं और ऐसे में ५-५ मिनट के अंतराल में ४-५ खुराकें लेने से भी आराम मिलता है। जैसे थकान में ऑलिव से और दर्द के लिए चेरी प्लम से आराम मिलता है।

१३) क्या बॅच दवा लेने से कभी-कभी तकलीफ बढ़ती है?

जवाब - इसका कोई साइड इफेक्ट नहीं है। ये दवाएँ कभी भी हानि नहीं करती। अगर राहत नहीं मिल रही है तो चुनाव गलत हो सकता है। गलत चुनाव से भी कोई समस्या नहीं है क्योंकि इसके साइड इफेक्ट नहीं हैं। दीर्घ रोगों में दबी हुई भावनाएँ उभरने में समय लगता है और उसे पूरा खत्म होने के लिए कुछ महीने लग सकते हैं। यह करते-करते नए

लक्षण उभर तो हो सकता है कि नई दवाइयाँ जोड़नी हों। जैसे यदि बेचैनी हो रही हो कि 'मैं जल्दी ठीक क्यों नहीं हो रहा हूँ?' तो इम्पेशन्स लें।

१४) इन्हें लेते वक्त कौन सी सावधानी बरतनी चाहिए?

जवाब -

✓ आप होमियोपैथी की दुकान से दवा लाए हैं तो उसे और घोलें नहीं, वैसे ही लें। अगर ब्रान्डी में मिली हुई दवा है तो उसकी ४-४ बूँदें ४ बार सीधे-सीधे या १ कप पानी में मिलाकर लें। अगर अर्क को पानी में दिया है, जो बहुत प्राइवेट बॅच फ्लॉवर थेरेपिस्ट देते हैं तो उसे सीधे ४ बूँदें मुँह में या एक कप पानी में डालकर ले सकते हैं।

✓ इसे ठंडी, सूखी जगह और अंधेरे या कम प्रकाश में रखें। फ्रिज में न रखें।

✓ एक शिशु और एक बड़े आदमी के लिए समान खुराक ही होती है। इससे कोई हानि नहीं है।

✓ चीनी की गोलियाँ भी उतनी ही असरदार होती हैं, जितना अर्क असरदार होता है।

✓ दवाओं का असर जीभ से शुरू होता है तो दवा लेने से पहले मुँह साफ रखें।

✓ दवा लेने के बाद २५-३० मिनट तक कुछ न खाएँ। अगर भोजन के उपरांत दवा लेनी हो तो खाना खाने के आधे घंटे बाद ये पुष्पौषधियाँ लें।

✓ इन्हें चाय, कॉफी, कोला के साथ न लें।

✓ चीनी की गोलियाँ हैं तो उन्हें हाथ न लगाएँ। सीधे जीभ पर डालें और अपने आप घुलने दें या फिर पानी में डालकर थोड़ा-थोड़ा लें। दवा की बूँदें सीधे जीभ पर डालें।

✓ दवा भौतिक गुणों के आधार पर न चुनें।

- इंसान यदि घबराहट में अपना हाल न बता पाए तो उसे स्क्लीरॅन्थस दें, फिर वह दोबारा अपने बारे में बता सकता है।

- मिश्रण एक ही बनाना है तो ३-४ ही दवाएँ चुनें क्योंकि वे ज्यादा असरदार होंगी।

- दवा चुनने में मुश्किल हो रही हों तो हॉली या वाइल्ड ओट की एक-एक खुराक लें, इससे दवा का मिश्रण समझ में आएगा।

१५) क्या गर्भावस्था, डिलिवरी में बी.एफ.टी. ले सकते हैं?

जवाब – हाँ, यह बेहतर ही होगा। माँ गर्भावस्था में जितने सकारात्मक विचारों में रहे उतना बच्चों का मन निरोगी होगा। माँ को सजग रहकर ज्यादा से ज्यादा अपनी नकारात्मक भावनाओं, अवगुणों और पैटर्न से मुक्त होना चाहिए। यह एक मौका होगा, आनेवाले बच्चों के प्रेम में माँ के लिए यह सहज होगा।

- होनेवाली माँ को उत्तेजना, तनाव, उदासी, टालनी चाहिए।

- उसे टी.वी. पर फिल्म के भयानक दृश्य जैसे विध्वंसकता, मारपीट, मौत, खतरनाक हादसे नहीं देखने चाहिए। माँ को अपने बच्चों के लिए यह सब देखना टालना चाहिए क्योंकि ऐसे दृश्य मन पर गहरी चोट कर सकते हैं। टी.वी. सीरीयल्स के सीरीयस प्रोग्राम से माँ के मन में डर, चिंता, बेसब्री, दूसरों के लिए फिक्र इत्यादि जैसी भावनाएँ आने का खतरा है।

- माँ की मनोदशा को देखते हुए बॅच फ्लॉवर दवाएँ चुनें। बच्चों की डिलिवरी से ३-४ दिन पहले से लेकर, डिलिवरी होने के बाद, कुछ दिनों तक बचाव उपचार के इस्तेमाल से बच्चों का जन्म सुखदायक, सहज तथा सरल होता है। माँ भी जल्दी तंदुरुस्त हो जाती है।

१६) बॅच दवाओं द्वारा पौधों और जानवरों की उपयुक्तता कैसे बढ़ानी चाहिए?

जवाब –

- पौधों की ताकत बढ़ाने के लिए – हॉर्नबीम

- बीजांकुर और बढ़त के लिए - ऑलिव

- सभी कीड़ों से बचाव के लिए - क्रॅब ऍपल

- पौधे को एक जगह से उठाकर दूसरी जगह लगाना, वातावरण में बदलाव के लिए - वॉलनट

- सभी दुर्घटनाओं, आपत्तियों से बचाव के लिए - बचाव उपचार (रेस्क्यू रेमेडी)

- यदि पौधे सर्दी में मुरझा जाएँ तो - वाइल्ड रोज

  (दवा की शीशी में से १० बूँदें पानी के डिब्बे या बाल्टी में डालकर पौधों को दें।)

- किसी गाय का बछड़ा मर गया हो और उसका दूध सूख गया हो तो - स्टार ऑफ बेथलहेम

- यदि कोई इंसान अपने छोटे बच्चे को प्यार करे तो उसका पालतु कुत्ता ध्यान कम मिलने की वजह से उस छोटे बच्चे से ईर्ष्या करता है। तब उसे - हॉली दी जानी चाहिए।

१८) क्या बॅच फ्लॉवर दवाएँ हम खुद ही चुन सकते हैं?

जवाब - हाँ, बिलकुल चुन सकते हैं और बहुत बेहतर तरीके से चुन सकते हैं। इंसान को स्वयं से अच्छा कौन जान सकता है! पुष्पौषधि मनोवृत्ति, मनोदशा पर चुननी होती है, न कि भौतिक लक्षणों से। जैसे ही आपको अंदर से एहसास होता है कि आपका मूड बदला है तो उसे पहचानकर पुष्पौषधि से दूर किया जा सकता है। हमारी निजी मनोवृत्ति का एक मूल स्वभाव होता है। एक प्रकार होता है, उसके लिए भी दवा चुननी चाहिए। इंसान के जन्मसिद्ध व्यक्तित्व के लिए पुष्पौषधि का चुनाव होना चाहिए। अॅग्रीमनी, सेंटॉरी, सिरॅटो, चिकोरी, क्लिमॅटिस, इम्पेशन्स, लार्च, मस्टर्ड, ओक, पाइन, रॉक वॉटर, वाइन, वर्वेन, स्कलीरॅन्थस, वॉटर वायलेट उपचार हैं। ये इंसान के निजी नकारात्मक व्यक्तित्व को हटाकर एक संतुलित व्यक्तित्ववाला

इंसान बनाती हैं। इन्हें लंबे समय तक इस्तेमाल कर सकते हैं। इनके साथ सहयोगी उपचार हैं जैसे ऑलिव, हॉर्नबीम, मिम्यूलस, वाइट चेस्टनट इत्यादि।

एक साधारण इंसान भी पुस्तकें पढ़कर अपने लिए पुष्पौषधि की दवाएँ चुन सकता है और इन्हें होमियोपैथी दुकान से ले सकता है, जिसमें कोई भी हानि नहीं है। इनमें न प्रिस्क्रिप्शन की जरूरत है, न डॉक्टर की, न ही इसके कोई साइड इफेक्ट हैं, न दवाइयों के इंटरेक्शन। इनमें न शरीरशास्त्र जानने की आवश्यकता, न जीवविज्ञान के ज्ञान की जरूरत है पर इनका स्थायी असर है ही। जब सही चुनाव हो जाए तो इन्हें लंबे समय तक लें। जब रिजल्ट आए, प्रभावी परिणाम आएँ तो ये दवाएँ लेना कम कर, धीरे-धीरे बंद कर दें।

सिर्फ चेस्टनट बड, वाइन व्यक्तित्ववाले लोगों में खुद को पहचाननें की संभावना बहुत कम होती है।

१९) जिन लोगों को मधुमेह की बीमारी है क्या उन्हें शक्कर की गोलियाँ दी जा सकती हैं?

जवाब – हाँ! क्योंकि उनमें शक्कर की मात्रा बहुत ही निम्न होती है। परंतु आप चाहें तो उन्हें पानी की (तरल) दवाई ही दें।

डॉ. बॅच ने बॅच फ्लॉवर थेरेपी (बी.एफ.टी.) पूरे विश्व में, मानव जाति को प्रदान करके बहुत बड़ा योगदान दिया है। उन्हें अनंत धन्यवाद!!!

पुस्तकें और बी.एफ.टी.

बी.एफ.टी. के साथ यदि आप अपनी समझ भी बढ़ाते हैं तो इन दवाओं का ज्यादा और जल्दी असर होगा। नीचे दी गई सारणी आपको मदद करेगी कि किस स्वभावदोष के लोगों को कौन सी पुस्तक पढ़नी चाहिए।

क्र. बी.एफ.टी.	मन की वृत्ति	अति आवश्यक पुस्तक १	आवश्यक पुस्तक २
1. ॲग्रीमनी	अच्छे दिखने की वृत्ति	नींव नाइन्टी	—
2. ॲस्पेन	अज्ञात भय	मृत्यु उपरांत जीवन	स्थूल विकारों से मुक्ति
3. बीच	असंतुलित अनुशासन वृत्ति	प्रार्थना बीज	दुःख में खुश क्यों और कैसे रहें
4. सेंटॉरी	गुलाम वृत्ति	आत्मविश्वास सफलता का द्वार	संपूर्ण प्रशिक्षण
5. सिरॅटो	दुविधा पैटर्न	निर्णय और जिम्मेदारी	कैसे लें ईश्वर से मार्गदर्शन, आत्मनिर्भर कैसे बनें,
6. चेरी प्लम	बेकाबू पैटर्न	क्रोध से मुक्ति	नींव नाइन्टी
7. चेस्टनट बड	अध्यान पैटर्न	ध्यान नियम	संपूर्ण ध्यान
8. चिकोरी	केवल 'मैं' वृत्ति-स्वार्थी	रिश्तों में नई रोशनी,	तुम्हें जो लगे अच्छा
9. क्लिमॅटिस	झूठ बंगलो	रहस्य नियम	संपूर्ण ध्यान
10. क्रॅब ॲपल	असंतुलित सफाई वृत्ति	नींव नाइन्टी	स्वीकार का जादू
11. एल्म	क्षणिक कमजोरी	भारत के दो महान जीवन	संत तुकाराम, स्वामी विवेकानंद
12. जेन्शियन	शक्की निराशा	तनाव से मुक्ति	खुशी का रहस्य
13. गोर्स	पूर्ण नाउम्मीद	विचार नियम	दुःख में खुश कैसे और क्यों रहें
14. हीदर	अतेज स्वार्थी	अहंकार को करें बाय	—
15. हॉली	झगड़ालू, शंकालु वृत्ति	सुनहरा नियम	रिश्तों में नई रोशनी
16. हनीसकल	भूत बंगलो	रहस्य नियम	The मन
17. हॉर्नबीम	सुस्त मन	स्वास्थ्य त्रिकोण	The मन
18. इम्पेशन्स	उतावलापन	धीरज का जादू	ध्यान नियम

19. लार्च	आत्महीनता की वृत्ति	आत्मविश्वास सफलता का द्वार	स्वसंवाद का जादू, प्रार्थना बीज
20. मिम्युलस	ज्ञात भय		सूक्ष्म विकारों पर विजय
21. मस्टर्ड	अस्थायी अज्ञात उदासी	सूक्ष्म विकारों पर विजय	स्वसंवाद का जादू
22. ओक	असंतुलित आशावादी	स्वामी विवेकानंदें	भारत के दो महान जीवन, पृथ्वी चदरिया, रामकृष्ण परमहंस
23. ऑलिव	एम.एस.वाय. की थकावट	स्वास्थ्य त्रिकोण	The मन
24. पाईन	स्वनिंदा वृत्ति	आत्मविश्वास सफलता का द्वार	स्वसंवाद का जादू
25. रेड चेस्टनट	परचिंतित	चिंता से मुक्ति	—
26. रॉक रोज	आतंक	स्वीकार का जादू	—
27. रॉक वॉटर	जिद्दी सिद्धांतवादी	रिश्तों में नई रोशनी	स्वयं का सामना
28. स्क्लीरॅन्थस	दो का धोखा	निर्णय और जिम्मेदारी	कैसे लें ईश्वर से मार्गदर्शन
29. स्टार ऑफ बेथलहेम	गहरा आघात	स्वीकार का जादू वर्तमान का जादू	रहस्य नियम
30. स्वीट चेस्टनट	बर्दाश्त के बाहर	सूक्ष्म विकारों पर विजय	—
31. वर्वेन	असंतुलित जुनून	The मन	ध्यान दीक्षा
32. वाइन	घमंडी वृत्ति	सूक्ष्म विकारों पर विजय	प्रेम नियम
33. वॉलनट	बदलाहट अस्वीकार	स्वीकार का जादू	रहस्य नियम
34. वॉटर वायलेट	एकांतप्रिय	खोज	अहंकार को करें बाय
35. वाइट चेस्टनट	अनियंत्रित विचार	विचार नियम	संपूर्ण ध्यान
36. वाइल्ड ओट	दिशाहीन दशा	संपूर्ण लक्ष्य वर्तमान हर समस्या का समाधान	दुःख में खुश कैसे और क्यों रहें, पृथ्वी प्रतिसाद
37. वाइल्ड रोज	भाग्यवादी	कर्मात्मा और कर्म का सिद्धांत	कर्मजीवन सरश्री और आप
38. विलो	दूसरा दोषी वृत्ति	स्वयं का सामना	विकास नियम
B.F.T. for Children	परेशान अभिभावक	परवरिश रहस्य	बच्चे कामयाब कैसे बनें

Index of 38 Flowers

स्वभाव के लिए औषधि

अगर मन की यह अवस्था है	तो यह औषधि लें	वर्ण	अगर मन की यह अवस्था है	तो यह औषधि लें	वर्ण
अच्छा दिखने की वृत्ति	– 1 ऑग्रीमनी	A1	ज्ञात भय	– 20 मिम्युलस	M20
अज्ञात भय	– २ ऑस्पेन	A2	अस्थायी अज्ञात उदासी	– 21 मस्टर्ड	M21
असंतुलित अनुशासन	– 3 बीच	B3	असंतुलित आशावादी	– 22 ओक	O22
गुलाम वृत्ति	– 4 सेंटॉरी	C4	एम.एस.वाय.की थकावट	– 23 ऑलिव	O23
दुविधा पैटर्न	– 5 सिरॅटो	C5	स्वनिंदा वृत्ति	– 24 पाइन	P24
बेकाबू पैटर्न	– 6 चेरी प्लम	C6	परचिंतित	– 25 रेड चेस्टनट	R25
अध्यान पैटर्न	– 7 चेस्टनट बड	C7	आतंक	– 26 रॉक रोज	R26
'मैं' वृत्ति – स्वार्थी	– 8 चिकोरी	C 8	जिद्दी सिद्धांतवादी	– 27 रॉक वॉटर	R27
झूठ बंगलो	– 9 क्लिमॅटिस	C9	दो का धोखा	– 28 स्क्लीरॅन्थस	S28
असंतुलित सफाई वृत्ति	– 10 क्रॅब ऍपल	C10	गहरा आघात	– 29 स्टार ऑफ बेथलहेम	S29
क्षणिक कमजोरी	– 11 एल्म	E11	बर्दाश्त के बाहर	– 30 स्वीट चेस्टनट	S30
शकी निराशा	– 12 जेन्शियन	G12	असंतुलित जुनून	– 31 वर्वेन	V31
पूर्ण नाउम्मीद	– 13 गोर्स	G13	घमंडी वृत्ति	– 32 वाइन	V32
अतेज स्वार्थी	– 14 हीदर	H14	बदलाहट अस्वीकार	– 33 वॉलनट	W33
झगड़ालू, शंकालु वृत्ति	– 15 हॉली	H15	एकांतप्रिय	– 34 वॉटर वायलेट	W34
भूत बंगलो	– 16 हनीसकल	H16	अनियंत्रित विचार	– 35 वाइट चेस्टनट	W35
सुस्त मन	– 17 हॉर्नबीम	H17	दिशाहीन दशा	– 36 वाइल्ड ओट	W36
उतावलापन	– 18 इम्पेशन्स	I18	भाग्यवादी	– 37 वाइल्ड रोज	W37
आत्महीनता की वृत्ति आत्मविश्वास की कमी	– 19 लार्च	L19	दूसरा दोषी वृत्ति शिकायत, कड़वाहट	– 38 विलो	W38

खण्ड ६

E.F.T.

भाग १

ई.एफ.टी. का परिचय और उद्देश्य

ई.एफ.टी. एक ऐसी प्रभावशाली और असरदार तकनीक है, जो हमारी नकारात्मक भावनाओं एवं लंबे समय से चली आ रही पीड़ाओं से हमें तुरंत मुक्ति दिलवाती है।

ई.एफ.टी.(इमोशनल फ्रीडम तकनीक) को एक साधारण, आम, अनपढ़ इंसान भी समझकर अपने आप पर इस्तेमाल कर सकता है। यह तकनीक बहुत ही सीधी, सहज, सरल और शक्तिशाली है। इसे केवल एक बार समझ लिया तो यह आसानी से पूरे जीवनभर आपके साथ रहेगी। फिर आप जब चाहें तब अपने आप पर तथा जरूरतमंदों पर इसका इस्तेमाल कर, तुरंत असरदार परिणाम का लाभ ले सकते हैं।

रोज के जीवनक्रम में एक इंसान को अनेक घटनाओं, समस्याओं और तरह-तरह के लोगों का सामना करना पड़ता है। दिनभर में उसे कई लोगों से संवाद साधने की जरूरत पड़ती है। संवाद कभी मधुर होता है तो कभी मनमुटाव हो जाता है। इस तरह रोज की शारीरिक भाग-दौड़ और मानसिक कसरत करके मन तथा शरीर दोनों ही थक जाते हैं, साथ ही तनावग्रस्त भी हो जाते हैं। इन सभी प्रक्रियाओं में इंसान के भीतर नकारात्मक भावनाओं का जन्म होता है। जिसके परिणामस्वरूप इंसान अपना मानसिक और शारीरिक स्वास्थ खो बैठता है।

इंसान को परेशान करनेवाली सारी नकारात्मक भावनाओं को ई.एफ.टी. एक

चमत्कारिक रूप से तुरंत ही शरीर से बाहर निकाल देती है। इसके जनक 'गेरी क्रेग' हैं। यह पद्धति इतनी महत्वपूर्ण होकर भी ज्यादा प्रचलित नहीं है क्योंकि इससे लोग आत्मनिर्भर बनते हैं और मुफ्त में खुद ही अपने स्वास्थ्य के डॉक्टर बन जाते हैं। अतःसिखानेवाले को इससे ज्यादा आर्थिक लाभ नहीं मिलता, मरीज स्वयं ही अपना इलाज कर लेता है। विश्व के हर इंसान को यह पद्धति ज्ञात होनी चाहिए ताकि वह अपने स्वास्थ्य का खुद ही मालिक बन सके। बीमारियों का निर्माण होने से पहले ही उन्हें पहचानकर जड़ से निकालने की क्षमता विकसित कर सके। अतः रोज ई.एफ.टी. का इस्तेमाल करके बीमार होने से पहले ही तंदुरुस्ती के प्रति जागरूक हो जाएँ और हमेशा स्वस्थ रहें।

जब भी इंसान के मन में चिड़चिड़ापन, बोरियत, थकान, डर, क्रोध, चिंता, अपराधबोध, असहायता, नफरत, द्वेष, अपमान, दुःख, बदले की भावना, अकेलापन, निराशा, मोह, कमजोर आत्मविश्वास, तनाव, बैचेनी, शोक, विश्वासघात, लज्जा आदि भावनाएँ घर कर लें तो वह तुरंत अपने आप पर ई.एफ.टी. करके, इन सभी भावनाओं से मुक्त हो सकता है। शीघ्र ही उसे हल्का, फ्री, मुक्त, तरोताजा और शांत महसूस होता है ; फिर चाहे घटना कोई भी हो, सामने कोई भी रिश्ता हो या समय कोई भी हो। किसी भी वजह से जब इंसान के भीतर ऊपर बताई गई भावनाएँ पनपती हैं और इंसान यदि उनके बारे में सजग न हो तो वह दो तरीकों से उनसे निबटता है। या तो वह उन्हें अपने अंदर दबाता है या सामनेवाले पर व्यक्त करता है। अगर वह अपने अंदर नकारात्मक भावनाओं को दबाता है तो खुद बीमार होता है और अगर वह सामनेवाले पर व्यक्त करता है (सामनेवाले को नकारात्मक भावनाओं की वजह से गलत प्रतिसाद देता है) तो सामनेवाला बीमार होता है। उदाहरण के तौर पर बॉस अपनी कुंठा अपने अधीनस्थ कर्मचारी पर निकाले तो कर्मचारी निराश और दुःखी हो जाता है और यदि बॉस किसी को कुछ न कहे तो खुद निराशा का शिकार हो जाता है। इसी तरह छोटे बच्चे जिस हादसे से डरते हैं, उसे यदि छिपाकर रखें तो उन्हें बुखार आ जाता है यानी

नकारात्मक भावना (डर)------बुखार।
क्रोध------ हायपर एसिडिटी/पित्त
असहाय------- हेडेक (सिर दर्द)

यह सिर्फ उदाहरण के तौर पर बताया जा रहा है, इसका कोई फिक्स फॉर्मूला नहीं है। ई.एफ.टी. का महत्त्व इसलिए है कि वह हर तरह की नकारात्मक भावना को जानकर, उसे शरीर से बाहर निकालती है। इससे न इंसान नकारात्मक

भावनाओं की वजह से खुद बीमार पड़ेगा, न ही सामनेवाला। दोनों में शांति, स्वास्थ्य बरकरार रहेगा।

आपके मन में यह सवाल उठ सकता है कि किसी भी घटना, वस्तु या रिश्तेदार को देखकर कई बार नकारात्मक भावना क्यों आ जाती है? इसका जवाब है- जब इंसान किसी घटना या वस्तु को देखता है तो उस तरफ उसकी ऊर्जा बहने लगती है। यदि यह ऊर्जा प्रवाह बीच में खंडित हो जाए, रुक जाए तो उसके भीतर नकारात्मक भावनाओं का उदय होता है। इंसान के शरीर में ऊर्जा प्रवाह की एक प्रणाली यानी मेरीडियन (Meridian) होती है। जिस मेरीडियन में रुकावट है, जिसमें ऊर्जा प्रवाह खंडित हुआ है, उससे संबंधित अंग स्वास्थ्य से दूर हट जाते हैं यानी बीमार हो जाते हैं। घटनाओं, वस्तुओं, लोगों को देखकर इंसान के अंदर की ऊर्जा कई बार असंतुलित हो जाती है। ई.एफ.टी. इसी असंतुलित ऊर्जा को संतुलित करती है। ऊर्जा के इस मुक्त प्रवाह की वजह से इंसान शांत, स्वस्थ, संतुलित और आनंदित महसूस करता है।

रोज के जीवन में या पुरानी दुःखद यादों से बाहर निकलने के लिए भी ई.एफ.टी. आसानी से मदद करती है। इसकी खूबसूरती यह है कि यह इंसान को आत्मनिर्भर बनाती है। फिर वह अपने शरीर, मन को स्वस्थ रखने के लिए किसी दूसरे पर निर्भर नहीं रहता। अपने भीतर उठनेवाली नकारात्मक भावनाएँ, नकारात्मक विचार, अवरोधों को तुरंत पहचानकर वह खुद ई.एफ.टी. का प्रयोग करके वर्तमान में तो स्वस्थ रहता ही है, साथ ही साथ आगे आनेवाली बहुत सारी मानसिक एवं शारीरिक बीमारियों/रोगों से बचा रहता है।

बार-बार अपने आप पर प्रयोग करके जब इंसान को इसकी आदत हो जाती है तो वह सिरदर्द, कमरदर्द, थकान, बोरडम, डर, तनाव के लिए तुरंत एलोपैथी लेने की बजाय ई.एफ.टी. का प्रयोग करता है। इस तरह वह एलोपैथी के साइड इफेक्ट से भी बच जाता है और एक नैसर्गिक कार्य प्रणाली द्वारा अपने शरीर को संचालित करता है। हर इंसान को ई.एफ.टी. को जानना, समझना जरूरी है ताकि वह उसके दैनिक जीवन का अंग हो जाए। जैसे आप रोज खाना खाते हैं, वैसे ही रोज ५ से १० मिनिट के लिए ई.एफ.टी. का अभ्यास करें। अगर आपको कोई बीमारी नहीं है तो अपनी सकारात्मक शक्ति/जीवनशक्ति को बढ़ाने के लिए इंसान को हर रोज इसकी प्रैक्टिस करनी चाहिए। इंसान के व्यसनों/लतों से भी ई.एफ.टी. छुटकारा दिलवाती है।

ई.एफ.टी. बहुत ही सीधी, सरल, सहज, शक्तिशाली, पेनलेस, कम समय

में असरदार, परिणाम देनेवाली विधि है, जिसके लिए डायग्नोसिस (बीमारी का निदान) की आवश्यकता नहीं, न किसी डॉक्टर की जरूरत है। न ही इसकी आदत लगती है। कोई भी कहीं पर भी इस विधि का अपने आप पर प्रयोग करके, तुरंत ही मानसिक और शारीरिक स्वास्थ्य का आनंद प्राप्त कर सकता है।

तो आइए, इसे प्रचलित करने में आप सभी योगदान दें। जो पढ़ रहे हैं वे खुद तो जरूर जोरदार लाभ लें, औरों को भी सिखाएँ, यही निवेदन है।

डॉ. राजश्री नाळे

भाग २

ई.एफ.टी. प्रभावशाली और असरदार

यदि आपका समय नहीं आया है
तो डॉक्टर भी आपकी जान नहीं ले सकता।

'इमोश्नल फ्रीडम टेकनीक' को संक्षिप्त में ई.एफ.टी. के नाम से विश्वभर में जाना जा रहा है। 'भावना मुक्ति तकनीक' यह एक तरह से मानसिक एक्युपंचर तकनीक है, जो शरीर में स्थित ऊर्जा रेखाओं (energy meridians) पर आधारित है। एक्युपंचरतथा ई.एफ.टी. इन दोनों उपचार पद्धतियों में अंतर मात्र इतना है कि ई.एफ.टी. में एक्युपंचर की तरह सुईयों की चुभनभरी तकलीफ नहीं होती। ई.एफ.टी. में शरीर के कुछ बिंदुओं पर हल्के हाथों से थपथपाकर असंतुलित ऊर्जा को संतुलित किया जाता है। यह एक बहुत ही आसान तरीका है और इसके परिणाम बड़े प्रभावकारी और तुरंत दिखाई देनेवाले होते हैं।

ई.एफ.टी.के जनक है 'गैरी क्रेग'। उनके अनुसार **'सभी नकारात्मक भावनाओं के पीछे एक ही कारण है और वह है शरीर की ऊर्जा प्रणाली में आनेवाला अवरोध'** और यही इसका आधार तत्त्व है। पंच तत्त्वों से बने, ऊपर से ठोस दिखनेवाले हमारे शरीर का अंतर्भाग ऊर्जा ही तो है। उत्तम शारीरिक स्वास्थ्य के लिए उत्तम मानसिक स्वास्थ्य अत्यंत आवश्यक होता है। यदि किसी कारणवश इंसान का मानसिक स्वास्थ्य बिगड़ जाए तो उसके शारीरिक स्वास्थ्य पर भी गहरा असर पड़ता है। कहने का अर्थ है कि तन और मन दोनों का एक दूसरे पर असर पड़ता है। इसलिए शरीरतथा मन दोनों ही एक दूसरे के पूरक माने जाते हैं। अधिकतर शारीरिक रोगों और पीड़ाओं

में हमारी अनसुलझी नकारात्मक भावनाओं का बड़ा योगदान रहता है। ई.एफ.टी. इन्हीं अनसुलझी नकारात्मक भावनाओं से मुक्ति पाने का, वर्तमान युग का चमत्कारिक इलाज है।

यह तत्त्व क्वांटम फिजिक्स मॉरफोजेनेटिक फील्ड (quantum physics morphogenetic field) जैसी तंत्रिय (technical) चीजों पर आधारित है। जिसे समझाने में सैंकड़ों पन्ने लगेंगे तथा इसके पीछे का जो व्यापक शास्त्र है, उसे यदि हम समझने जाएँ तो शायद हम कभी भी समझ नहीं पाएँगे।

ई.एफ.टी. जैसे जटिल विषय को उसके प्रस्तुत कर्ताओं ने अत्यंत सरल और सहज बनाकर हमारे सामने रखा है। ई.एफ.टी. नई विकसित तकनीक है, जो पुराने ढाँचे से बिलकुल अलग है। इसका आप पूरा-पूरा लाभ लें। यह पद्धति सरल और सहज होते हुए भी इसके परिणाम इतने आश्चर्यजनक रूप से तुरंत सामने आते हैं कि यकीन ही नहीं होता।

मानसिक चिकित्सा (सायको थेरेपी) यह विषय बहुत ही गहरा है। इस पर बहुत बड़े पैमाने पर संशोधन हुआ है और आज भी जारी है। नकारात्मक भावनाओं के पीछे पुरानी यादेंतथा उनके कारण होते हैं। उन्हीं यादों में इलाज खोजना आवश्यक होता है। यह एक लंबी एवं महँगी प्रक्रिया है। साथ ही बीमारी के शिकार इंसान को अपनी पुरानी अप्रिय यादें बार-बार ताजा करनी पड़ती हैं, इस कारण उसे बार-बार दुःख और पीड़ा से होकर गुजरना पड़ता है।

पुरानी प्रक्रिया या तकनीक से परिणाम तो मिलते हैं मगर बहुत कम लोग ऐसे उपचार पूरा कर पाते हैं। जो पूरा कर पाते हैं उन्हें भी कई वर्षों तक प्रतिक्षा करनी पड़ती है। क्योंकि यह लंबी प्रक्रिया होने के साथ-साथ बड़ी खर्चीली भी है। बीमारी से मुक्ति पाने हेतु आम इंसान के लिए इतना खर्च जुटाना मुश्किल होता है।

दूसरी ओर ई.एफ.टी. का प्रयोग एवं उपयोग साधारण इंसान भी कर सकता है। यह तकनीक इतनी सरल और सुलभ है कि कोई भी इसे कहीं भी और कभी भी कर सकता है, इसके लिए उसे किसी विशेषज्ञ की जरूरत नहीं पड़ती और न ही आर्थिक तौर पर भारी संसाधनों की आवश्यकता पड़ती है। इसके परिणाम भी तुरंत प्राप्त होते हैं और एक बार इसका प्रयोग करने पर जीवनभर यह तकनीक भुलाई नहीं जा सकती। यही कारण है कि आज जन सामान्य भी इसका भरपूर लाभ ले पा रहे हैं।

आज ई.एफ.टी. के शिक्षक विश्व में फैले हुए हैं। इंटरनेट पर इसके कई विडियोज भी उपलब्ध हैं, जिनमें ई.एफ.टी. की जानकारी के साथ उसे व्यवहारिक रूप से प्रयोग में लाने का योग्य प्रशिक्षण भी प्रस्तुत किया गया है।

इस खण्ड का उद्देश्य है कि सभी लोग ई.एफ.टी. को आसानी से जानकर उसकी कार्य प्रणाली को समझ पाएँ और अपनी स्वास्थ्य संबंधी समस्याओं को दूर करने के लिए खुद पर प्रयोग कर पाएँ। इस तरह सारा समाज मानसिक और शारीरिक स्वास्थ्य संपन्न बन पाए। जन सामान्य के स्वास्थ्य के लिए संपूर्ण स्वास्थ्य के खजाने से यह सीधा, सरल, सहज और शक्तिशाली साधन उपलब्ध है।

ई.एफ.टी. की प्रक्रिया याद करना तथा इस्तेमाल करना आसान है। थोड़े से ही प्रयास से हम इसमें दक्ष हो सकते हैं। अपनी कुशलता को पक्का करने के लिए विभिन्न समस्याओं में इसे खुद पर उपयोग करके देखना होगा। इसका अर्थ है कि पढ़कर इन्हें अपने ऊपर इस्तेमाल करना होगा। खुद पर ट्रेनिंग और तजुर्बे की जरूरत होगी। सबसे महत्वपूर्ण है इसे बार-बार दोहराना। जितना खुद पर प्रयोग करते जाएँगे, उतना ही बेहतर सीखते जाएँगे और आपको उसके परिणाम भी दिखाई देने लगेंगे। ई.एफ.टी. नकारात्मक भावनाओं से मुक्त करनेवाली, निजी कार्यकुशलता बढ़ानेवाली, शक्तिशाली और आसान पद्धति है।

सत्य के खोजी और आम लोग भी इसका लाभ लेकर, अपनी नकारात्मक भावनाएँ, शारीरिक दिक्कतों से मुक्त हो सकते हैं। साथ ही खोजी अपनी आध्यात्मिक यात्रा में साधना को प्राथमिकता देकर, ई.एफ.टी. का इस्तेमाल अपने वैचारिक ढाँचे, पैटर्न, व्यसन से मुक्ति पाने के लिए भी कर सकते हैं।

भाग ३

ई.एफ.टी. का आधार शास्त्र

हम अपनी केवल ५ प्रतिशत बुद्धि का इस्तेमाल करते हैं,
जबकि आइंस्टीन ने १५-२० प्रतिशत का इस्तेमाल किया था।
हम जो करते हैं और हम जो कर सकते हैं,
उसके बीच बहुत गहरी खाई है।

ई.एफ.टी.(इमोश्नल फ्रीडम टेकनीक) यह तकनीक आपकी भीतर की ऊर्जा प्रणाली पर निर्भर करती है। हमारे शरीर का सबसे प्राथमिक, सबसे मूलभूत भाग है पेशी, इसे कोशिका (cell) भी कहते हैं। हमारा शरीर करीब १० खरब कोशिकाओं से निर्मित है। अनेक कोशिकाओं के संयोग से टिशू (tissue) यानी ऊतक बनता है। ऐसे अनेक टिशुज या ऊतकों के समूह मिलकर अवयव (अंग) बनते हैं तथा इन अवयवों से हमारे शरीर की संरचना होती है।

हर कोशिका के विभिन्न भाग होते हैं, जिनमें ऊर्जा का निर्माण होता है । यह ऊर्जा बिजली की भाँति समूचे शरीर में पहुँचाई जाती है। इन ऊर्जा वाहिकाओं को ऊर्जा रेखाएँ (energy meridians) कहते हैं। ऊर्जा को सतत प्रवाहित होते रहने के लिए किसी भी प्रकार का अवरोध नहीं होना चाहिए।

आज से करीब पाँच हजार वर्ष पूर्व चीन में, शरीर में कार्यरत ऊर्जा और उसमें स्थित ऊर्जा प्रणाली की खोज हुई थी। पुरातन चीनी वैज्ञानिकों ने ऊर्जाशास्त्र की बारीकियों को जाना था तथा वे शरीर में कैसेतथा क्या कार्य करती हैं, इसका उन्हें संपूर्ण ज्ञान था। आज जो शरीर ऊर्जा की चिकित्सा पद्धतियाँ विश्वभर में उपलब्ध हैं, वे ज्यादातर इन्हीं चीनी वैज्ञानिकों की देन है। शरीर से गुजरनेवाली ये सारी ऊर्जा रेखाएँ (energy meridians) एक्युपंक्चर तथा एक्युप्रेशर जैसी बहुत सारी स्वास्थ्य कारक पद्धतियों का केंद्र बिंदु और आधार रही हैं।

हमारे शरीर की एक गहरी विद्युत प्रकृति होती है। विशिष्ट कपड़े पहनने से या किन्हीं विशिष्ट वस्तुओं के संपर्क में आने से कई बार हमें करंट, झटका लगने का अनुभव होता है। हमारे शरीर के विद्युत भारित (स्टैटिक) होने के स्वभाव का यह प्रमाण है। किसी गरम चीज को छूने से तुरंत दर्द की अनुभूति होती है। वह इसलिए क्योंकि इस दर्द को विद्युत करंट की तरह नाड़ियों से होते हुए मस्तिष्क तक पहुँचाया जाता है। शरीर में किस समय, क्या हो रहा है, इसके संदेश भी हर क्षण, लगातार हमारे शरीर में प्रवाहित होते रहते हैं, जिन्हें हम देख, सुन और महसूस नहीं कर सकते हैं। बिजली के उपकरणों के उपयोग करने पर हमें बिजली आँखों से भले ही दिखाई न दे मगर पंखेतथा ट्यूबलाईट के चलने पर बिजली के प्रवाह का प्रमाण मिलता है। कई बार हमें हमारे हाथोंतथा पैरों की उँगलियों के पोरों से निकलनेवाली स्टैटिक इलेक्ट्रिसिटी का अनुभव होता है। कई बार किसी को छूने से भी हल्का सा करंट महसूस होता है। कभी-कभार प्लास्टिक की कुर्सी को छूने से भी झटका लगता है और हम अपना हाथ हटा लेते हैं। जैसे हम बिजली को उसके उपकरणों में बहते हुए नहीं देख सकते मगर उसके कार्यों को अनुभव कर पाते हैं। उसी प्रकार ई.एफ.टी. से हमें ठोस प्रमाण मिलते हैं कि ऊर्जा हमारे शरीर में बह रही है।

हमारे शरीर का इलेक्ट्रिकल सिस्टम, विद्युत प्रणाली हमारे शारीरिक स्वास्थ्य के लिए बहुत आवश्यक है। यदि यही ऊर्जा मिलना या बनना बंद हो जाए या किसी कारण उसका बहाव रुक जाए तो तत्काल मृत्यु हो सकती है, यह सभी जानते हैं। हमारी शारीरिक विद्युत प्रणाली हमारे स्वास्थ्य की दृष्टि से बहुत महत्वपूर्ण है। इसे और एक उदाहरण से समझें। विद्युत प्रवाह के सुचारु रूप से चलने से हम टी.वी. देख पाते हैं, उसकी आवाज सुन सकते हैं। किंतु यदि बिजली के प्रवाह में कुछ गड़बड़ हो जाए तो चित्र और आवाज दोनों खराब हो जाते हैं, अटकते हैं या बंद पड़ जाते हैं। उसी तरह जीवन में घटित होनेवाली अप्रिय घटनाएँ हमारे भीतर के ऊर्जाप्रवाह में बाधा डालती हैं। इसके फलस्वरूप हमारे मन में नकारात्मक भावनाओं का जन्म होता है। नकारात्मक भावनाएँ हमारी बहुत सी शारीरिकतथा मानसिक बीमारियों की जड़ हैं। इन बीमारियों का कारण हमारी ऊर्जा प्रणाली से जुड़ा हुआ है।

ई.एफ.टी.में एनर्जी मेरिडियन के अंत में स्थित बिंदुओं को थपथपाकर अवरुद्ध हुई या किसी कारणवश असंतुलित हुई ऊर्जा को संतुलित किया जाता है। ई.एफ.टी. क्रोध, चिड़चिड़ापन अधीरता, डर, तनाव इत्यादि जैसे नकारात्मक भावों को मिटानेतथा नियंत्रित करने के लिए बहुत महत्वपूर्ण भूमिका निभाती है। ऊर्जा संतुलन के पश्चात मानसिक स्तर पर लोगों को मुक्ति का एहसास होता है।

भाग ४

ई.एफ.टी. पद्धति - बेसिक रेसिपी

खोई दौलत उद्योग से दोबारा मिल सकती है, खोया ज्ञान अध्ययन से, खोई सेहत संयम या दवा से, लेकिन खोया हुआ समय हमेशा के लिए चला जाता है।

ई.एफ.टी. पद्धति बहुत ही आसान है। इसमें हमारे शरीर के विभिन्न अंगों पर स्थित बिंदुओं को प्रेम से ७-७ बार थपथपाना होता है। ये बिंदु चेहरे पर ५, हाथों पर ५ और छाती पर ३, इस प्रकार होते हैं।

थपथपाना – टैपिंग

अधिकतर लोग दाहिनें हाथ का उपयोग करनेवाले होते हैं। इस प्रक्रिया में बाएँ हाथ की दो उँगलियों (तर्जनी और मध्यमा) के पोरों से शरीर के एनर्जी मेरीडियन बिंदुओं को हल्के से थपथपाना है तथा थपथपाते वक्त पूरा ध्यान वहाँ पर केंद्रित करना होता है।

ई.एफ.टी. के चार चरण होते हैं। चारों पूरे करने से अधिक लाभ मिलता है। एक पूरा चरण 'आवर्तन' (cycle, चक्र, rotation) कहलाता है। इसे तब तक बार-बार करना है, जब तक नकारात्मक भावनाओं की तीव्रता शून्य तक नहीं होती। ई.एफ.टी. शुरू करने से पूर्व वर्तमान या भूतकाल की सारी घटनाओं का स्मरण करना है, जिनके कारण मन में नकारात्मक भाव उत्पन्न होते हैं और उन नकारात्मक भावों की तीव्रता को मन ही मन में ० से १० तक के स्केल पर जाँचना है।

उदाहरण- आपके मन में क्रोध की भावना हो, अब इस क्रोध की भावना को

० से १० तक के स्केल पर नापें, देखें की क्रोध कितना तीव्र है। मान लें यह संख्या ५ या ६ है तो उसका प्रभाव ० होने तक आपको ई.एफ.टी. के मूलभूत आवर्तन (चक्र) दोहराते रहना है।

इसमें समस्या की तीव्रता को नापना जरूरी है, जो मन ही मन करें। हर एक अपने हिसाब से नापें। यह मापदंड जरूरी है। इस तरीके से समस्या कैसे कम होती है, निकल जाती है, यह समझना आसान होता है। किसी कारणवश यदि आप अपनी समस्या अंकों में नहीं नाप सकते तो कम, मध्यम, तीव्र ऐसे मापदंड भी दे सकते हैं।

इसे एक उदाहरण से जानें-

'मेरे साथी के साथ मेरी तुलना, मुझे बुरी लगती है। मेरे माता-पिता हमेशा मेरे मित्रों से मेरी तुलना करते हैं। मुझे बहुत बुरा लगता है। जब भी मेरे मित्र मेरे घर पर आते हैं तो मुझे बिलकुल अच्छा नहीं लगता। मैं अपने मित्रों को अपने घर नहीं ले जाना चाहता हूँ। उस वजह से मेरे हृदय में तकलीफ होती है।'

अनुभव करें कि यह भावना कैसी है? नाराजगी की भावना है तो यह भावना शरीर के किस हिस्से में महसूस हो रही है। मान लें, नाराजगी की यह भावना हृदय पर महसूस हो रही हो तो उस भावना को ठोस (Solid) या तरल (liquid) रूप में देखें। उसका रंग देखें, उसकी बनावट (texture) देखें कि मुलायम है या खुरदरी (rough) है। क्या उसे आकार दिया जा सकता है? देखें कि वह बड़ी है, छोटी है, गोल है। उसकी गंध महसूस करें- खराब है, धुँएँ युक्त (smoky) है, जितना भी समझ में आ रहा है, उसे जानने की कोशिश करें। उसकी भी तीव्रता नापें- ज्यादा, मध्यम या कम है।

अब इस समस्या के लिए ई.एफ.टी. प्रक्रिया करने की विधि जानें।

कराटे चॉप बिंदु पर टैप करते हुए कहें
(KC) - तुलना का पैटर्न, साथी के साथ तुलना, मेरी नाराजगी, मेरा सिरदर्द, हृदय पर दबाव... इन सबके बावजूद भी मैं खुद को स्वीकार करता हूँ, मैं खुद का आदर करता हूँ... मैं खुद से प्रेम करता हूँ...। तुलना के इस पैटर्न को मैं छोड़ना चाहता हूँ।

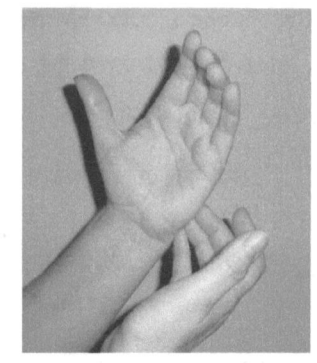

भौंह (आइब्रो) (EB) नाक के थोड़ा ऊपर
- इस पैटर्न के बावजूद भी मैं खुद को स्वीकार करता हूँ... प्रेम करता हूँ...।

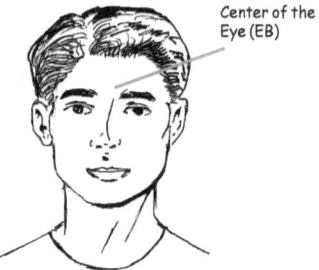

Center of the Eye (EB)

आँख के बाहरी हिस्से के किनारे की हड्डी पर Side of the Eye- (SE) - तुलना का पैटर्न... मैं इसे छोड़ना चाहता हूँ।

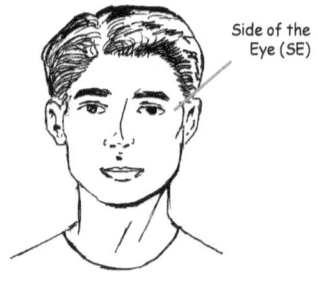

Side of the Eye (SE)

आँखों के नीचे Under Eye- (UE)
मेरा अपने साथी के साथ तुलना, मेरी नाराजगी जो मेरे हृदय पर है, मध्यम है, छोटी है, मजबूत (घनरूप) है। खुरदरी है, दुर्गंधयुक्त है, जो मुझे अच्छी नहीं लगती।

नाक के नीचे के बिंदु पर टैप करते हुए -
(UN) - साथी के साथ तुलना, नाराजगी।

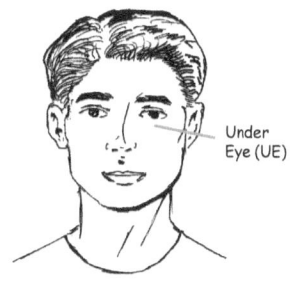

होंठो के नीचे टैप करते हुए (CH)

साथी के साथ तुलना, नाराजगी।
(मन में कहें)

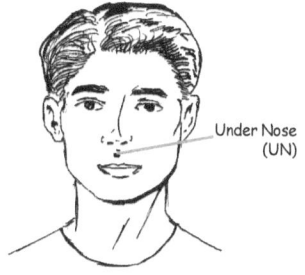

कॉलर बोन पर टैप करते हुए - (EB)

साथी के साथ तुलना, नाराजगी,
हृदय पर दबाव, सिर पर दबाव

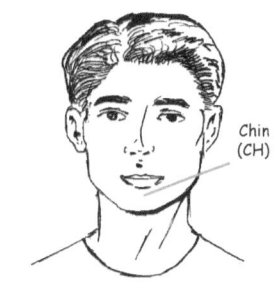

अंडरआर्म -

तुलना का पैटर्न

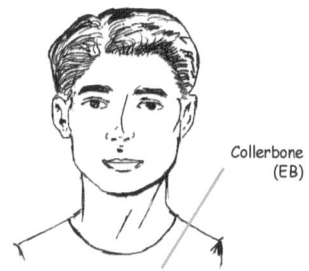

अँगूठे के साईड पर (TH) - साथी के साथ तुलना, मेरी नाराजगी, मुझे बिलकुल अच्छी नहीं लगती, मैं इसे छोड़ना चाहता हूँ। मैं इससे पूर्ण मुक्त होना चाहता हूँ।

Under Arm (UA)

तर्जनी के साईड (First finger) पर टैप करते हुए - साथी के साथ तुलना

तर्जनी के साईड पर (अँगूठे की तरफ) उस बिंदू पर नाखून के नीचले हिस्से के लाईन में (IF) - इस पैटर्न से मैं पूर्णतः मुक्त होना चाहता हूँ।

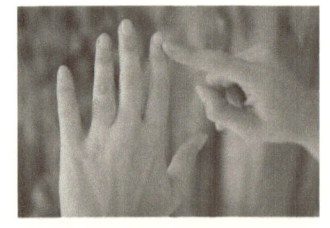

मध्यमा के साईड पर टैप करते हुए (MF)- मेरी नाराजगी, मेरा पैटर्न, मेरा सिरदर्द

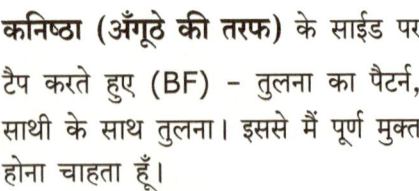

कनिष्ठा (अँगूठे की तरफ) के साईड पर टैप करते हुए (BF) - तुलना का पैटर्न, साथी के साथ तुलना। इससे मैं पूर्ण मुक्त होना चाहता हूँ।

इस प्रक्रिया में आँखें बंद ही रहें, लंबी साँस लें, नाक से लेकर मुँह से छोड़ें, तीन बार करें, फिर आँखें खोलकर पानी का एक घूँट पी लें। जब तक इसकी तीव्रता कम

नहीं होती सारे आवर्तन पुनः-पुनः दोहराते रहें।

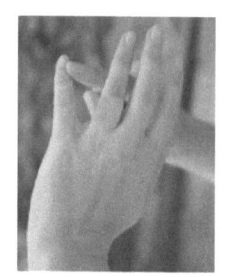

अब इस मूलभूत आवर्तन को विस्तार से समझें। ई.एफ.टी. पद्धति की बेसिक रेसिपी के अंतर्गत कुल चार कदम होते हैं । इनमें से पहला कदम है **सैट अप,** दूसरा है **सीक्वेन्स,** तीसरा **९ गॅमट** और चौथा फिर एक बार **सीक्वेन्स।**

आपका एक राऊंड या आवर्तन पूरा होने पर एक दीर्घ, लंबी साँस लें और पानी का एक सिप (घूँट) लेकर देखें कि मन में जो नकारात्मक भावना थी, उसकी तीव्रता कितनी कम हुई है।

यदि तीव्रता ५ से ४ तक कम हुई है तो फिर एक बार ऊपर दिए गए ४ कदमों का प्रयोग करें और दूसरा आवर्तन पूर्ण करें। फिर एक बार भावना की तीव्रता जाँचें।

इसी तरह मूलभूत आवर्तन पूरे करते हुए, नकारात्मक भावना की तीव्रता शून्य तक नीचे लाएँ । तीव्रता यदि २ से नीचे न जाए तो क्या करना है, यह भी देखें।

कदम - १ - सैट अप - जिस नकारात्मक भावना या समस्या से आपको मुक्त होना है, उसकी कल्पना करें (यहाँ आप क्रोध, भय, चिंता, दुःख, अपमान... तथा शारीरिक तकलीफें जैसे सिरदर्द, कमरदर्द, बदहजमी... ऐसी किसी भी समस्या को रख सकते हैं)।

अब तीन बार कहें - 'अभी-अभी ऐसी घटना घटी है, जिसकी वजह से मुझे फलाँ इंसान के प्रति क्रोध आ रहा है और मुझे इस क्रोध की भावना से मुक्त होने की इच्छा है। मैं अपने आपसे प्रेम करता हूँ, मैं खुद का आदर करता हूँ, दुःखी होने के बावजूद भी मैं अपने आपको पूर्ण रूप से स्वीकार करता हूँ।'

यह कहते हुए सोर स्पॉट बिंदु या कराटे चॉप बिंदु को थपथपाएँ। सारे स्पॉट बिंदु, गले के नीचे के गड्ढे से ३ इंच नीचे, ३ इंच दाएँ और तीन इंच बाएँ जाने पर मिलता है। यह बिंदु ५ सेंटीमीटर व्यास का होता है।

इस बिंदु को हल्के से रगड़ें, थपथपाएँ और अपनी समस्या के बारे में ऊपर दिया गया सकारात्मक वाक्य तीन बार कहें। इस क्रिया को आप अपने हाथ के कराटे चॉप

बिंदु की सहायता से भी कर सकते हैं।

कदम २ – सीक्वेन्स : इसमें आपको चेहरे पर ५, छाती पर ३ और हाथों पर ५ ऐसे १३ बिंदुओं को थपथपाना है। हर बिंदु पर ७ से ९ बार थपथपाना होता है। हर बिंदु पर थपथपाते समय आपकी समस्या के बारे में एक रिमाईंडर फ्रेज आपको दोहरानी है, जैसे – 'फलाँ व्यक्ति (यहाँ उस व्यक्ति का नाम लें) के प्रति क्रोध मन से निकालने के लिए मैं तैयार हूँ।'

नीचे दिए गए चित्र में १० बिंदु दर्शाए गए हैं –

Eyebrow (EB) - आइब्रो जहाँ शुरू होती है

Side of Eye (SE) - आइब्रो जहाँ खत्म होती है, वहाँ की हड्डी पर

Under Eye (UE) - आँख के नीचे आधा इंच, हड्डी पर

Under Nose (UN) - नाक और होंठ इनके बीच की जगह के मध्य पर

Chin (CH) - होंठ तथा ठोढ़ी के बीच की जगह के मध्य पर

Collarbone (CB) - गले के नीचे के गड्ढे से १ इंच और फिर १ इंच दाएँ और १ इंच बाएँ

Under Arm (UA) - बगल के नीचे ४ इंच

Under Breast (UB) - स्तन के नीचे १ इंच (पुरुषों में), महिलाओं के संदर्भ में वक्ष और छाती की त्वचा के संजोग बिंदु पर

Sore Spot (SS) - गले के नीचे के गड्ढ़े से ३ इंच नीचे, ३ इंच दाएँ और तीन इंच बाएँ जाने पर

Top of the Head - सिर के ऊपरी हिस्से के मध्य में जाने पर (TH)

Th - अँगूठे का नाखून जहाँ खत्म होता है, वहाँ एक ओर

IF - दूसरी उँगली का नाखून अँगूठे की ओर जहाँ खत्म होता है।

गर्भवती स्त्री इस बिंदु पर न थपथपाए

MF - बीच की, सबसे लंबी उँगली का नाखून अँगूठे की ओर जहाँ खत्म होता है

BF - छोटी उँगली का नाखून जहाँ खत्म होता है

KC - कराटे चॉप बिंदु, छोटी उँगली तथा कलाई के बीच का मांसल भाग

Tapping Points

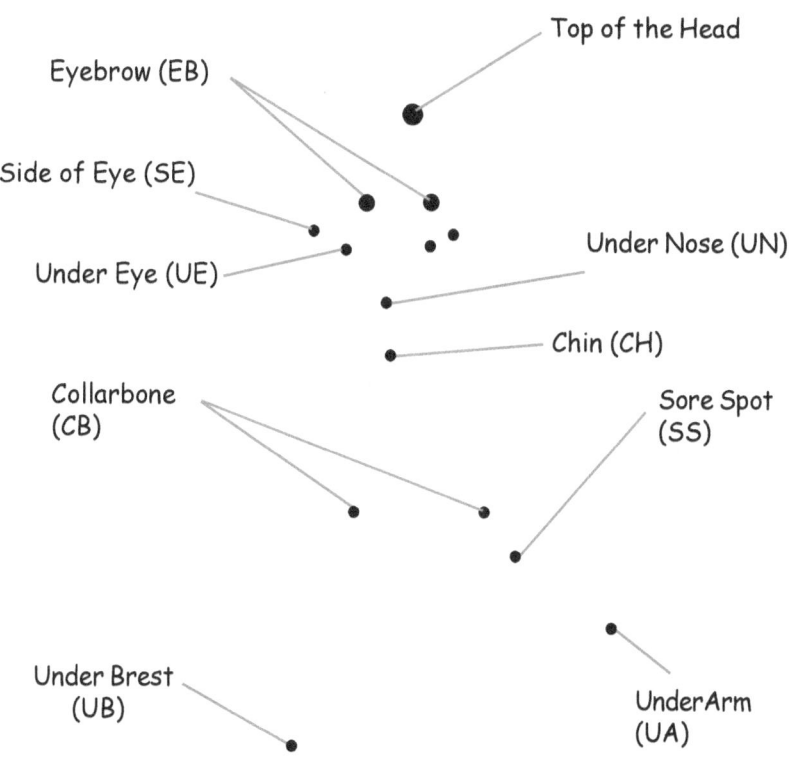

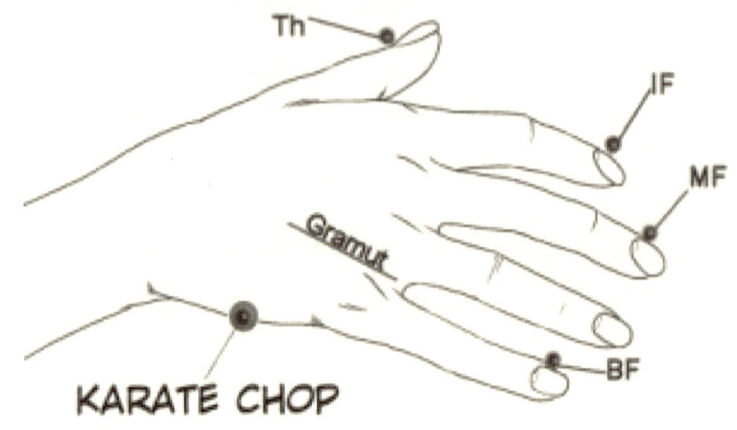

KARATE CHOP

कदम ३ – ९ गॅमट प्रोसिजर–

हथेली के पीछे जहाँ छोटी उँगली तथा अनामिका खत्म होती है, वहाँ से आधा इंच नीचे थपथपाना और साथ में निम्नलिखित ९ अन्य क्रियाएँ करना।

१ आँखें मूँदना

२ आँखें खोलना

३ आँखें दाईं ओर घुमाकर नीचे तिरछी नजर से देखना

४ आँखें बाईं ओर घुमाकर नीचे तिरछी नजर से देखना

५ आँखें दाईं ओर से गोल घुमाना

६ आँखें बाईं ओर से गोल घुमाना

७ कोई गीत गुनगुनाना – जैसे हॅपी बर्थ डे टू यू इत्यादि...।

८ १, २, ३, ४, ५ अंक गिनना

९ फिर से कोई गीत गुनगुनाना– यह मस्तिष्क के दाएँ हिस्से (राईट ब्रेन) को सक्रीय करता है।

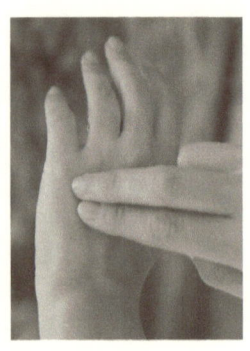

ऊपर बताई गई प्रक्रिया की ७–९ क्रमांक के स्टेप्स उसी क्रमानुसार करें। आँखों की क्रियाओं का क्रम उलट–पलट हो तो उससे कोई अंतर नहीं पड़ता। इस क्रिया से

मस्तिष्क की दाईं और बाईं ओर के विशिष्ट बिंदु स्थानों को उत्तेजना प्राप्त होती है और शरीर की ऊर्जा प्रणाली में सुधार होता है।

कदम ४ – सीक्वेन्स फिर से : यह क्रिया ऊपर दी गई स्टेप क्र.२ की ही तरह की जाती है।

इस तरह से एक आवर्तन पूरा हो जाता है। ऐसे हर आवर्तन के बाद अपनी शारीरिक या मानसिक समस्या तथा नकारात्मक भावना की तीव्रता कितनी कम हुई है, यह जाँच लें। जब तक यह तीव्रता नहीं के बराबर या शून्य न हो जाए, आवर्तन को दोहराते रहें।

संक्षेप में अपनी मानसिक या शारीरिक समस्या जानें, एक समय एक ही समस्या लें और उस समस्या के विषय में सकारात्मक वाक्य सैट अप में इस्तेमाल करें। उसके पश्चात समस्या के हर पहलू का समाधान मिलने तक बेसिक प्रक्रिया करते रहें। कभी-कभी आवश्यकतानुसार बेसिक रेसिपी में सुधार लाना आवश्यक होता है।

पूरी बेसिक रेसिपी में ४ कदम/ हिस्से होते हैं, जिनमें दूसरा और चौथा कदम एक ही समान है।

१) सैट अप

२) सीक्वेन्स

३) ९ गॅमट प्रोसीजर

४) सीक्वेन्स

अफरमेशन/सकारात्मक वाक्य

ई.एफ.टी. के पहले कदम में जिस समस्या पर काम करना है, उसे एक संक्षिप्त रूप में सकारात्मक वाक्य में कहना है। हमारे अंदर का साइकोलोजिकल रिवर्सल (psychological reversal) इसे 'मानसिक निरसन' कहा जाता है यानी उलटना। जब कोई इंसान बहुत कोशिशों के बाद भी ठीक नहीं होता है, उसका कारण है कि वह खुद ठीक नहीं होना चाहता मगर यह भावना इतनी गहराई से उसके अंतर्मन में छिपी होती है कि वह खुद भी इस बात से अंजान रहता है। इसमें नकारात्मक सोच शामिल होती है। इस साइकोलोजिकल रिवर्सल को ठीक करने के लिए एक न्यूट्रलाईजिंग अफरमेशन (निष्प्रभावी करनेवाला एक सकारात्मक वाक्य) होता है।

कुछ उदाहरण आपके सामने हैं –

''हालाँकि मुझे यह .... है, फिर भी मैं अपने आप को पूरी तरह से स्वीकार करता हूँ।''

इस खाली स्थान को समस्या के संक्षिप्त वर्णन से भरा जाता है, जिस पर आपको काम करना है। उदा.

- 'हालाँकि मुझे ज्यादा लोगों में बोलने का डर है, इसके बावजूद भी मैं अपने आपको पूरी तरह से स्वीकार करता हूँ, मैं अपने आपसे प्रेम करता हूँ, मैं अपना आदर करता हूँ।'
- 'हालाँकि मुझे यह कमरदर्द है, इसके बावजूद भी मैं अपने आपको पूरी तरह से स्वीकार करता हूँ, मैं अपने आपसे प्रेम करता हूँ, मैं अपना आदर करता हूँ।'
- 'हालाँकि मुझे पुरानी यादें तकलीफ दे रही हैं, फिर भी मैं अपने आपको पूरी तरह से स्वीकार करता हूँ, मैं अपने आपसे प्रेम करता हूँ, मैं अपना आदर करता हूँ।'
- 'हालाँकि मुझे नींद नहीं आती, फिर भी मैं अपने आपको पूरी तरह से स्वीकार करता हूँ, मैं अपने आपसे प्रेम करता हूँ, मैं अपना आदर करता हूँ।'
- 'हालाँकि मुझे कॉकरोच का डर है, इसके बावजूद भी मैं अपने आपको पूरी तरह से स्वीकार करता हूँ, मैं अपने आपसे प्रेम करता हूँ, मैं अपना आदर करता हूँ।'
- 'हालाँकि मुझे निराशा है, फिर भी मैं अपने आपको पूरी तरह से स्वीकार करता हूँ, मैं अपने आपसे प्रेम करता हूँ, मैं अपना आदर करता हूँ।'

यह जो समस्या है, उसे तीन बार बोलते-बोलते कराटे चॉप प्वॉईंट पर प्रेम से थपथपाएँ।

रिमाईंडर फ्रेज: (शेष वाक्य)

हमारे शरीर को बताना जरूरी है कि हम किस समस्या पर काम करना चाहते हैं, हम किस समस्या से बाहर आना चाहते हैं।

'रिमाईंडर फ्रेज' बस एक शब्द या छोटा सा वाक्य है, जो आपकी समस्या बताता है। इसे 'सिक्वेन्स' के हर बिंदु पर टैप करते समय जोर से दोहराना है। इस

तरह लगातार आपके सिस्टम को, शरीर को, जिस समस्या पर आप काम कर रहे हैं, उसके बारे में याद दिलाते रहना है।

जो पहली सीढ़ी में समस्या के बारे में अफरमेशन, सकारात्मक वाक्य कहना है- उसका संक्षिप्त शब्द या वाक्य है 'रिमाईंडर फ्रेज'। जैसे ऊपर पहले जो उदाहरण दिए, उनमें नीचे रिमाईंडर फ्रेज होंगे -

- लोगों में बोलने का डर
- कमरदर्द
- पुरानी यादें
- नींद न आना
- तिलचटा (कॉकरोच) का डर
- निराशा... इत्यादि

यह दोहराने से आपका अवचेतन मस्तिष्क आम तौर पर बेसिक रेसिपी के दौरान समस्या को 'लॉक' करके रखता है, जो धीरे-धीरे खुलने लगता है।

भाग ५

सवाल - जवाब

जो व्यक्ति शरीर की स्वस्थ संरचना को असंयम द्वारा नष्ट करते हैं,
वे खुद को उतनी ही स्पष्टता से मारते हैं, जितनी स्पष्टता से वे लोग,
जो खुद को फाँसी लगाते हैं, जहर देते हैं या डुबाते हैं।

१. क्या ई.एफ.टी. के परिणाम स्थायी हैं, क्या ये हमेशा रहेंगे?

ई.एफ.टी. के परिणाम तुरंत आते हैं इसलिए मन में संदेह उत्पन्न हो सकता है कि शायद इसके निदान अस्थायी है। पर अनेकों का अनुभव है कि इससे मिलनेवाले परिणाम स्थायी हैं क्योंकि ई.एफ.टी. समस्याओं के असली कारणों एवं शरीर की सूक्ष्म ऊर्जा प्रणाली पर कार्य करता है।

ई.एफ.टी. करने के बावजूद भी यदि कुछ समस्याएँ फिर उठकर खड़ी होती हैं तो इसका अर्थ है कि उस समस्या के और भी कई पहलू हैं, जिन पर अभी कार्य होना बाकी है। जब एक समस्या से संबंधित सभी पहलुओं और घटनाओं पर एक-एक करके ई.एफ.टी. टैपिंग की जाती है तो समस्या अकसर पूरी तरह से निकल जाती है और परिणाम स्थायी होते हैं।

२. इसके क्या-क्या दुष्प्रभाव (साईड इफेक्टस्) हैं ?

वैसे तो इसके कोई साईड इफेक्टस् नहीं हैं। कुछ अति संवेदनशील लोगों में समस्या के बारे में सोचते रहने से शारीरिक लक्षण कभी-कभार दिखते हैं। जैसे चक्कर आना या सिरदर्द होना इत्यादि परंतु यह ई.एफ.टी. टैपिंग से नहीं होता है।

३. क्या ई.एफ.टी. छोटे बच्चों पर या दूर रहनेवाले के लिए भी कार्य करती है, यदि हाँ तो कैसे?

हाँ, छोटे बच्चों के लिए आप हल्के से टैपिंग कर सकते हैं, यहाँ ९ गॅमेट की या सभी बिंदुओं पर थपथपाने की जरूरत नहीं है।

इसमें आप जो इंसान या बच्चा तकलीफ में है पर दूर गाँव, दूर राज्य या विदेश में है, उसे अपने मन की आँखों के सामने लाकर खुद पर टैपिंग करें। उनकी समस्या के लिए, उनकी मनःस्थिति कैसी होगी, उसे महसूस करके या फिर कुछ पल आप वह बच्चा या इंसान बनकर उसकी समस्या महसूस करें। मन की कल्पना से जानें कि उनके भीतर क्या चल रहा होगा। Breathe like he breathes, feel like he feels. उसके मन में क्या भावना आती होगी, वह कल्पना करके टैपिंग करें।

४. ई.एफ.टी. कहाँ-कहाँ पर इस्तेमाल न करें?

वैसे तो ई.एफ.टी. में विरोधाभास कोई भी नहीं है । सभी समस्याओं के लिए ई.एफ.टी. इस्तेमाल की जा सकती है। हाँ मगर ई.एफ.टी. के साथ यदि कोई और उपचार पद्धति भी शुरू है तो उसे भी जारी रख सकते हैं। औषधीय चिकित्सा भी साथ चलती रहे। जो शारीरिक बीमारियाँ पहले ही गंभीर रूप ले चुकी हैं, जिनमें अवयवों की रचना भी बदल गई है,जैसे मधुमेह, उच्च रक्तचाप, कैन्सर वहाँ पर यकीनन ई.एफ.टी. सहयोगी भूमिका निभाएगी और बार-बार दोहराने से मधुमेह का प्रमाण और उच्च रक्तचाप नियंत्रण में रह सकता है परंतु उपचार शुरू रखें।

सभी समस्याओं, विकारों से छूटकारा पाने एवं सकारात्मकता बढ़ाने के लिए भी ई.एफ.टी. का इस्तेमाल कर सकते हैं।

५. हमेशा क्या सभी बिंदुओं पर थपथपाना जरूरी है?

नहीं, हमेशा करना जरूरी नहीं है। अति तीव्र परिणाम के लिए सोर स्पॉट पर रगड़ना, सकारात्मक वाक्य दोहराना लाभदायक है। अन्यथा हर समस्या के लिए पहले कराटे चॉप बिंदू पर थपथपाना पहली स्टेप है। फिर चेहरे के पाँच बिंदु कॉलरबोन, बाँह के बिंदु और हाथ की पाँच उँगलियाँ और अंत में कराटे चॉप बिंदु से १२ बिंदुओं पर थपथपाना काफी है। यह पूरा एक आवर्तन हुआ।

६. क्या गर्भावस्था में ई.एफ.टी. की जा सकती है?

हाँ, गर्भावस्था के दौरान ई.एफ.टी. करना बहुत लाभदायक है। सावधानी बरतने हेतु सिर्फ तर्जनी के बाद की दूसरी उँगली पर न थपथपाएँ। इसके पीछे हॉर्मोनल कारण है, सामान्य गर्भावस्था के लिए कोई समस्या न हो इसलिए सावधानी बरतनी आवश्यक है।

मॉर्निंग सिकनेस या उल्टी न हो, गर्भावस्था के दौरान कोई परेशानी न हो, गर्भ का विकास सहजता से हो, उसका वजन बढ़े, उसे अच्छा पोषक वातावरण मिले, माँ को किसी प्रकार की सूजन या उच्च रक्तचाप न हो, सामान्य गर्भधारण के लिए बहुत सारा सकारात्मक विकास और सामान्य प्रसूति हो इसलिए गर्भावस्था में ई.एफ.टी. का इस्तेमाल कर सकते हैं। यह कहते-कहते सिर के बीचो-बीच सभी उँगलियों के पोरों से थपथपाना है और बाकी बिंदुओं पर भी टैपिंग कर सकते हैं।

७. बिंदुओं पर थपथपाते हुए क्या सावधानी बरतें?

सोर स्पॉट को रगड़ते हुए अगर छाती के आस-पास कोई ऑपरेशन हुआ हो या किसी तरह का जख्म हो तो आप इसे दूसरी तरफ भी कर सकते हैं। अन्यथा सीधे कराटे चॉप बिंदू ही इस्तेमाल करें, जो किसी भी तरफ से कारगर है।

दोनों तरफ के किसी भी एक तरफ के बिंदु पर थपथपाना आवश्यक है। इसके लिए आप दाहिने हाथ का उपयोग कर सकते हैं तो उस हाथ की दो उँगलियाँ तर्जनी और मध्यमा के पोरों को ५ से ७ बार थपथपाना है। वैसे इसमें विशेष सावधानी बरतने की आवश्यकता नहीं है।

हर आवर्तन के बाद २-३ लंबी गहरी साँसे लें, नाक से लेकर मुँह से छोड़े और पानी पीएँ। थपथपाने से ऊर्जा की रुकावटे निकालते समय शरीर से विषैले पदार्थ (toxins) निकलते हैं। उन्हें निकालने के लिए बहुत पानी पीएँ।

८. दिन में कितनी बार ई.एफ.टी. करें?

समस्या की तीव्रता के हिसाब से कम या ज्यादा समय हो सकता है। वरना इसे आप दिन में २-३ बार कर सकते हैं। जानकार तज्ञ के जरिए किया गया एक ही सेशन यदि गहरा हुआ हो, जिसे करने में एक-डेढ़ घंटा लगा हो, जिसके बाद आपको आरामदायक एवं हल्कापन महसूस हुआ हो तो दिन में एक ही सेशन काफी

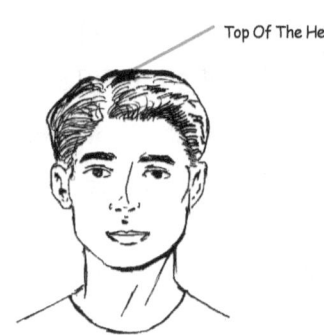

Top Of The Head

है। जो की अपनी-अपनी लगन और क्षमता पर निर्भर है।

इस प्रक्रिया में हर बार जानकार तज्ञ का सहारा लेना जरूरी नहीं है। यदि आपको थपथपानेवाले बिंदुओं की पूर्ण जानकारी है तो आप भी इसे धैर्य के साथ कर, इसके सकारात्मक परिणाम पा सकते हैं।

९. जिनकी भावनात्मक समस्याएँ बड़ी तीव्र और लंबे समय से हों, उनके साथ ई.एफ.टी. कैसे कार्य करती है?

यह मान्यता है कि तीव्र और लंबे समय से चलनेवाली समस्याओं की जड़ें गहरी होने की वजह से, इन्हें निकालने में ज्यादा समय लगेगा एवं अधिक प्रयास भी करना पड़ेगा। यह तर्कसंगत लगता है क्योंकि आज तक परंपरागत तरीकों से ही इंसान की स्मृतियों पर ध्यान केंद्रित किया गया है। दूसरी ओर मानसिक प्रक्रियाओं से शरीर की ऊर्जा प्रणाली को नजरअंदाज किया गया है। जबकि सच्चाई यह है कि जैसे बाकी भावनात्मक समस्याओं पर भी ई.एफ.टी.कार्य करती है, वैसे ही तीव्र और लंबे समय तक रहनेवाली समस्याओं पर भी काम करती है।

तीव्रता ज्यादा यानी जटिलता ज्यादा अर्थात इसके अनेक पहलू होंगे। इसलिए समस्या से पूर्ण छुटकारा पाने के लिए एक-एक करके हर पहलू को निकालना जरूरी है।

लंबे समय की तीव्र समस्या हो यानी यदि कोई गंभीर मानसिक बीमारी हो तो इसे कुशल और पेशेवर ई.एफ.टी. इस्तेमाल करना चाहिए।

१०. जैसे परंपरागत पद्धतियों में समस्या को सुलझाते-सुलझाते समझ बढ़ती है, दृष्टिकोण बदलते हैं तो वह ई.एफ.टी. में कैसे होता है?

ई.एफ.टी. का यही सबसे आश्चर्यजनक गुण है। बड़े आराम से इंसान की समस्याओं का हल निकल आता है।

अकसर यह पाया गया है कि ई.एफ.टी. के बाद लोग अपनी समस्याओं के बारे में अलग तरह से बात करते हैं। उनका नकारात्मक नजरिया बदलकर, सकारात्मक हो जाता है।

उदाहरण के तौर पर बचपन की बुरी स्मृतियों में पिता से पड़ी मार और घटना के सारे पहलुओं पर कार्य होते ही इंसान कहने लगता है– 'पिताजी मुझसे प्रेम भी करते थे, करते हैं। सिर्फ तबकी परिस्थितियों की वजह से ऐसा हुआ। मेरी भी गलती थी, तब मैं बहुत छोटा था, इतनी समझ, परिपक्वता मुझमें नहीं थी। इस गलती की वजह से पिताजी ने मुझे मारा था। मार की तीव्रता ज्यादा थी। हालाँकि वे चाहते

तो मुझे समझा भी सकते थे। परंतु हर पल इंसान से सही और समझदारी का ही प्रतिसाद निकले, ऐसा हमेशा नहीं होता। उन्हें भी कुछ निजी तनाव थे। लेकिन आज मैंने उन्हें माफ किया... ठीक है, It's ok.'

इस तरह चमत्कार होते हुए पाए गए हैं। नकारात्मक घटनाओं में बुरी भावनाओं की जगह, अच्छी भावनाओं ने ली हैं। ई.एफ.टी. के बाद लोग सभी बातों को ठीक ढंग से देख पाए हैं। उनके पहलेवाले दृष्टिकोण में बदलाव आ जाता है। दुःख का दृष्टिकोण सकारात्मक और ज्यादा शांतिपूर्ण नजरिए में बदल जाता है।

११. क्या तनाव और बेचैनी में भी ई.एफ.टी. कार्य करती है?

हाँ। किसी कारणवश शरीर के एनर्जी सिस्टम में यदि कोई रुकावट आई है तो ई.एफ.टी. द्वारा उससे भी निपटा जा सकता है।

जिस परिस्थिति की वजह से तनाव आ रहा है, बहुत ज्यादा जिम्मेदारीभरा कार्य, पारिवारिक स्थिति असंतुष्ट, काम करने की तनावपूर्ण जगह ऐसे कारणों में बाहर की परिस्थितियों पर ई.एफ.टी. काम नहीं करती, न ही उन्हें खत्म करती हैं। पर उस तनावपूर्व परिस्थिति में जो बेचैनी भरी प्रतिक्रिया, नकारात्मक विचार, शारीरिक समस्याएँ आती हैं, उन्हें ई.एफ.टी. द्वारा निकाला जा सकता है। इसके लिए उस पर बार-बार लगातार कार्य करते रहना होगा।

ई.एफ.टी. द्वारा जितनी ज्यादा लगातार कोशिश होगी, उतना ज्यादा इंसान मुश्किल परिस्थितियों में भी सही प्रतिसाद और स्थिरता से निपटने की कला जानेगा। ज्यादा परेशान नहीं होगा। अपने परेशानी को जल्द नियंत्रण में ला पाने की वजह से उसका स्वास्थ्य भी बेहतर होता जाएगा।

१२. क्या ई.एफ.टी. स्पोटर्स्, खेलों की कुशलता पर कार्य करती है?

हाँ, खेलते समय यदि खिलाड़ी के विचार जरा भी नकारात्मक हुए या उनका आत्मविश्वास कमजोर हुआ या उन्हें खुद पर ही शंका आने लगे तो इसका तुरंत असर उनकी शारीरिक ऊर्जा प्रणाली पर होकर उसमें रुकावट आती है। परिणामतः उनमें नकारात्मक भावना पैदा होती है, जो सीधे शरीर पर असर करती है। जैसे धड़कन बढ़ना, पसीना आना, आँसू निकलना, मांसपेशियों में तनाव आना इत्यादि। ई.एफ.टी. उनके कार्य-संपादन (परफॉरमन्स) पर, खेल पर बुरा असर नहीं पड़ने देती।

खिलाड़ी की क्षमता, कुशलता उनके अनुभव, प्रशिक्षण और प्रैक्टिस पर निर्भर है। पर खिलाड़ी की मांसपेशियों में अनावश्यक भावनात्मक तनाव को ई.एफ.टी. खत्म करती है ताकि वह अपनी क्षमता पूरी तरह से खोल पाए।

१३. ई.एफ.टी. शारीरिक समस्याओं पर भी इतना आश्चर्यजनक आराम कैसे देती है?

शारीरिक समस्याओं का ज्यादातर कारण होता है अनुचित आहार, व्यायाम का अभाव, गलत अवस्था (Posture), गलत आदतें (जैसे दुर्व्यसन), पुराने गलत संस्कार, स्वभाव, वृत्तियाँ, नकारात्मक सोच और गलत स्वसंवाद। स्वास्थ के बारे में अज्ञान ज्यादातर शारीरिक समस्याएँ, नकारात्मक सोच विचार, इंसान की आदतों से होती है। इंसान का स्वभाव, गलत वृत्ति, नकारात्मक सोच- विचार इंसान की ऊर्जा प्रणाली को बार-बार असंतुलित करती है और ई.एफ.टी. इस ऊर्जा प्रणाली पर ही कार्य करती है। जब ऊर्जा संतुलित हो जाती है तब वह नकारात्मक भावनाओं से मुक्त हो जाती है। उस वजह से होनेवाली शारीरिक समस्याएँ भी निकल जाती हैं। शारीरिक समस्या परेशान करने से, अवचेतन मस्तिष्क उन सारे भावनात्मक मामलों को ऊपर लेकर आ जाता है, जो शारीरिक लक्षणों का कारण बन रहे हैं। ई.एफ.टी. का इस्तेमाल अपने आप उन भावनाओं की वजह पर काम कर देता है।

ई.एफ.टी. बार-बार दोहराने से फल देती है, लगन फल देती है। संभव है, वहाँ निश्चितता, धैर्य और निरंतरता रखें। शुरुआत में ही बड़े मामले, बड़ी घटनाएँ जिसके बहुत सारे पहलू हैं, उन्हें न लें। शुरुआत में रोज-रोज के मामले, तनाव, दर्द पर कार्य करके देखें। समस्या को खास घटनाओं के रूप में तोड़ें, उसके सारे पहलू देखें। समस्या के पीछे छिपी हुई खास भावनात्मक घटनाओं पर नजर केंद्रित करें।

तीव्रता शून्य तक आने तक और समस्या के सारे पहलू गायब होने तक इसे आजमाइए। यदि समस्या सिर दर्द की है तो उसकी तीव्रता कम होने पर आप यह पंक्ति दोहरा सकते हैं –'बचा हुआ सिरदर्द...।' अंततः विश्वास रखें, परिणाम अवश्य मिलेगा।

१४. ई.एफ.टी. का उपयोग कहाँ पर करें?

मानसिक अवस्था- भय (फोबिया), नकारात्मक भावना, दुःखद घटनाएँ, दुःखद स्मृति, बेचैनी, उदासी, अति शोक, नींद की बीमारी, स्वयं की प्रतिमा को ऊँचा करने की इच्छा, हर समय तनावमुक्त रहने की इच्छा आदि।

डर, गुस्सा, चिंता, दुःख, अपराधबोध, पुराने गहरे घाव, पुरानी अप्रिय यादें, रिश्तों की तकलीफ, रोज के तनाव, व्यसन, लत, बुरी एवं न छूटनेवाली आदतें, पैनिक अटैक, यौनशोषण, P.T.S.D. (Post Traumatic Stress Disorder), खेल, बिजनेस और कला क्षेत्र की सारी रोकनेवाली भावनाएँ, आत्मविश्वास का

अभाव, आत्महीनता आदि।

शारीरिक अवस्था- सिरदर्द, कमरदर्द, पीठदर्द, गर्दन का दर्द, दाँत का दर्द, जोड़ों का दर्द, पेट के विकार, बदहजमी, बद्धकोष्ठता, थकान, विभिन्न प्रकार की एलर्जियाँ, दृष्टिदोष, कर्करोग, ब्लडप्रेशर, त्वचा के विकार, अस्थमा, श्वसन विकार, एकाग्रता की कमी, मल्टिपल स्क्लेरोसिस, लैंगिक समस्याएँ इत्यादि।

इनके अलावा- आतंकवाद, बम विस्फोट, डायवोर्स, किसी की मृत्यु, जबरदस्त भारी आर्थिक नुकसान, बचपन की, स्कूल की, कॉलेज की, बुरी यादें, ऐसी घटनाएँ जिसे भूल जाना असंभव लगता है, ऐसे लोग जिन्हें क्षमा कर पाना मुश्किल लगता है, ऐसे लोग जिन्होंने मानसिक, शारीरिक प्रताड़ना दी है, सारी पुरानी घटनाएँ जो बुरी तरह से याद आती हैं- जोरदार झगड़े इत्यादि में ई.एफ.टी. का उपयोग कर, उससे संबंधित नकारात्मक भावनाओं से छुटकारा पाकर, मानसिक स्वास्थ्य प्राप्त कर सकते हैं।

१५. क्या सारी बीमारियों की जड़ भावनाएँ हैं?

हमारा मानसिक और शारीरिक स्वास्थ्य, गुणवत्ता और आत्मविश्वास, कुशलता तथा कार्यों की गति सीधे-सीधे हमारे भावनात्मक स्वास्थ्य से जुड़ी हुई है। हमारा भावनात्मक स्वास्थ्य हमारे संपूर्ण स्वास्थ्य का एक महत्वपूर्ण पहलू है।

सारी नकारात्मक भावनाओं का कारण है शरीर की ऊर्जा प्रणाली में रुकावट आना।

किसी भी घटना या वस्तु को देखने का हमारा नजरिया तय करता है कि वह वस्तु या घटना सुखद है अथवा दुःखद। जब हम किसी भी व्यक्ति, वस्तु अथवा घटना को देखते हैं तब हमारे शरीर की ऊर्जा उस दिशा में बहने लगती है। यदि यह ऊर्जा प्रवाह बीच में ही खंडित हो जाए या रुक जाए तो हमारे भीतर नकारात्मक भावों का उदय शुरू होता है। ये नकारात्मक भावनाएँ उस मेरिडियन के मार्ग से संबंधित अवयवों को स्वास्थ्य से दूर हटाती हैं। इसका तात्पर्य यह है कि संबंधित अवयव के कार्य करने की गति कम हो जाती है या बढ़ जाती है। जब किसी अवयव में ऊर्जा कम या अधिक हो जाती है तब उसमें विकार या व्याधि का निर्माण होता है। ऐसे में उन अवयवों में वेदना या सूजन निर्माण हो जाती है तथा अम्लता यानी एसिडिटी होने जैसे विकार शुरू हो जाते हैं।

१६. क्या ऊर्जा संतुलन से भावनात्मक मुक्ति संभव है?

हाँ, क्योंकि सारी बुरी नकारात्मक मनोभावना का कारण है- शरीर की

सूक्ष्म ऊर्जा प्रणाली, एनर्जी सिस्टम में रुकावट यानी एनर्जी का असंतुलन। ऊर्जा के असंतुलन से ही भावनात्मक तीव्रता बनी रहती है। जैसे परंपरागत पद्धतियों में यह माना जाता था कि किसी हादसे की पुरानी यादें, किसी भी भावनात्मक परेशानी का सीधा कारण है। पर ई.एफ.टी. से पता चलता है कि बीच का एक कदम मिसिंग है। उस याद और भावनात्मक परेशानी के बीच में एक छूटा हुआ हिस्सा शरीर की ऊर्जा प्रणाली में रुकावट आना है। अगर बीच का कदम, दूसरा कदम न हो तो तीसरे कदम की भी संभावना नहीं है। अगर किसी पुरानी दुर्घटना की यादें शरीर की ऊर्जा प्रणाली में कोई रुकावट पैदा नहीं करती तो नकारात्मक मनोभाव पैदा हो ही नहीं सकता।

कुछ लोग अपनी पुरानी यादों से परेशान होते हैं तो कुछ लोग नहीं होते। इसका कारण है, जिनमें ऊर्जा का असंतुलन होता है, वे लोग ही अपनी यादों से परेशान रहते हैं।

१७. क्या ई.एफ.टी. का उपयोग विकास के लिए भी किया जा सकता है?

ई.एफ.टी. पद्धति नकारात्मकता दूर करने के साथ-साथ विकास के लिए भी उपयोगी सिद्ध हुई है। जैसे :

१) आत्मविश्वास बढ़ाना...

२) जीवन में प्रेम, पैसा, आनंद, खुशी भरपूर आना...

३) जीवन में सभी सकारात्मक बातें आना... इत्यादि।

इसके लिए कहें-

१) सभी सकारात्मक बातों के लिए मैं ओपन हूँ, खुला हूँ। मेरे जीवन में प्रेम, पैसा, आनंद, खुशी भरपूर आए, इसके लिए मैं खुला हूँ। मैं खुद को पूर्ण स्वीकार करता हूँ, मैं खुद से प्रेम करता हूँ, मैं खुद का आदर करता हूँ, I am open.

रिमाईंडर फ्रेज है- 'मैं भरपूर प्रेम, पैसा, आनंद, खुशी के लिए खुला हूँ।'

२) आत्मविश्वास बढ़ाने के लिए उसके साथ जुड़ी बातों को, घटनाओं को, भावनाओं को, विचारों को देखकर, उसे भी सकारात्मक दृष्टिकोण से देखें। सारे नकारात्मक पहलुओं को देखकर उनसे छुटकारा पाने के लिए सकारात्मक वाक्य दोहराएँ।

जैसे- बचपन में घर में ज्यादा सराहने की आदत नहीं थी, न कोई एवॉर्ड जीता, न स्कूल में, न रिश्तेदारों के सामने किसी बात की सराहना हुई। माता-पिता

समान्य होने के कारण उन्हें कभी समझा ही नहीं कि मुझमें कौन सा गुण है? न उससे आगे बढ़ना हुआ। उल्टा माता-पिता के झगड़े, वाद-विवाद से कमजोर होता गया। घर में डर या असुविधाजनक लगता था। दोस्तों में भी इतना कुछ खास नहीं रहा। न कोई खेल जीता, न कोई स्पर्धा में हिस्सा लिया तो बचपन कुछ खास नहीं था।

युवा अवस्था में कॉलेज में 'मैं अच्छा हूँ' बस! इतना ही रहा। परंतु अभी नौकरी, जगह, घर, मेरे बच्चों के सामने मैं ठीक हूँ, कभी-कभी खास हूँ। मुझे अपनी नजरों में अच्छा ही लगना चाहिए क्योंकि मैं एक काबिल इंसान हूँ, जो सभी जिम्मेदारियों को निभा रहा हूँ।'

इस तरह अपने स्वसंवाद देखें, अपनी सेल्फ इमेज को बदलें, स्वयं को आत्मविश्वास के साथ देखें। अपने आपको खुद ही काबिल समझें। वस्तुस्थिति और कार्य देखकर अपने आपको ही सराहें।

इनमें से कुछ हिस्से जो वैयक्तिक हैं या इनसे कुछ अलग हैं, उसका एक अफरमेशन वाक्य बनाएँ, चाहे वह कितनी भी लंबी हो। फिर जब तक खुद को कम समझ रहे हैं, वह मात्रा शून्य तक आने के लिए यानी अपने सेल्फ इमेज में कोई कमी महसूस न हो तब तक ५-१० मिनट या इससे अधिक स्वयं पर ई.एफ.टी. का इस्तेमाल करते रहें।

किसी के उपरोक्त विवरण के विपरीत भी हो सकता है- बचपन में, स्कूल में, कॉलेज में, कहीं पर भी, घर में दोस्तों के साथ, रिश्तेदारों के साथ, माता-पिता के साथ ऐसी कोई नकारात्मक घटना हुई है, जिसमें सेल्फ इमेज या आत्मविश्वास बहुत कम हुआ है। माता-पिता से भरपूर डाँट, किसी गलती पर या किसी बात पर पिटना या बार-बार डाँटना हुआ है। उनकी अपेक्षाओं के प्रति हमेशा खुद के साथ स्पर्धा करके भी कम ही पड़ना यानी हमेशा कितने भी अच्छे मार्कस् लाए माता-पिता डाँटते ही रहे। दसवीं में ९३% लाए तो ९८% क्यों नहीं ला पाए ऐसी डाँट, ऐसे माता-पिता तो मुझे हमेशा कम ही महसूस हुआ। वास्तव में माता-पिता या किसी एक का ही गुस्सा आता था, उनका डर भी लगता था। उन्हें मुझसे निश्चित क्या और कैसे चाहिए, यह मुझे समझा ही नहीं। न ही उन्होंने कभी बताने की कोशिश की तो जो मैं करता रहा, वह हमेशा अपने माता-पिता को खुश करने के लिए करता रहा। उनका मेरे प्रति विश्वास, प्रेम बढ़ाने के लिए तो मैं ज्यादा कमजोर ही होता गया। मैं मेरे माता-पिता के सामने कभी जीता ही नहीं तो मुझे इतना आत्मविश्वास नहीं लगता। पर अब मैं बड़ा हुआ हूँ, मुझे किसी और को खुश करने की जरूरत नहीं है। मैं खुद खुश, शांत रह सकता हूँ। मैं खुद अपनी काबिलियत नाप सकता

हूँ। मैं खुद अपना अप्रूवल कर सकता हूँ। मैं खुद, खुद के कामों की योग्य सही सराहना कर सकता हूँ। अभी मैं जब बड़ा हुआ हूँ और मुझे अपने गुणों, काबिलियत को नापने की समझ मिली है तो वह मैं भी कर सकता हूँ। मेरी कमजोरियों को भी स्वीकार करके मैं आगे उस पर काम कर सकता हूँ। 'किसी ने तो मुझे काबिल समझा तो ही मैं काबिल' ऐसा नहीं है। क्योंकि अब मैं इतना बड़ा हूँ कि बहुत सारी बातों के लिए स्वतंत्र हूँ। अतः मुझे अपनी नजरों में आत्मविश्वास और काबिल समझना चाहिए क्योंकि वैसा मैं हूँ। परिस्थिति अनुसार मैं, अपने आपमें, अपनी गति अनुसार बदलाव करनेवाला हूँ क्योंकि मैं काबिल हूँ।

ऐसी और बहुत सारी बातें जो जुड़ी हैं, उसे हम समझ सकते हैं और अपनी भाषा में, अपने शब्दों में सकारात्मक हो सकते हैं, आगे बढ़ सकते हैं।

यह पुस्तक पढ़ने के बाद अपना अभिप्राय (विचारसेवा) इस पते पर भेज सकते हैं :

Tejgyan Global Foundation,
Pimpri Colony Post office, P.O. Box 25,
Pune - 411 017. Maharashtra (India).

परिशिष्ट - अतिरिक्त जानकारी

परिशिष्ट १

वैज्ञानिक दृष्टिकोण

और यू.एफ.टी.

शिवाम्बु यानी यूरिन अर्थात स्वमूत्र 'एक जीवनदायी जल' है, इस बात का उल्लेख अनेक भाषाओं के ग्रंथों में मिलता है। इसके अलावा कई पुस्तकों में यह संदर्भ भी मिलता है कि अलग-अलग देशों की संस्कृति में शारीरिक समस्याओं से निपटने के लिए, स्वास्थ्य रक्षा के लिए, शरीर, साँस एवं मन की शुद्धि के लिए इसका उपयोग किया गया है। इस पारंपारिक ज्ञान का उपयोग कर विश्वभर में लाखों लोग स्वमूत्रपान कर स्वास्थ्य लाभ उठा रहे हैं।

मानव मूत्र पर हुए अब तक के प्रयोगों एवं खोजों को देखा जाए तो पता चलेगा कि यूरिन थेरेपी सिर्फ पुरातन ही नहीं बल्कि आधुनिक चिकित्सा पद्धति में भी शामिल है।

जिस प्रकार प्राचीन ऋषि-मुनियों ने खोज और प्रयोग करके स्वमूत्र का महत्त्व बताया है, उसी प्रकार आज के आधुनिक वैज्ञानिकों को मानव मूत्र में अनेक महत्वपूर्ण घटक (इकाई) मिले हैं, जिस पर बहुत संशोधन हुआ है। शिवाम्बु के विषय में अब तक हुए अनुसंधानों पर आगे संक्षेप में विश्लेषण किया गया है।

यूरिया - एक सर्वोत्तम एन्टीसेप्टीक, एन्टीबायोटिक

सन् १९०० में डॉ. स्पिरो नामक एक जर्मन संशोधक को प्रयोग के दौरान पता चला कि मानव मूत्र के द्रव में विजातीय प्रोटीन्स पिघल जाती हैं। यह बात चिकित्सा की दृष्टि से महत्वपूर्ण थी क्योंकि सभी प्रकार के विषाणुओं की रचना विशिष्ट

प्रोटीन्स से ही होती है। उसके बाद हुई एक खोज में यह बात सामने आई कि यूरिया में पोलियो और रेबीस जैसे विषाणुओं को तुरंत और सहजता से नष्ट करने का गुणधर्म होता है। फिर यह बात भी पता चली कि मूत्र में जो यूरिया होता है, वह ऍलर्जी पैदा करनेवाले विजातीय प्रोटीन्स को नष्ट कर देता है।

सन् १९०२ में डॉ. डब्ल्यू राम्सडेन ने 'यूरिया' के महत्वपूर्ण गुणधर्मों पर आगे का अनुसंधान किया और 'अमरीकन जर्नल ऑफ फिजीओलॉजी' में उनका शोध निबंध प्रकाशित हुआ, जो बहुत मशहूर हुआ। उनके संशोधन से यह बात सामने आई कि पुराने जख्म में पेशियों के सड़ने की जो क्रिया होती थी, वह यूरिया के इस्तेमाल से पूरी तरह बंद हो सकती है। इस तरह उन्होंने सबसे पहले यूरिया के एन्टीबैक्टेरियल गुणधर्म को सिद्ध किया।

सन् १९०६ में डॉ. जी. पेजु और डॉ. एच. रजत नामक दो फ्रेंच अनुसंधाताओं ने यूरिया के इस गुणधर्म पर संशोधन किया। अपने अलग-अलग प्रयोगों में उन्हें दिखाई दिया कि यूरिया के द्रव में यूरिया का प्रमाण (कॉन्सन्ट्रेशन) बढ़ाया जाए तो कई प्रकार के जीवाणुओं का बढ़ना रुक जाता है। सन् १९३० से १९४० के दशक में कई वैज्ञानिकों ने संदर्भ के रूप में इस बात का इस्तेमाल किया।

इसी दौरान लंदन के 'जर्नल ऑफ पॅथॉलॉजिकल बैक्टीरिया' नामक पत्रिका में यूरिया के एन्टीबैक्टेरियल गुणधर्म पर प्रकाश डालनेवाला एक और शोध निबंध प्रसिद्ध हुआ, जिसे डॉ. जेम्स विल्सन ने लिखा था। उन्होंने पेट्री डिश में टायफॉईड और बी कोलॉय के जीवाणुओं की उत्पत्ति की और उन पर कई कॉन्सन्ट्रेशन (तीव्रता) का यूरिया द्रव डाला। उसके बाद उन्हें यह दिखाई दिया कि ७ प्रतिशत तीव्रता के यूरिया द्रव डालने से इन जीवाणुओं की संख्या तेज गति से कम हो जाती है। तब उन्होंने निष्कर्ष निकाला कि ८ प्रतिशत तीव्रता का यूरिया द्रव 'एन्टीसेप्टिक' गुणधर्म का होता है, जो जीवाणुओं का विकास रोकता है। यह मूत्र का महत्वपूर्ण घटक होता है।

इसके बाद सन् १९१५ के दौरान इंगलैंड के डॉ. डब्ल्यू सम्मरस्तथा डॉ. टी. एस. क्रिक नामक दो मिलिट्री डॉक्टरों ने लड़ाई में घायल हुए जवानों के जख्मों पर यूरिया द्रव का सफल प्रयोग किया। उनके ऑलस्टार वॉलिंटीयर फर्स्ट हॉस्पिटल में किए इन प्रयोगों की ओर कई लोगों का ध्यान गया। उन्होंने संक्रमित हुए जख्मों की २४ घंटों में एक बार यूरिया से ड्रेसिंग की तो जल्द ही वे जख्म ठीक हो गए।

बीसवीं सदी में हुई खोजों से यह बात स्पष्ट हो गई कि बाहर से लगाने पर या पेट में लेने से यूरिया का एन्टीसेप्टिक और एन्टीबायोटिक रूप से बेहतर इस्तेमाल

हो सकता है और इसके कोई भी दुष्परिणाम नहीं होते।

मूत्र का ऑटो थेरेपी में प्रभावी इस्तेमाल

न्यूयॉर्क के 'वॉलिंटीयर हॉस्पिटल' के जाने-माने प्रजनन और मूत्र रोग विशेषज्ञ डॉ. चार्लस् डुन्कन ने सन १९१८ में 'ऑटो थेरेपी' नाम की किताब लिखी। ऑटो थेरेपी में बीमारी ठीक होने की प्रक्रिया का उद्दिप्त करने का काम अच्छी तरह से होने के लिए शरीर से बहनेवाले नैसर्गिक स्त्रावों का इस्तेमाल पुनः शरीर में ही किया जाता है। मूत्र का इस्तेमाल करके डॉ. डुन्कन ने हजारों मरीजों पर इसका प्रयोग किया। ऐसे विख्यात डॉक्टरों के प्रयोग देखकर कई अन्य डॉक्टरों ने भी बीमारी को दूर करने के लिए इस उपचार पद्धति को इस्तेमाल करना शुरू कर दिया।

फिर सन १९५५ में 'सिनसिनाटी युनिवर्सिटी' के फार्मकोलॉजी और बैक्टीरियालॉजी विभाग के डॉ. जॉन फॉउलगर और डॉ. ली. फोशाय का शोध निबंध 'जर्नल ऑफ लेबोरेटरी एन्ड क्लिनिकल मेडिसीन' नामक मासिका में प्रकाशित हुआ, इसका विषय यूरिया ही था। यह शोध निबंध भी बहुत मशहूर हुआ। अपने अनुसंधान के दौरान डॉ. जॉन फॉउलगर और डॉ. ली. फोशाय को पता चला था कि यूरिया का इस्तेमाल एन्टीबायोटिक के रूप में करने से वह सल्फा ड्रग्स् (उस समय का प्रचलित एन्टीबायोटिक) से अधिक प्रभावी है और इसके कोई साईड इफेक्ट भी नहीं हैं।

अपने एक प्रयोग में उन्होंने 'स्टेफेलोकॉकस' से संक्रमित एक जख्म पर यूरिया पाऊडर लगाकर टाँके लगाए। किसी अन्य प्रकार का एन्टीबायोटिक इस्तेमाल न करने के बावजूद यह जख्म तुरंत ठीक हो गया। इसी तरह एक अन्य प्रयोग में उन्होंने कान में से आनेवाले पस जैसे द्रव यानी मिडिल इयर इन्फेक्शन पर यूरिया का इस्तेमाल किया तो वह भी जल्दी ही ठीक हो गया।

इसी तरह स्कार्लेट फीवर (कोहितांग ज्वर) से ग्रस्त १० साल के लड़के का उपचार यूरिया से करने के बाद उसके कान से आनेवाली दुर्गंध और पस तुरंत गायब हो गई। इसके अतिरिक्त उसके हैमरेजिक नेफ्राईटिस (किडनी इन्फेक्शन) के कारण मूत्र में दिखाई देनेवाला रक्त भी कुछ ही समय में बंद हो गया। इससे उन्होंने यह निष्कर्ष निकाला कि पस जैसी दुर्गंधवाले स्राव की बीमारियों में भी यूरिया बहुत प्रभावी है और इसके साइड इफेक्ट्स भी नहीं हैं।

यूरिया अथवा यूरिन एक बहुत ही सस्ता और प्रभावी नैसर्गिक पदार्थ है और इसका उपयोग करने से शरीर पर कोई साइड इफेक्ट भी नहीं होता। इसके बाद भी आगे चलकर चिकित्सा संसार ने इन घटकों को नजरअंदाज क्यों किया, यह बात समझ

में नहीं आती!

क्या यूरिन का इंजेक्शन लगाया जाता है?

सभी प्राचीन ग्रंथों में यू.एफ.टी. की जो विधि बताई गई है, उसमें यूरिन का सेवन करने के लिए बस्ती और बाह्य लेपन की बात ही बताई गई है और यूरिन के इंजेक्शन का जिक्र कहीं नहीं है। इसका कारण यह है कि इंजेक्शन की तकनीक आधुनिक काल में विकसित हुई है। हालाँकि आधुनिक चिकित्सा प्रणाली में मानव मूत्र के उपयुक्त घटक अलग करके, उनके द्वारा बनाए गए इंजेक्शन प्रचलित हैं।

कुछ विशेषज्ञों ने यूरिन को निर्जंतुक तरीके से इकट्ठा कर, किसी रोगी को उसका इन्ट्राडर्मल (त्वचा में) इन्ट्रामस्क्यूलर (स्नायुओं में) इंजेक्शन देने की अनोखी पद्धति भी विकसित की है। कई सारे रोगों में इसके अच्छे नतीजे दिखाई दिए। इन विशेषज्ञों ने २ मि.ली. से ८ मि.ली. तक के इंजेक्शन के प्रयोग किए हैं।

'यौर ओन परफेक्ट मेडिसीन' नामक प्रसिद्ध वैज्ञानिक किताब में लेखिका मार्था क्रिस्ती ने यूरिन के इंजेक्शन का विविध रोगों में अलग-अलग शास्त्रज्ञों ने किस तरह से उपयोग किया है, यह विस्तार से बताया है।

डॉ. डुन्कन एवं अन्य डॉक्टरों के अनुभव को देखते हुए सन् १९३४ के दौरान डॉ. मार्टिन क्रेब्स ने भी यूरिन से कई यशस्वी प्रयोग किए। वे खुद बालरोग विशेषज्ञ थे। 'सोसायटी ऑफ पिडियॅट्रिशन्स' के सामने दिया गया उनका 'ऑटो यूरिन थेरेपी' का व्याख्यान बहुत प्रसिद्ध हुआ था। यूरिन को इंजेक्शन के रूप में इस्तेमाल करनेवाले वे पहले डॉक्टर थे। ऍलर्जी और स्पास्टिक कंडिशन्स से ग्रस्त छोटे बच्चों को उन्होंने, उन्हीं के यूरिन से बना इंजेक्शन स्नायुओं में दिया। ऍलर्जी , अस्थमा, हे फीवर जैसी बीमारियों में उन्हें बहुत ही अच्छे परिणाम मिले। आगे चलकर उन्होंने यू.एफ.टी. का इस्तेमाल स्नायु दुर्बलता, स्नायुकंप और स्पाटिक कंडिशन्स जैसी बीमारियों में प्रभावी रूप से किया।

अपने व्याख्यान में उन्होंने बताया कि 'मैंने हे-फीवर से ग्रस्त आठ साल के एक बच्चे को उसके यूरिन से बना ५ सी. सी. इंजेक्शन दिया और फर्क देखने के बाद मुझे बहुत आश्चर्य हुआ। उसकी श्वसन क्रिया तुरंत सुधर गई और कुछ ही मिनटों में उसकी आँखों की लाली कम हो गई।

एक और बच्चा जो पिछले साढ़े तीन महीनों से सॅनिटोरियम में रहकर अस्थमा पर उपचार करवा रहा था, उसे भी उसके ही यूरिन से बना ४ सी. सी. का इंजेक्शन देने के बाद सिर्फ ६ मिनटों में उसका श्वसन मार्ग खुल गया और श्वसन क्रिया गहरी हो गई। इसके बाद वह स्वस्थ महसूस करने लगा। शुरुआती दौर के ऐसे कई अनुभव

मुझे आगे बढ़ने की प्रेरणा देते गए।

उसके बाद प्रसूति अवस्था के जख्म से पैरालिसिस और स्नायुओं की स्पाटीक कंडिशन्स से ग्रस्त एक दस महीने के बच्चे को मैंने उसके ही यूरिन का इंजेक्शन दिया और इससे उसकी स्पास्टिक कंडिशन्स कम हो गई, हाथों की मुट्ठी खुलने लगी और हाथों में हलचल भी होने लगी। पहली बार वह बच्चा मुस्कराया। बच्चे के माता-पिता ने बताया कि उन्होंने बच्चे को कभी इतना खुश होते नहीं देखा।'

डॉ. क्रेब्स ने यू.एफ.टी. के यशस्वी प्रयोग निम्नलिखित बीमारियों में किए-

१) गर्भावस्था के दौरान होनेवाला टॉक्सिमिया

२) एलर्जिक विकार

३) स्पास्टिक कंडिशन्स

४) हे फीवर

५) अस्थमा

६) माइग्रेन जैसा सिरदर्द

७) एॅग्जीमा

८) स्तन विकार

सन् १९४० तक डॉ. क्रेब्स ने यू.एफ.टी. के कई यशस्वी प्रयोग किए। छोटे बच्चों की वूपिंग कफ, मिजल्स और चिकनपॉक्स जैसी बीमारियों में भी उन्हें यूरिन के प्रभावी गुण दिखाई दिए। डॉ. क्रेब्स के संशोधन का इस्तेमाल उस समय के कई डॉक्टरों, वैज्ञानिकों और अभिभावकों ने किया।

'यूनिवर्सिटी ऑफ पेरुजिया', इटली के 'इन्स्टिट्यूट ऑफ मेडिसीन' के डॉ. तिबेरो ने भी 'एक्यूट हैमरेजिक नेफ्राइटिस' (मूत्र पिंड विकार) के लिए यूरिन के इंजेक्शन का प्रयोग किया। नेफ्राइटिस में किडनी इन्फेक्शन से ठंडी के कारण बुखार आना, बार-बार पेशाब होना, पीठ और पेट में दर्द होना, भूख कम होना, एसिडिटी आदि लक्षण दिखाई देते हैं। इसके चलते मूत्र में खून की पेशियाँ दिखने लगती हैं और मूत्र का रंग क्लाऊडी (बादल जैसा) होता है। इन प्रयोगों में यूरिन से बने इंजेक्शन के कारण अनेक रोगियों में किडनी के बीमारी के लक्षण कम होते हुए दिखाई दिए। उनके अनुसार इस प्रकार यूरिन का इस्तेमाल करने से यह वैक्सीन (टीका लगाने) जैसा काम करता है। इस निष्कर्ष को साबित करने के लिए उन्होंने कई मरीजों की केस स्टडीज को नोट किया था।

एक मरीज जिसके मूत्र से खून का अल्बुमिन, प्रोटीन और लाल रक्तपेशियाँ जा रही थीं और शरीर की त्वचा नीले रंग की होने लगी थी। उस मरीज को ७ सी. सी. के सात ऑटोयूरिन वैक्सीन इंजेक्शन का कोर्स दिया गया। तीसरे इंजेक्शन के बाद ही उसके मूत्र में अल्ब्युमिन और रक्त पेशी दिखना बंद हो गई। इसके साथ ही उसकी त्वचा पर जो नीलापन और सूजन थी, वह भी कम हो गई।

इस प्रकार के नेफ्राइटिस के अलग-अलग अठारह मरीजों का उपचार करके लिखी गई इटालियन रिसर्च रिपोर्ट उस समय बहुत चर्चित रही।

इसी दौरान दिसंबर सन १९३६ में लंदन के डॉ. एच. बी. डे का शोध निबंध लॅन्सेट जैसे सुप्रसिद्ध जर्नल में प्रकाशित हुआ। उन्होंने यूरिन के इंजेक्शन का इस्तेमाल करके प्रभावी रूप से अक्यूट ग्रोम्युरुलो नेफ्राइटिस का उपचार किया था।

नेचुरल यूरिन के इंजेक्शन के चमत्कार

सन् १९४७ में इंग्लिश मेडिकल जर्नल में अंग्रेज डॉ. प्रोफेसर जे. प्लेश्च का एक निबंध प्रकाशित हुआ, जिसका विषय यू.एफ.टी.था। उन्होंने उनकी प्रैक्टिस में नेचुरल यूरिन इंजेक्शन का भरपूर और यशस्वी उपयोग किया है। अपने निबंध में वे कहते हैं, 'मेरी स्वमूत्र चिकित्सा पोस्चर और जेनेर के वैक्सिनेशन पद्धति जैसी है। मैं इसे आटो वैक्सीन (स्वलसीकरण) कहता हूँ। अन्य टीकों के अलावा जिस इंसान को संक्रमण हुआ है, उसके यूरिन का वैक्सीन की तरह उपयोग किया जाए तो वह अधिक फायदेमंद होगा। मैंने ऑटो यूरिन थेरेपी का एनाफेलाटिक और एलर्जिक रोग में हे फीवर, यूरिनरी इन्फेक्शन, स्नायु में मिलनेवाले आचके आदि प्रभावी उपयोग किया। मैंने आज तक यूरिन के सैकड़ों इंजेक्शन दिए हैं लेकिन एक भी मरीज में इसका घातक परिणाम नजर नहीं आया। यह पद्धति अधिक सहज और आसान है। सामान्य डॉक्टर के लिए भी यह सुलभ होने के कारण मैं अपना शोध-निबंध अनुसंधान के शुरुआती दिनों से प्रकाशित कर रहा हूँ।

जब ताजा मानव मूत्र बाह्य जननेंद्रिय धोकर लिया जाए तो वह पूरी तरह से निर्जंतुक होता है। इसलिए इंजेक्शन के लिए प्रयुक्त होनेवाला मूत्र सीधा निर्जंतुक पात्र में ही निकाला जाना चाहिए। इंजेक्शन देने की पद्धति भी बहुत ही सीधी है। कमर के बड़े स्नायु में इंजेक्शन देना ज्यादा आसान होता है। मैंने शुरू में ५ सी.सी. का ताजा इंजेक्शन दिया और उसके बाद धीरे-धीरे मूत्र का प्रमाण आधा सी.सी. तक कम किया।

मूत्र, टीके (लसीकरण) और सेन्सटाइजेशन के लिए उपयोगी है। मैं समझ गया था कि इस तरह के इंजेक्शन बैक्टीरियल, वायरल और एलर्जिक विकारों में प्रभावी होते हैं। इसके साथ ही कई हार्मोन्स का अंतिम घटक और एन्जाइम्स होने के कारण स्वमूत्र इंजेक्शन की पद्धति मधुमेह और गाऊट जैसे मेटाबॉलिक रोग के साथ ही ओवेरियन और थायरॉईड विकारों में भी गुणकारी होती है।'

यू.एफ.टी. की उपयोगिता

व गुणधर्म

मूत्र के यूरिन मूत्रल (डायुरिटिक) से मस्तिष्क की चिंता कम होती है। 'डिपार्टमेंट ऑफ न्यूरो सर्जरी', 'यूनिवर्सिटी ऑफ विसकॉन मेडीकल स्कूल' के डॉ. मनुचेर जाविद और डॉ. पाउच सिट्टेलज नामक मस्तिष्क शल्यचिकित्सकों ने अपने प्रयोग में यह साबित करके दिखाया है कि मस्तिष्क के भीतर और उसके आस-पास होनेवाले, उसे पोषक तत्त्व और सुरक्षा देनेवाले तरल द्रव्य के दबाव का नियंत्रण यूरिन द्वारा किया जा सकता है। सन् १९५६ में इससे संबंधित इनके कई शोध निबंध 'जर्नल ऑफ अमरीकन मेडिकल एसोसिएशन' में प्रकाशित हुए।

मस्तिष्क के आस-पास तथा पीठ के अंदर मज्जारज्जु के आस-पास एक तरल, सुरक्षा द्रव्य की गद्दी होती है। इस द्रव्य को 'सेरिब्रोस्पाईनल फ्लूइड' कहा जाता है। मस्तिष्क से संबंधित बीमारियों में, संक्रमण में इस द्रव्य के घटकों का प्रमाण अस्थिर होता है और उसका दबाव बढ़ जाने से कई बार बहुत गंभीर स्थिति पैदा हो जाती है। यह बढ़ा हुआ दबाव समय रहते यदि कम न किया जाए तो मृत्यु होने की संभावना भी रहती है। इसके अलावा यह दबाव मस्तिष्क की सभी शस्त्रक्रियाओं में बाधा भी बनता है।

डॉ. जाविद और डॉ. सिट्टेलज ने मस्तिष्क के भीतर का अति दबाव कम करने के लिए यूरिया की गुणवत्ता और सुरक्षा जाँचने का निर्णय लिया और कुछ मरीजों को नस के जरिए यूरिया का इन्जेक्शन दिया। इस प्रयोग में उन्होंने कुछ अन्य रसायनों और घटकों का भी उपयोग किया। एक तरफ जहाँ उन घटकों के साइड इफेक्ट्स

दिखाई दिए, वहीं दूसरी ओर यूरिया के कोई साइड इफेक्ट्स नहीं मिले।

उन्होंने अपने शोध निबंध में कहा, 'मस्तिष्क का दबाव कम करने के लिए नियमित उपयोग में आनेवाले सुक्रोज अथवा डेक्स्ट्रोज से यूरिया चार-पाँच गुना अधिक प्रभावी होता है। यूरिया का प्रभाव/परिणाम दीर्घकाल तक रहता है।'

यूरिया, क्लिनिकल प्रैक्टिस में बहुत सालों से एक प्रभावी डायरुटिक मूत्रल नाम से उपयोग किया जाता है। स्वाल्टर कहते हैं, 'सबसे प्रभावी नॉन-इलैक्ट्रोलायटिक अखनिजीय मूत्रल घटक है। मूत्र का प्रमाण बढ़ाने के लिए २० ग्राम यूरिन दिनभर में २ से ५ बार मुख से दिया जाता है।'

शरीर की चयापचय क्रिया का अंतिम घटक होने के कारण यूरिया के अधिक मात्रा में दिखने के बाद भी कोई दुष्परिणाम दिखाई नहीं देते।

यूरिया के प्राथमिक यशस्वी प्रयोगों के कारण इसके आगे की खोज को काफी प्रेरणा मिली। उसके बाद हुए विविध अध्ययनों में यह साबित हुआ कि यूरिया शरीर में निर्मित होनेवाले किसी भी जैवरासायनिक दबाव के असंतुलन को ठीक करनेवाला एक प्रभावी घटक है।

यूरिया – पुराने घटकों का दोबारा उपयोग

सन् १९५७ में 'एसोसिएट प्रोफेसर ऑफ न्यूरोसर्जरी' डॉ. जाविद द्वारा अमरीकन वैद्यकीय महाविद्यापीठ के 'सिम्पोजियम ऑन सर्जरी ऑफ हेड एन्ड नेक' में प्रस्तुत किए गए शोध निबंध काफी चर्चित रहे।

पूर्व खोज में सफलता मिलने के कारण डॉ. जाविद ने अपनी क्लिनिकल प्रैक्टिस में यूरिया का उपयोग शुरू किया। इसके बाद उन्होंने मस्तिष्क के विविध विकारों से ग्रस्त ३०० से अधिक रोगियों पर यूरिया का प्रयोग किया। ब्रेन ट्यूमर, हाइड्रोसिफॅलस, माइग्रेन, ग्लॉकोमा मेनिनजाइटिस ब्रेन एब्सेस, रेटिनल डिटैचमेंट, प्रीमैन्स्ट्रुअल इडिमा जैसी व्याधियों में इसका सकारात्मक असर दिखाई दिया।

अपने निष्कर्षों में उन्होंने कहा, 'न्यूरॉलॉजिस्ट और न्यूरोसर्जन की उपचार पद्धति में यूरिया घटक महत्वपूर्ण है। न्यूरोसर्जिकल प्रक्रिया में यूरिया और १० प्रतिशत डेक्सट्रोज से बने द्रव इंट्राविनस का नियमित रूप से उपयोग किया जाता है।

अपनी रिपोर्ट में उन्होंने ऐसे रोगियों के केस भी दर्ज किए हैं, जो मरणासन्न अवस्था में थे और यूरिया के प्रयोग के कारण बच गए।

एक और महत्वपूर्ण बात है कि कृत्रिम सिंथेटिक डायुरिटिक का उपयोग करने

से शरीर में सोडियम और पोटैशियम जैसे महत्वपूर्ण खनिजों का संतुलन बिगड़ जाता है। जिससे शारीरिक स्तर पर समस्या होने की संभावना होती है। डॉ. जाविद के अनुसार एक नॉन-इलेक्ट्रोलाईटिक द्रव्य होने के कारण यूरिन शरीर के भीतर द्रव्य के दबाव को सुरक्षित और सहज ढंग से संतुलित कर सकता है।

यूरिन का उपयोग टेबलेट के रूप में होता है, इसके अलावा यूरिन पाऊडर को फलों के रस में घोलकर भी उपयोग में लाया जाता है। संशोधकों का कहना है कि यूरिया के साइड इफेक्ट नहीं होते और यह एक सुरक्षित घटक है। जब यह बात सिद्ध हुई, उस समय यूरिया का बड़े पैमाने पर प्रयोग किया गया। इससे साबित हुआ कि यूरिया का बड़ा डोज भी शरीर सहजता से बर्दाश्त कर लेता है।

आज तक यूरिन का दुष्परिणाम नजर नहीं आया है। यूरिन का डोज बढ़ाकर शरीर के हर एक किलो वजन पर एक ग्राम यूरिन भी उपयोग किया गया है।

मानव मूत्र में पाए जानेवाले कुछ घटकों के औषधि गुणधर्म

यूरिया में अनेक इनऑरगैनिक नायट्रोजन घटक, प्रोटीन्स, एमिनो एसिड्स, एन्जाइम्स, कार्बोहायड्रेट्स, विटामिन्स और हॉर्मोन्स पाए जाते हैं।

एन्टीनियोप्लासटीन्स	कैन्सर पेशियों की रोकथाम करता है।
एग्लूटीनिन और प्रेसिपिटिन	पोलियो के वायरस को मिटाता है।
ऍलॅनटोइन	यह एक नायट्रोजन घटक है, जो जख्म ठीक करने में मदद करता है। यह घटक यूरिक एसिड से निर्मित होता है। आजकल पुरुषों के लिए बनाई जानेवाली त्वचा की क्रीम्स में इसका इस्तेमाल किया जाता है।
डी हायड्रो एपी एन्डेस्टेरॉन (डी.एच.ए.ई.)	यह मोटापा कम करनेवाला घटक है। एनिमिया, मधुमेह बीमारियों में उपयोगी। ब्रेस्ट कैन्सर जैसी बीमारियों में उपयोगी। यह बोनमॅरो में रक्तपेशियों के निर्माण में सहायक होता है।
ग्लूकोरॉनिक एसिड	पाचन-संस्था के कार्य में मदद करनेवाला महत्वपूर्ण घटक।
ह्यूमन यूरिन डिराइवेटिव (एच.यू.डी.)	शरीर की रोगप्रतिकारक शक्ति बढ़ानेवाला

	घटक।
एच ११	कैन्सर पेशियों की रोकथाम करता है, ट्युमर के आकार को कम करता है।
त्रिमिथाईल ग्लाइसीन	कैन्सर पेशियों को नष्ट करता है।
प्रॉस्टाग्लॅन्डिन	रक्तचाप कम करनेवाले हार्मोन्स, अस्थमा के लिए उपयुक्त, इन हार्मोन्स की वजह से प्रसूति भी सहजता से होती है।
प्रोटिएज	ऍलर्जी और रिएक्शन में उपयोगी घटक।
रेटीन	कैन्सरनाशक घटक।
प्रोटीन ग्लोब्युलिन्स	ऍलर्जी में रोग प्रतिकारक शक्ति का काम करनेवाला घटक।
यूरिक एसिड	मानव मूत्र का प्रमुख घटक, सभी संसर्गजन्य जीवाणुओं का नाश करनेवाला प्रतिजैविक घटक।
यूरिया	मानव मूत्र का प्रमुख घटक, सभी संसर्गजन्य जीवाणुओं का नाश करनेवाला प्रतिजैविक घटक।
मूत्र में पाए जानेवाले नायट्रेट	त्वचा को मुलायम बनानेवाला घटक, त्वचा के फंगल इन्फेक्शन पर उपयुक्त घटक।
कॉर्टिसोन	त्वचा रोग, ऍलर्जी, सूजन कम करने में सहायक घटक।
मॅलोटोनिन	तनाव कम करनेवाला, हृदयविकार की संभावना कम करनेवाला और शरीर में स्फूर्ति बढ़ानेवाला घटक।
यूरोकायनेज	रक्त वाहिनियों की बाधा दूर करता है। रक्ता संचार में सुधार लाता है। हृदय विकार कम करनेवाला सहायक घटक।

इपिलिथियल ग्रोथ फैक्टर	जख्मी हुई त्वचा पेशी और शरीर के अन्य इंद्रियों को ठीक करने में मदद करनेवाला घटक।
कॉलोनी स्टिम्यूलेटिंग फैक्टर (एल.एस.एफ.)	नई पेशियों के निर्माण में सहायक घटक।
ग्रोथ हार्मोन्स (जी.एच.)	शरीर में प्रोटीन्स का संतुलन, कार्टिलेज की वृद्धि और चरबी को संतुलित करनेवाला घटक।
इरिथ्रोपोइटिन	लाल रक्तपेशियों की संख्या बढ़ाने में मदद करनेवाला घटक।
गोनेडोट्रोफिन	माहवारी नियमित करता है। शुक्राणु बढ़ाने में सहायक है।
कैलीक्रीन	हाथ-पाँव की रक्त वाहिनियों को सक्रिय बनाकर रक्तचाप कम करने वाला महत्वपूर्ण घटक।
ट्रिप्सीन इन्हीबीटर	ग्लुकोज गाँठ की रोकथाम करता है।
एलन्टीन	जख्म और ट्युमर ठीक करता है।
थायरोट्रोपीन (टीएसएच)	थायराईड ग्रंथियों को उत्तेजित करके शरीर में ऊर्जा का संतुलन बनानेवाला घटक।
ल्यूटीनायजिंग हार्मोन्स	सेक्स हार्मोन्स को बढ़ाता है।
पैराथायराईड हार्मोन्स	कैल्शियम मेटाबोलिज्म को नियंत्रित करता है। पेशाब में मौजूद खनिज शरीर और अन्य अवयव की शुद्धि क्रिया को उत्तेजित करता है। शरीर के विजातीय द्रव्यों को बाहर निकालता है। खनिज और पेशियों के निर्माण में सहायक घटक।
एडिनोकॉरटीको ट्रोपिक हार्मोन (ए.सी.टी.एच.)	कोर्टिसोन तैयार करने में एड्रिनल ग्रंथि की मदद करता है।

मानव मूत्र से बनाई जानेवाली दवाइयाँ

आज बाजार में यूरिन से बनाई जानेवाली अनेक दवाइयाँ उपलब्ध हैं, जिनकी कीमत का हम अंदाजा भी नहीं लगा सकते।

यूरोकायनेज (Urokinase)	खून को पतला बनाकर रक्तप्रवाह नियंत्रित करता है। अर्धांगवायु और हृदयविकार में यह इंजेक्शन हमेशा इस्तेमाल किया जाता है।
CDA-II	कैन्सर के लिए चीन के शास्त्रज्ञों द्वारा मूत्र से विकसित किया हुआ इंजेक्शन। इन शास्त्रज्ञों का दावा है कि यह सिर्फ कैन्सर की पेशियों को ही मिटाता है। इस पर अभी भी संशोधन हो रहे हैं। कैन्सर की पेशियों को नष्ट करने में सक्षम है।
प्रेगोनल	यह एक गोनॅडोट्रोफिक हार्मोन है। मीनोपॉजल सिंड्रोम में उपयोगी है। पुरुषों के शरीर में शुक्राणु वृद्धि के लिए तथा स्त्रियों में बीजाण्ड के विकास लिए उपयुक्त।
मेट्रोडीन	महावारी के समय होनेवाली तकलीफों से निपटने और गर्भधारणा में उपयुक्त।
प्रोफेसी	बार-बार गर्भपात न हो और गर्भ सुरक्षित रहे, उसकी वृद्धि ठीक से हो, इसके लिए उपयुक्त।
एन्टीनिओप्लास्टीन	मूत्र से अलग किया जानेवाला कैन्सर विरोधी घटक।

यूरिया से बनाई जानेवाली दवाइयाँ

यूरियाफिल	यह एक डायुरेटिक मूत्रल औषध हैं, इसे मूत्र साफ करने के लिए अपनाते है।
यूरोफोलीट्रोफिन	मूत्र से अलग किया जाता है। यह प्रजनन क्षमता बढ़ाता है और वंध्यत्व दूर करता है।
यूरोकाईन	त्वचा विकार समाप्त करने के लिए उपयुक्त।
पैनाफिल	एन्टीसेप्टिक, त्वचा के जख्मोंतथा अल्सर समाप्त करने में उपयुक्त। त्वचा की झुर्रियाँ कम करनेवाले अनेक सौंदर्य

प्रसाधनों के निर्माण में यूरिया का इस्तेमाल बड़ी मात्रा में होता है।

यूरिन के गुणधर्म

१) यूरिन एक सजीव रसायन (live solution) है, जिससे सभी रोगों से मुक्ति पाई जाती है।

२) यूरिन, प्रतिकारशक्ति (resistance power) बढ़ाकर शरीर को निरोगी रखता है और आयु वृद्धि करता है।

३) यूरिन, रोग जंतुनाशक है।

४) यूरिन, शरीर एवं रक्त की शुद्धि (purifier) करता है।

५) यूरिन एक एण्टीसेप्टीक है।

६) यूरिन, शरीर के प्रतिकूल द्रव्यों (toxins) का नाश करता है।

७) यूरिन, रेचक है।

८) यूरिन को प्राकृतिक रोग प्रतिबंधक लस (natural immunogical vaccine) कह सकते हैं।

BIBLIOGRAPHY

1. The Miracles of Urine Therapy with special section on AIDS by Dr. Beatrice Bartnett and Margie Adelman.
2. Shivambu Kalpa by Dr. A.L. Pauls.
3. Manav Mootra by Raojibhai M. Patel
4. Amroli by Dr. Swami Shankardevanand, M.B.B.S. (Syd)
5. The Water of Life by J.W. Armstrong.
6. Shivamby Cure by Dr. D. Desai, M.B.B.S.
7. Swamutra Chikitsa (Hindi) by Chandrika Prasad Mishra.
8. Miracles of Urine Therapy by Dr. C.P. Mithal, M.B.B.S., M.D.
9. Auto Urine Therapy by Dr. Pragjibhai Rathod.
10. Your Own Perfect Medicine by Martha Christie.
11. Cancer Myths & Realities of Cause and Cure by Drs. Manu Kothari & Dr. Lopa Mehta.
12. Urine Therapy - It May Save Your Life by Dr. Beatrice Bartnett.
13. Wonders of Uropathy by G.K. Thakkar

SHIVAMBU INDOOR HOSPITALS IN INDIA

Shivambu Health Research Institute
City Office #13, Sane Guruji Vasahat,
Washinaka Road, Kolhapur 416 012,
Maharashtra, India.
C.T. Office No. 0231 - 2321565, 2321766
Campus : Anand Kunj, Karanjphen.
Phone No. 02329 - 233828, 204075, 204050,

Gotri Nisargopchar Kendra
Vinoba Ashram, Gotri Road, Baroda - 390021,
Phone : 338245/313463

Shivambu Nature Cure Home,
Dr. Raj Upadhyay, Jahangir Pura, Rander Road,
Opp. GIN, Surat - 5 (Guj.) Phone : 685398

Water of Life Foundation (India)
55/1409, Adarsh Nagar, Worli, Mumbai - 400025.

स्वास्थ्य सर्वेक्षण
तेजज्ञान फाउण्डेशन द्वारा

मन से बुरा कोई नहीं यदि वह आपका मालिक है और मन से अच्छा कोई नहीं यदि वह आपका नौकर है। मन विचारों का पुलिंदा है। इंसान की आधी बीमारियों का कारण मन है। हमारे ५०% रोग नकारात्मक विचारों की वजह से होते हैं। यदि आपके विचार सकारात्मक हो जाएँ तो आपके ५०% रोग ठीक हो सकते हैं। तेजज्ञान में आपको शुभ विचार, सकारात्मक विचार दिए जाते हैं।

तेजज्ञान फाउण्डेशन में महाआसमानी शिविर करने के बाद आपको यह पता चलता है कि रोग आपके शरीर को है और उसकी दवा चल रही है परंतु जो आप स्वयं है, वह कभी बीमार नहीं होता। इसलिए नकारात्मक विचार रखने की जरूरत नहीं है।

तेजज्ञान का श्रवण करनेवाले लोगों से उनके स्वास्थ्य पर एक सर्वेक्षण किया गया। तेजज्ञान का श्रवण करके उनके स्वास्थ्य पर क्या असर हुआ है, यह जानने के लिए यह सर्वेक्षण किया गया। इस सर्वेक्षण के द्वारा यह पता चला कि तेजज्ञान के श्रवण से कई लोगों के रोग ठीक हुए हैं।

यह सर्वेक्षण लगभग ६६२ लोगों से किया गया, जिसमें कई लोगों के २५%, ५०%, ७५% और किसी के १००% रोग ठीक हुए हैं। पाठकों के लाभ के लिए सामने तालिका दी गई है।

महाआसमानी शिविर के बाद लोगों को आए परिणाम

नकारात्मक परिणाम कम हुआ है						
क्रं.	नाम	प्रतिशत में				
		२५% रोग कम हुए	५०% रोग कम हुए	७५% रोग कम हुए	१००% रोग कम हुए	लिखा नहीं लागू नहीं (Not Applicable)
१	सिरदर्द	३६ (५%)	६० (९%)	१६२ (२४%)	११५ (१८%)	२८९ (४४%)
२	ब्लडप्रेशर	२३ (३%)	५८ (९%)	९३ (१४%)	१२५ (१९%)	३६३ (५५%)
३	नींद न आना	३५ (५%)	६४ (१०%)	१९९ (३०%)	१४६ (२२%)	२१८ (३३%)
४	मानसिक तनाव	४० (६%)	१३३ (२०%)	२४७ (३७%)	१८८ (२९%)	५४ (८%)
५	बार-बार बीमार पड़ना	४५ (७%)	९२ (१४%)	१९१ (२९%)	२६२ (३९%)	७२ (११%)
६	बार-बार दवाई लेना	३२ (५%)	१३४ (२०%)	१३४ (२०%)	२७५ (४२%)	८७ (१३%)
७	अन्य	२८ (४%)	३३ (५%)	५८ (९%)	२१९ (३३%)	३२४ (४९%)

परिशिष्ट २

फाईनल टूल
F.T. (FinalTruth)

महाआसमानी परम ज्ञान
शिविर परिचय और लाभ (निवासी)

क्या आपको उच्चतम आनंद पाने की इच्छा है? ऐसा आनंद, जो किसी कारण पर निर्भर नहीं है, जिसमें समय के साथ केवल बढ़ोतरी ही होती है। क्या आप इसी जीवन में प्रेम, विश्वास, शांति, समृद्धि और परमसंतुष्टि पाना चाहते हैं? क्या आप शारीरिक, मानसिक, सामाजिक, आर्थिक और आध्यात्मिक इन सभी स्तरों पर सफलता हासिल करना चाहते हैं? क्या आप 'मैं कौन हूँ' इस सवाल का जवाब अनुभव से जानना चाहते हैं।

यदि आपके अंदर इन सवालों के जवाब जानने की और 'अंतिम सत्य' प्राप्त करने की प्यास जगी है तो तेजज्ञान फाउण्डेशन द्वारा आयोजित 'महाआसमानी परम ज्ञान शिविर' में आपका स्वागत है। यह शिविर पूर्णतः सरश्री की शिक्षाओं पर आधारित है। सरश्री आज के युग के आध्यात्मिक गुरु और 'तेजज्ञान फाउण्डेशन' के संस्थापक हैं, जो अत्यंत सरलता से आज की लोकभाषा में आध्यात्मिक समझ प्रदान करते हैं।

महाआसमानी परम ज्ञान शिविर का उद्देश्य :

इस शिविर का उद्देश्य है, 'विश्व का हर इंसान 'मैं कौन हूँ' इस सवाल का जवाब जानकर सर्वोच्च आनंद में स्थापित हो जाए।' उसे ऐसा ज्ञान मिले, जिससे वह हर पल वर्तमान में जीने की कला प्राप्त करे। भूतकाल का बोझ और भविष्य की चिंता इन दोनों से वह मुक्त हो जाए। हर इंसान के जीवन में स्थायी खुशी, सही समझ और समस्याओं को विलीन करने की कला आ जाए। मनुष्य जीवन का उद्देश्य पूर्ण हो।

'मैं कौन हूँ? मैं यहाँ क्यों हूँ? मोक्ष का अर्थ क्या है? क्या इसी जन्म में मोक्ष प्राप्ति संभव है?' यदि ये सवाल आपके अंदर हैं तो महाआसमानी परम ज्ञान शिविर इसका जवाब है।

महाआसमानी परम ज्ञान शिविर के मुख्य लाभ :

इस शिविर के लाभ तो अनगिनत हैं मगर कुछ मुख्य लाभ इस प्रकार हैं–

* जीवन में दमदार लक्ष्य प्राप्त होता है।
* 'मैं कौन हूँ' यह अनुभव से जानना (सेल्फ रियलाइजेशन) होता है।
* मन के सभी विकार विलीन होते हैं।
* भय, चिंता, क्रोध, बोरडम, मोह, तनाव जैसी कई नकारात्मक बातों से मुक्ति मिलती है।
* प्रेम, आनंद, मौन, समृद्धि, संतुष्टि, विश्वास जैसे कई दिव्य गुणों से युक्ति होती है।
* सीधा, सरल और शक्तिशाली जीवन प्राप्त होता है।
* हर समस्या का समाधान प्राप्त करने की कला मिलती है।
* 'हर पल वर्तमान में जीना' यह आपका स्वभाव बन जाता है।
* आपके अंदर छिपी सभी संभावनाएँ खुल जाती हैं।
* इसी जीवन में मोक्ष (मुक्ति) प्राप्त होता है।

महाआसमानी परम ज्ञान शिविर में भाग कैसे लें?

इस शिविर में भाग लेने के लिए आपको कुछ खास माँगें पूरी करनी होती हैं। जैसे-

१) आपकी उम्र कम से कम अठारह साल या उससे ऊपर होनी चाहिए।

२) आपको सत्य स्थापना शिविर (फाउण्डेशन ट्रुथ रिट्रीट) में भाग लेना होगा, जहाँ आप सीखेंगे- वर्तमान के हर पल को कैसे जीया जाए और निर्विचार दशा में कैसे प्रवेश पाएँ।

३) आपको कुछ प्राथमिक प्रवचनों में उपस्थित होना है, जहाँ आप बुनियादी समझ आत्मसात कर, महाआसमानी परम ज्ञान शिविर कें लिए तैयार होते हैं।

यह शिविर एक या दो महीने के अंतराल में आयोजित किया जाता है, जिसका लाभ हज़ारों खोजी उठाते हैं। इस शिविर की तैयारी आप दो तरीके से कर सकते हैं। पहला तरीका- मनन आश्रम (पूना) में पाँच दिवसीय निवासी शिविर में भाग लेकर, दूसरा तरीका- तेजज्ञान फाउण्डेशन के नजदीकी सेंटर पर सत्य श्रवण द्वारा। जैसे- पुणे, मुंबई, दिल्ली, सांगली, सातारा, जलगाँव, अहमदाबाद, कोल्हापुर, नासिक, अहमदनगर, औरंगाबाद, सूरत, बरोडा, नागपुर, भोपाल, रायपुर, चेन्नई, वर्धा, अमरावती, चंद्रपुर, यवतमाल, रत्नागिरी, लातूर, बीड, नांदेड, परभणी, पनवेल, ठाणे, सोलापुर, पंढरपुर, अकोला, बुलढाणा, धुले, भुसावल, बैंगलोर, बेलगाम, धारवाड, भुवनेश्वर, कोलकत्ता, राँची, लखनऊ, कानपुर, चंदीगढ़, जयपुर, पणजी, म्हापसा, इंदौर, इटारसी, हरदा, विदिशा, बुरहानपुर।

इनके अतिरिक्त आप महाआसमानी की तैयारी फाउण्डेशन में उपलब्ध सरश्री द्वारा रचित पुस्तकें, या यू ट्यूब के संदेश सुनकर भी कर सकते हैं। मगर याद रहे ये पुस्तकें, यू ट्यूब के प्रवचन शिविर का परिचय मात्र है, तेजज्ञान नहीं। आप महाआसमानी परम ज्ञान शिविर में भाग लेकर ही तेजज्ञान का आनंद ले सकते हैं। आगामी महाआसमानी परम ज्ञान शिविर में अपना स्थान आरक्षित करने के लिए संपर्क करें : ०९९२१००८०६०/७५, ९०११०१३२०८

महाआसमानी परम ज्ञान शिविर स्थान :

यह शिविर पुणे में स्थित मनन आश्रम पर आयोजित किया जाता है। इस शिविर के लिए भोजन और रहने की व्यवस्था की जाती है। यदि आपको कोई शारीरिक बीमारी है और आप नियमित रूप से दवाई ले रहे हैं तो कृपया अपनी दवाइयाँ साथ में लेकर आएँ। वातावरण अनुसार गरम कपड़े, स्वेटर, ब्लैंकेट आदि भी लाएँ।

'मनन आश्रम' पुणे शहर के बाहरी क्षेत्र में पहाड़ों और निसर्ग के असीम सौंदर्य के बीच बसा हुआ है। इस आश्रम में पुरुषों और महिलाओं के लिए अलग-अलग, कुल मिलाकर ७०० से ८०० लोगों के रहने की व्यवस्था है। यह आश्रम पुणे शहर से १७ किलो मीटर की दूरी पर है। हवाई अड्डा, हाइवे और रेल्वे से पुणे आसानी से आ-जा सकते हैं।

मनन आश्रम : मनन आश्रम, पुणे, सर्वे नं. ४३, सनस नगर, नांदोशी गाँव, किरकट वाडी फाटा, तहसील - हवेली, जिला : पुणे - ४११०२४. फोन : ०९९२१००८०६०

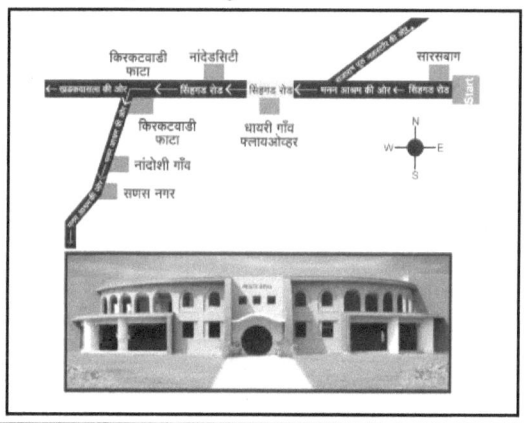

अब एक क्लिक पर ही शिविर का रजिस्ट्रेशन !

तेजज्ञान फाउण्डेशन की इन शिविरों के लिए
अब आप ऑनलाईन रजिस्ट्रेशन भी कर सकते हैं-

* महाआसमानी महानिवासी शिविर (पाँच दिवसीय निवासी शिविर)
* मैजिक ऑफ अवेकनिंग (केवल अंग्रेजी भाषा जाननेवालों के लिए तीन दिवसीय निवासी शिविर)
* मिनी महाआसमानी (निवासी) शिविर, युवाओं के लिए

रजिस्ट्रेशन के लिए आज ही लॉग इन करें

www.tejgyan.org

तेजज्ञान फाउण्डेशन- परिचय

तेजज्ञान फाउण्डेशन आत्मविकास से आत्मसाक्षात्कार प्राप्त करने का एक रास्ता है। इसके लिए सरश्री द्वारा एक अनूठी बोध पद्धति (System for Wisdom) का सृजन हुआ है। इस पद्धति को अन्तर्राष्ट्रीय मानक ISO 9001:2015 के आवश्यकताओं एवं निर्देशों के अनुरूप ढालकर सरल, व्यावहारिक एवं प्रभावी बनाया गया है।

इस संस्था की बोध पद्धति के विभिन्न पहलुओं (शिक्षण, निरीक्षण व गुणवत्ता) को स्वतंत्र गुणवत्ता परीक्षकों (Quality Auditors) द्वारा क्रमबद्ध तरीके से जाँचा गया। जिसके बाद इन पहलुओं को ISO 9001:2015 के अनुरूप पाकर, इस बोध पद्धति को प्रमाणित किया गया है।

फाउण्डेशन का लक्ष्य आपको नकारात्मक विचार से सकारात्मक विचार की ओर बढ़ाना है। सकारात्मक विचार से शुभ विचार यानी हॅपी थॉट्स (विधायक आनंदपूर्ण विचार) और शुभ विचार से निर्विचार की ओर बढ़ा जा सकता है। निर्विचार से ही आत्मसाक्षात्कार संभव है। शुभ विचार (Happy Thoughts) यानी यह विचार कि 'मैं हर विचार से मुक्त हो जाऊँ'। शुभ इच्छा यानी यह इच्छा कि 'मैं हर इच्छा से मुक्त हो जाऊँ'।

ज्ञान का अर्थ है सामान्य ज्ञान लेकिन तेजज्ञान यानी वह ज्ञान जो ज्ञान व अज्ञान के परे है। कई लोग सामान्य ज्ञान की जानकारी को ही ज्ञान समझ लेते हैं लेकिन असली ज्ञान और जानकारी में बहुत अंतर है। आज लोग सामान्य ज्ञान के जवाबों को ज़्यादा महत्त्व देते हैं। उदाहरण के तौर पर कर्म और भाग्य, योग और प्राणायाम, स्वर्ग और नर्क इत्यादि। आज के युग में सामान्य ज्ञान प्रदान करनेवाले लोग और शिक्षक कई मिल जाएँगे मगर इस ज्ञान को पाकर जीवन में कोई बड़ा परिवर्तन नहीं होता। यह ज्ञान या तो केवल बुद्धि विलास है या फिर अध्यात्म के नाम पर बुद्धि का व्यायाम है।

सभी समस्याओं का समाधान है- तेजज्ञान। भय से मुक्ति, चिंतारहित व क्रोध से आज़ाद जीवन है- तेजज्ञान। शारीरिक, मानसिक, सामाजिक, आर्थिक और आध्यात्मिक उन्नति के लिए है- तेजज्ञान। तेजज्ञान आपके अंदर है, आएँ और इसे पाएँ।

यदि आप ऐसा ज्ञान चाहते हैं, जो सामान्य ज्ञान के परे हो, जो हर समस्या का समाधान हो, जो सभी मान्यताओं से आपको मुक्त करे, जो आपको ईश्वर का साक्षात्कार कराए, जो आपको सत्य पर स्थापित करे तो समय आ गया है तेजज्ञान को जानने और शब्दोंवाले सामान्य ज्ञान से उठकर तेजज्ञान का अनुभव करने का।

अब तक अध्यात्म के अनेक मार्ग बताए गए हैं। जैसे जप, तप, मंत्र, तंत्र, कर्म, भाग्य, ध्यान, ज्ञान, योग और भक्ति आदि। इन मार्गों के अंत में जो समझ, जो बोध प्राप्त होता है, वह एक ही है। सत्य के हर खोजी को अंत में एक ही समझ मिलती है और इस समझ को सुनकर भी प्राप्त किया जा सकता है। उसी समझ को सुनना यानी तेजज्ञान प्राप्त करना है। तेजज्ञान के श्रवण से सत्य का साक्षात्कार होता है, ईश्वर का अनुभव होता है। यही तेजज्ञान सरश्री महाआसमानी परम ज्ञान शिविर में प्रदान करते हैं।

सरश्री अल्प परिचय

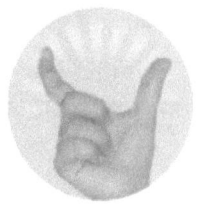

(स्वीकार मुद्रा)

सरश्री की आध्यात्मिक खोज का सफर उनके बचपन से प्रारंभ हो गया था। इस खोज के दौरान उन्होंने अनेक प्रकार की पुस्तकों का अध्ययन किया। अपने आध्यात्मिक अनुसंधान के दौरान उन्होंने लगभग सभी ध्यान पद्धतियों का भी अभ्यास किया। उनकी इसी खोज ने उन्हें कई वैचारिक और शैक्षणिक संस्थानों की ओर बढ़ाया। जीवन का रहस्य समझने के लिए उन्होंने **एक लंबी अवधि तक मनन करते हुए अपनी खोज जारी रखी, जिसके अंत में उन्हें आत्मबोध प्राप्त हुआ।** आत्मसाक्षात्कार के बाद उन्होंने जाना कि **अध्यात्म का हर मार्ग जिस कड़ी से जुड़ा है वह है– समझ (अंडरस्टैण्डिंग)।** उसके बाद उन्होंने अपने तत्कालीन अध्यापन कार्य को विराम लगाते हुए, लगभग दो दशकों से भी अधिक समय अपना समस्त जीवन मानव कल्याण के आध्यात्मिक विकास हेतु अर्पण किया है।

सरश्री कहते हैं, 'सत्य के सभी मार्गों की शुरुआत अलग-अलग प्रकार से होती है लेकिन सभी के अंत में एक ही समझ प्राप्त होती है। **'समझ' ही सब कुछ है और यह 'समझ' अपने आपमें पूर्ण है।** आध्यात्मिक ज्ञान प्राप्ति के लिए इस 'समझ' का श्रवण ही पर्याप्त है।' इसी समझ को उजागर करने के लिए उन्होंने आज तक **तीन हज़ार से अधिक आध्यात्मिक विषयों पर प्रवचन दिए हैं,** जिनके द्वारा वे अध्यात्म की गहरी संकल्पनाएँ सीधे और व्यावहारिक रूप में समझाते हैं। समाज के हर स्तर का इंसान सरश्री द्वारा बताई जा रही समझ का लाभ ले सकता है।

यह समझ हरेक को अपने अनुभव से प्राप्त हो इसलिए सरश्री ने **'महाआसमानी परम ज्ञान शिविर'** और उसके लिए आवश्यक कार्यप्रणाली (सिस्टम) की रचना की है, **जिसका लाभ लाखों खोजी ले रहे हैं।** यह व्यवस्था आय.एस.ओ. (ISO 9001:2015) प्रमाणित है, जिसने अनेक लोगों को सत्य की राह पर चलने की प्रेरणा दी है। इसी समझ के प्रचार और प्रसार के लिए उन्होंने 'तेजज्ञान फाउण्डेशन' नामक आध्यात्मिक संस्था की नींव रखी है। इस संस्था का मुख्य उद्देश्य है- **'हॅपी थॉट्स द्वारा उच्चतम विकसित समाज का निर्माण'**।

विश्व का हर इंसान आज सरश्री के मार्गदर्शन का लाभ ले सकता है, जिसके लिए किसी भी धर्म, जाति, उपजाति, वर्ण, पंथ, रंग या लिंग का बंधन नहीं है। विश्व के हर कोने में बसे लोग आज तेजज्ञान की इस अनूठी ज्ञान प्रणाली (System for Wisdom) का लाभ ले रहे हैं। इस व्यवस्था के एक हिस्से के रूप में **लाखों लोग रोज़ सुबह और रात को ९ बजकर ९ मिनट पर विश्व शांति के लिए प्रार्थना करते हैं।**

सरश्री को **बेस्टसेलर पुस्तक 'विचार नियम' श्रृंखला के रचनाकार** के रूप में भी जाना जाता है, जिसकी **१ करोड़ से ज़्यादा प्रतियाँ केवल ५ सालों** में वितरित हो चुकी हैं। इसके अलावा उन्होंने विविध विषयों पर **१०० से अधिक पुस्तकों का लेखन** किया है, जिनमें से *'विचार नियम', 'स्वसंवाद का जादू', 'स्वयं का सामना', 'स्वीकार का जादू', 'निःशब्द संवाद का जादू', 'संपूर्ण ध्यान'* आदि पुस्तकें बेस्टसेलर बन चुकी हैं। ये पुस्तकें दस से अधिक भाषाओं में अनुवादित की जा चुकी हैं और प्रमुख प्रकाशकों द्वारा प्रकाशित की गई हैं, जैसे पेंगुइन बुक्स, जैको बुक्स, मंजुल पब्लिशिंग हाऊस, प्रभात प्रकाशन, राजपाल ॲण्ड सन्स, पेंटागॉन प्रेस, सकाळ प्रकाशन इत्यादि।

सरश्री रचित स्वास्थ्यवर्धक पुस्तकें

स्वास्थ्य त्रिकोण
Perfect Health Discovery

Pages - 248
Price - 195/-

जिस तरह हर त्रिकोण बनता है तीन कोनों से, उसी तरह स्वास्थ्य त्रिकोण बनता है स्वास्थ्य के तीन कोनों से। ये महत्वपूर्ण तीन कोने हैं- एम.एस.वाय. (MSY) M = Meal (भोजन), S = Sleep (नींद), Y = Yoga (व्यायाम+आसन)। इस पुस्तक के पहले खण्ड में आप 'स्वास्थ्य त्रिकोण' के इन तीन कोनों को विस्तार से जानकर स्वास्थ्य लाभ ले सकते हैं।

स्वास्थ्य पर तो अनेकों पुस्तकें उपलब्ध होती हैं लेकिन इस पुस्तक की यह विशेषता है कि इसमें हर एक के शरीर के स्वभाव अनुसार हर बात लिखी गई है। इसमें शरीर के मुख्यतः तीन प्रकार बताए गए हैं - वात, कफ और पित्त। इन तीन प्रकारों में से आपका शरीर किस स्वभाव का है? आपके शरीर के स्वभाव अनुसार क्या खाएँ, क्या न खाएँ? इत्यादि बातें पुस्तक के दूसरे खण्ड में बताई गई हैं।

इस पुस्तक की दूसरी मुख्य बात यह है कि इसमें सिर्फ शारीरिक स्वास्थ्य ही नहीं बल्कि मानसिक, आर्थिक, सामाजिक और आध्यात्मिक स्वास्थ्य पर भी बहुत महत्वपूर्ण बातें बताई गई हैं, जिन पर अमल करने से हम 'संपूर्ण स्वास्थ्य' प्राप्त कर सकते हैं। हर एम.एस.वाय. (शरीर) अपने आपमें अनोखा होता है। कोई उपचार पद्धति अथवा योग क्रिया एक इंसान में जादू का काम करती है तो किसी में कोई प्रभाव नहीं डालती। इस पुस्तक के मार्गदर्शन से आप अपने लिए सही भोजन व्यवस्था और आसनों को छोटे-छोटे प्रयोगों द्वारा ढूँढ़ निकालें। उलझन की स्थिति में अपने डॉक्टर, डायटिशियन, योगाचार्य से राय जरूर लें।

स्वास्थ्य के लिए विचार नियम

Pages - 224
Price - 250/-

क्या आप दौलतमंद हैं? जवाब देने से पहले थोड़ी देर के लिए रुक जाएँ क्योंकि वही इंसान दौलतमंद होता है, जिसके पास 'संपूर्ण स्वास्थ्य' की दौलत होती है। क्या आपको लगता है कि आपका स्वास्थ्य और बेहतर हो सकता है? क्या आप स्वास्थ्य की चरम सीमा छूना चाहते हैं? यदि आपका जवाब 'हाँ' है तो यह पुस्तक आपकी डॉक्टर बनेगी।

'स्वास्थ्य के लिए विचार नियम' कोई साधारण पुस्तक नहीं है। इस पुस्तक में दिए गए सूत्र साफ, सरल और बेहद शक्तिशाली हैं। वे संपूर्ण स्वास्थ्य दिलाने में, हर बीमारी और वेदना से मुक्त कराने में आपकी शत-प्रतिशत मदद करेंगे। इस पुस्तक में पढ़ें-

* स्वास्थ्य प्राप्ति के लिए विचार नियम अनुसार विचारों में कौन से और कैसे परिवर्तन लाने चाहिए?
* दर्द और बीमारी का मानसिक स्तर पर होनेवाला असर कैसे कम करें?
* नकारात्मक भावनाओं से मुक्त होकर स्वास्थ्य कैसे पाएँ?
* स्वास्थ्य के लिए कैसे पाएँ 'पॉवर ऑफ फोकस'?
* रोज़मर्रा की ज़िंदगी में कौन से स्वास्थ्य टिप्स अपनाए जाएँ?
* शरीर के हर अंग से क्षमा मांगकर परम स्वास्थ्य की ओर कैसे बढ़ें?
* स्वीकार, स्वसंवाद और धन्यवाद से हर बीमारी से मुक्ति कैसे पाएँ?

अगर आप स्वास्थ्य की दौलत पाकर अमीर बनना चाहते हैं तो यह दवा पीना (पुस्तक पढ़ना) शुरू करें।

℞ कम से कम दो बार।

विचार नियम का मूल प्रार्थना बीज

विश्वास बीज एक अद्भुत शक्ति

Pages - 176
Price - 195/-

Also available in English, Marathi

प्रार्थना में वह शक्ति निहित है, जो मनुष्य के जीवन में अद्भुत चमत्कार उत्पन्न करती है। विपरीत परिस्थितियों में प्रार्थना की ताकत डूबती नैया में पतवार का कार्य करती है, बशर्ते प्रार्थना को असरदार कैसे बनाया जाए, इसका समुचित ज्ञान उसे होना चाहिए। साथ ही विश्वास एक अहम कुंजी है, जिसके माध्यम से मनुष्य आत्मविश्वास को प्रकट रूप में खोलकर सुखी और शांत जीवन जी सकता है।

इसी विषय पर केंद्रित पुस्तक 'प्रार्थना बीज' के प्रथम खण्ड में प्रार्थना की आवश्यकताओं, उद्देश्य, बाधाओं आदि के बारे में लोक कथाओं द्वारा प्रकाश डाला गया है। साथ ही प्रार्थना को असरदार बनाने के उपाङ्कों तथा विभिन्न धर्मों और संतों की अलग-अलग प्रार्थनाओं पर व्यापक चर्चा की गई है। पुस्तक के द्वितीय खण्ड में विश्वास बीज की चर्चा उल्लेखित है। लेखक के अनुसार विश्वास का बीज बोकर मनुष्य भक्ति, शक्ति और कृपा का फल प्राप्त कर सकता है। अज्ञानता के अंधकार से घिरा मनुष्य प्रस्तुत पुस्तक द्वारा विश्वास बीज की दिखाई राह पर चलकर मुक्ति पा सकता है।

प्रभावशाली भाषा और सुबोध शब्द रचनाओं से सुसज्जित तथा प्रेरक प्रसंगों पर आधारित यह पुस्तक अद्वितीय है। प्रार्थना और विश्वास बीज द्वारा पाठकों के जीवन को सुखमय, शांतिपूर्ण और वैभवशाली बनाने में पुस्तक का उद्देश्य सफल और सार्थक है।

विश्वास नियम
सर्वोच्च शक्ति के सात नियम

Pages - 168
Price - 140/-

आपका मोबाइल तो अप टू डेट है परंतु क्या आपका विश्वास अप टू डेट है? क्या आपका आज का विश्वास आपको अंतिम सफलता की राह पर बढ़ा रहा है? यदि उपरोक्त सवालों के जवाब 'नहीं' हैं तो आपको विश्वास नियम की आवश्यकता है। विश्वास नियम आपके विश्वास को बढ़ाकर उसे अप टू डेट करता है।

'विश्वास' ईश्वर द्वारा दी हुई वह देन है– जो हमारे स्वास्थ्य, रिश्ते, मनशांति, आर्थिक समृद्धि एवं आध्यात्मिक उन्नति में चार चाँद लगाता है। आइए, इस शक्ति का चमत्कार अपने जीवन ये देखें और 'सब संभव है' इस पंक्ति का प्रत्यक्ष अनुभव लें।

इस पुस्तक में दिए गए सात विश्वास नियम ऊर्जा का असीम भंडार हैं। ये आपके जीवन की नकारात्मकता हटाकर, आपको सकारात्मक ऊर्जा से लबालब भर देंगे। जीवन के हर स्तर पर आपकी मदद करेंगे। इसलिए यह पुस्तक इस विश्वास के साथ पढ़ें कि 'अब सब संभव है' और जानें...

* विश्वास की शक्ति से जो चाहें वह कैसे पाएँ
* विश्वास को वाणी में लाकर जीवन को कैसे बदलें
* विश्वासघात पर मात पाकर विश्व के लिए नया उदाहरण कैसे बनें
* अपने भीतर छिपे हर अविश्वास को विश्वास में रूपांतरित करके विकास की ओर कैसे बढ़ें
* हर समस्या का समाधान कैसे खोजें
* विश्वास द्वारा संपूर्ण सफलता कैसे पाएँ

क्षमा का जादू

क्षमा माँगने की क्षमता को जानकर, हर दुःख से मुक्ति पाएँ

Pages - 192
Price - 175/-

Also available in Marathi & English

क्या आप स्वयं से प्रेम करते हैं? क्या आप हमेशा खुश रहना चाहते हैं? क्या आप अपने पारिवारिक, सामजिक, व्यावसायिक रिश्तों को मधुर और मजबूत बनाना चाहते हैं? क्या आप जीवन में सफलता की सीढ़ियाँ चढ़ना चाहते हैं?

यदि आपके लिए इन सभी प्रश्नों का उत्तर 'हाँ' में है तो आपको बस एक ही शब्द कहना सीखना है, 'सॉरी' यानी 'मुझे माफ करें'। सॉरी, क्षमा, माफी... भाषा चाहे कोई भी हो, पूरे दिल से माँगी गई माफी आपके जीवन में चमत्कार कर सकती है।

प्रस्तुत पुस्तक आपको क्षमा माँगने की सही कला सिखाने जा रही है। इसमें आप सीखेंगे-

* क्षमा कब-कब, किससे और कैसे माँगे?
* दूसरों को क्यों और कैसे माफ करें?
* अपने सभी कर्मबंधनों को क्षमा के द्वारा कैसे मिटाएँ?
* क्षमा के द्वारा सुख-दुःख के पार पहुँचकर सदा आनंदित कैसे रहें?

तो चलिए, इस पुस्तक के साथ कुदरती नियमों को समझकर क्षमा के जादू को अपनाएँ और अपना तथा दूसरों का जीवन आनंदित कर, मुक्ति की ओर ऊँची उड़ान भरें।

इमोशन्स पर जीत

दुःखद भावनाओं से मुलाकात कैसे करें

Pages - 176
Price - 135/-

Also available in Marathi

आज लोग आय.क्यू. का महत्त्व तो समझते हैं परंतु इ.क्यू. (इमोशनल कोशंट) का महत्त्व उससे अधिक है, यह कम लोग जानते हैं।

भावनाओं से जूझ रहे इंसान के पास यदि 'इ.क्यू.' है तो वह जीवन की हर बाज़ी को पलट सकता है। परंतु यदि उसके पास इ.क्यू. नहीं है और केवल आय.क्यू. है तो उस कार्य को कर पाना उसके लिए मुश्किल हो सकता है। इसी लिए भावनात्मक परिपक्वता पाना महत्वपूर्ण है।

सिर्फ उम्र से बड़ा होना परिपक्वता नहीं है, भावनाओं से प्रभावित हुए बिना उनसे गुज़रकर, उनको सही रूप में देखने की कला सीखकर ही इंसान भावनात्मक रूप से परिपक्व बनता है। यही परिपक्वता आपको प्रदान करती है यह पुस्तक।

भावनाओं से मुक्ति पाने के दो ही तरीके इंसान ने सीखे हैं- एक है उन्हें निगलना और दूसरा है उगलना। जबकि भावनाओं को मुक्त करने के अनेक अचूक तरीके हैं, जो इस पुस्तक में आपको बताए गए हैं।

अपनी भावनाओं को दुश्मन नहीं, दोस्त बनाने के लिए पढ़ें...

* दुःखद भावनाओं से मुक्ति का मार्ग
* क्या रोना अच्छा है या कमजोरी है
* असुरक्षा की भावना से मुक्ति कैसे मिले
* भावनाओं को मुक्त करने के चार योग्य तरीके
* भावनाओं से मुलाकात करने के चार उच्चतम तरीके
* भावनाओं को अभिव्यक्त करने के सच्चे तरीके

– तेजज्ञान इंटरनेट रेडियो –

२४ घंटे और ३६५ दिन सरश्री के प्रवचन और भजनों का लाभ लें, तेजज्ञान इंटरनेट रेडियो द्वारा।

देखें लिंक- http://www.tejgyan.org/internetradio.aspx

हर रविवार सुबह १०.०५ से १०.१५ रेडियो विविध भारती, एफ. एम. पुणे पर 'तेजविकास मंत्र'

नोट : *उपरोक्त कार्यक्रमों के समय बदल सकते हैं इसलिए समय की पुष्टि करें।*

---

www.youtube.com/tejgyan पर भी सरश्री के प्रवचनों का लाभ ले सकते हैं।

For online shoping visit us - www.tejgyan.org, www.gethappythoughts.org

---

e-books - • The Source • Celebrating Relationships • The Miracle Mind • Everything is a Game of Beliefs • Who am I now • Beyond Life • The Power of Present • Freedom from Fear Worry Anger • Light of grace • The Source of Health and many more.

Also available in Hindi at www. gethappythoughts.org

e-mail - mail@tejgyan.com

website - www.tejgyan.org, www.gethappythoughts.org

Free apps - U R Meditation & Tejgyan Internet Radio on all platforms like Android, iPhone, iPad and Amazon

e-magazines - 'Yogya Aarogya' & 'Drushtilakshya' emagazines available on www.magzter.com

पुस्तकें प्राप्त करने के लिए नीचे दिए गए पते पर मनीऑर्डर द्वारा पुस्तक का मूल्य भेज सकते हैं। पुस्तकें रजिस्टर्ड, कुरियर अथवा वी.पी.पी. द्वारा भेजी जाती हैं।

पुस्तकों के लिए नीचे दिए गए पते पर संपर्क करें।

WOW Publishings Pvt. Ltd.

* रजिस्टर्ड ऑफिस - E- 4, वैभव नगर, तपोवन मंदिर के नज़दीक, पिंपरी, पुणे - 411017

* पोस्ट बॉक्स नं. ३६, पिंपरी कॉलोनी पोस्ट ऑफिस, पिंपरी, पुणे - 411017 फोन नं.: 09011013210 / 9146285129

आप ऑन-लाइन शॉपिंग द्वारा भी पुस्तकों का ऑर्डर दे सकते हैं।

लॉग इन करें - www.gethappythoughts.org

500 रुपयों से अधिक पुस्तकें मँगवाने पर १०% की छूट और फ्री शिपिंग।

तेजज्ञान फाउण्डेशन – मुख्य शाखाएँ

पुणे (रजिस्टर्ड ऑफिस) - विक्रांत कॉम्प्लेक्स, तपोवन मंदिर के नज़दीक, पिंपरी, पुणे– ४११ ०१७. फोन : 020-27411240, 27412576

मनन आश्रम - सर्वे नं. ४३, सनस नगर, नांदोशी गाँव, किरकटवाडी फाटा, तहसील– हवेली, जिला- पुणे - ४११ ०२४. फोन : 09921008060

- विश्व शांति प्रार्थना -

'पृथ्वी पर सफेद रोशनी (दिव्य शक्ति) आ रही है।
पृथ्वी से सुनहरी रोशनी (चेतना) उभर रही है।
विश्व से सारी नकारात्मकता दूर हो रही है।
सभी प्रेम, आनंद और शांति के लिए
खुल रहे हैं, खिल रहे हैं।'

यह 'सामूहिक अव्यक्तिगत प्रार्थना' तेजज्ञान फाउण्डेशन के सदस्य पिछले कई सालों से निरंतरता से कर रहे हैं। खुश लोग यह प्रार्थना कर सकते हैं और बीमार, दुःखी लोग उस वक्त एक जगह बैठकर इस प्रार्थना को ग्रहण कर स्वास्थ्य लाभ पा सकते हैं।

यदि इस वक्त आप परेशान या बीमार हैं तो रोज़ सुबह या रात ९:०९ को केवल ग्रहणशील होकर इस भाव से बैठें कि 'स्वास्थ्य और शांति की सफेद रोशनी जो इस वक्त प्रार्थना में बैठे कई लोगों द्वारा नीचे पृथ्वी पर उतर रही है, वह मुझमें भी अपना कार्य कर रही है। मैं स्वस्थ और शांत हो रहा हूँ।' कुछ देर इस भाव में रहकर आप सबको धन्यवाद देकर उठें।

यह पुस्तक पढ़ने के बाद आप अपना अभिप्राय (विचार सेवा) इस पते पर भेज सकते हैं :
Tejgyan Global Foundation,
Pimpri Colony Post office, P.O. Box 25,
Pune - 411 017. Maharashtra (India).

www.ingramcontent.com/pod-product-compliance
Lightning Source LLC
LaVergne TN
LVHW041705070526
838199LV00045B/1204
* 9 7 8 8 1 8 4 1 5 2 8 9 0 *